Cylin Busby

*Wo immer du bist*

Titel in der Regel auch als E-Book erhältlich

Cylin Busby

# Wo immer du bist

Aus dem amerikanischen Englisch
von Sylke Hachmeister

Boje

MIX
Papier aus verantwortungsvollen Quellen
FSC® C014496
FSC
www.fsc.org

Dieser Titel ist auch als E-Book erschienen

Titel der englischsprachigen Originalausgabe:
»Blink Once«


Aus dem amerikanischen Englisch von Sylke Hachmeister
Umschlaggestaltung: Sandra Taufer, München
Umschlagmotiv: © plainpicture/Gallery Stock/Lane Coder
Satz: Greiner & Reichel, Köln
Gesetzt aus der Adobe Caslon Pro
Druck und Einband: GGP Media GmbH, Pößneck

Printed in Germany
ISBN 978-3-414-82386-1

4 3 2 1
Sie finden uns im Internet unter: www.boje-verlag.de

*Für Dad, der dort war und zurückgekehrt ist*

*Alles, was wir scheinen und schauen,*
*ist nur ein Traum in einem Traum.*

Edgar Allan Poe

# 1. Kapitel

Da weint jemand. Ein Mädchen. Es ist kein schönes Weinen wie bei einer Schauspielerin, der die Tränen leise über das hübsche Gesicht rinnen. Dieses Mädchen schluchzt, schnieft, schnappt nach Luft. Ein lautes Geheul. Ich muss aufwachen. Ganz egal, wer sie ist, ich muss ihr helfen. Ich zwinge mich, die Augen zu öffnen, aber ich sehe niemanden. Nur eine weiße Wand mit einem Apparat davor. Ich erkenne eine Blutdruckmanschette und eine große Messskala, wie in einer Arztpraxis. Auf einmal verstummt das Weinen. Wo ist das Mädchen? Ich muss sie finden. Irgendwas stimmt hier nicht, ganz und gar nicht. Ich versuche mich im Bett aufzusetzen, aber das geht nicht. Meine Arme sind festgebunden. Auch meine Beine sind irgendwie fixiert. Ich liege in einem Bett auf dem Rücken und kann mich nicht bewegen. Mein Herz rast. Ich falle, ich falle.

Meine Kehle machte mich wahnsinnig. Sie war so rau und trocken, Schlucken war unmöglich. Die schlimmsten Halsschmerzen der Welt. Ich schlug die Augen auf. War heute Schule? Wie spät war es? Was für einen Tag hatten wir? Ich befand mich in einer seltsamen Position – obwohl ich auf dem Bauch lag, schaute ich auf den Boden. Es war, als ob ich schwebte. Und ich konnte mich nicht bewegen. Die Fliesen unter mir waren grün und weiß. *Ich falle*, dachte ich. *Aber ich falle nicht. Ich hänge in der Luft.*

Dann verlor ich das Bewusstsein.

Als ich wieder aufwachte, schaute ich auf weiße Fliesen – Deckenfliesen diesmal. Eins war sicher, ich lag im Krankenhaus. Mein Hals tat so weh, ein betäubender Schmerz. Dieser Schmerz war alles, woran ich denken konnte. Dann hörte ich ein Geräusch und verstand erst gar nicht, dass es meine eigene Stimme war, die »Aaaaaah« machte.

Um mich herum war es still. Neben meinem Kopf pumpte irgendeine Maschine. Auf der anderen Seite hörte ich ein vollkommen gleichmäßiges Piepsen. *Piep.* Pause. *Piep.* Pause. *Piep.*

Ich konnte mich ein bisschen umschauen. Etwas umgab meinen Kopf und meine Schultern, etwas Großes, Weißes, das in mein Blickfeld kam, wenn ich ganz weit nach rechts oder links guckte. Drehen konnte ich den Kopf nicht. »Aaaaaah«, sagte ich wieder. Ich wollte »Durst« sagen, doch meine Kehle war so ausgedörrt, dass ich das Wort nicht herausbekam. Da steckte was in meiner Nase. Ich wollte mir ins Gesicht fassen und fühlen, was es war, aber meine Hand ließ sich nicht bewegen. Irgendetwas um mein Handgelenk hielt den Arm nieder. Auf der anderen Seite ebenso. Ich schaute nach unten, konnte jedoch nichts erkennen. Was war los? Wer hatte das mit mir gemacht? Und warum?

Als ich wieder aufwachte, stand eine Frau an meinem Bett. Sie hielt mein Handgelenk und hatte den Blick auf ein Gerät gerichtet. Ich schaute nach unten und konnte meinen Arm in ihren Händen sehen. Er sah ganz normal aus. Nicht geschwollen oder so. Aber er fühlte sich komisch an, als wäre er mit einer dicken Transchicht bedeckt. »Aaaaaah«, sagte ich zu der Frau. Sie schaute mich an und lächelte. Meine Muskeln entspannten sich. Ein Glück, endlich ein richtiger Mensch, der mir sagen konnte, was los war.

»Wie geht's, Mr West?«, fragte sie, wandte den Blick jedoch gleich wieder ab, als wäre es ihr egal, dass ich wach war. War ich schon lange hier? Wo waren meine Eltern? »Aaaaaah.« Noch ein Versuch.

»So.« Die Krankenschwester tätschelte meinen Arm. »Alles in Ordnung.« Sie legte meine Hand ab und rieb sie, dann schob sie meinen Arm unter eine Art breiten Gurt, der über das Bett gespannt war. Ihre Berührung fühlte sich merkwürdig an, als trüge sie einen dicken Handschuh. Mit einem Klicken bewegte sie etwas am Fußende, dann am Kopfende. »So«, sagte sie leise, dann kippte das Bett, und ich lag plötzlich in einem Neunzig-Grad-Winkel auf der Seite. Bestimmt war ich angeschnallt, sonst wäre ich direkt auf den Boden gefallen. Aber ich fiel nicht. Ich lag steif da, ans Bett gefesselt, und schaute auf die Wand und die Tür. Und da lernte ich Olivia kennen.

Kennenlernen ist zu viel gesagt, ich hörte sie. Und auch das stimmt nicht ganz – ich hörte ihre Mutter.

Nachdem die Krankenschwester mich herumgedreht hatte, ging sie, ohne auch nur zu fragen, ob ich ein Glas Wasser wolle. Ich hörte Schuhe, hochhackige Schuhe, die über die Fliesen klackten, und sah, wie eine Frau an der Tür vorbeiging. Sie war groß und dünn und trug etwas Rotes, ein Kostüm vielleicht oder einen Mantel. Sie ging an meiner Tür vorbei in das Zimmer nebenan. Zwischen den Zimmern war keine richtige Wand, nur so ein großes dickes Ziehharmonikading. Obwohl es ganz zugezogen war, konnte ich fast alles hören. »Hallo Schatz!«, sagte jemand mit heiterer Stimme. Vermutlich die Frau in Rot.

»Ich hab dir deine Lieblingsblumen mitgebracht, rosa Rosen. Schau mal, wie winzig sie sind. Man nennt sie Miniaturrosen. Ich dachte mir, die gefallen dir bestimmt.« Ihre Stimme war angenehm und hatte einen fremden Klang, als wäre sie Französin oder Italienerin oder so. Ich hörte, wie sie einen Stuhl heranzog. »Ich erzähl dir mal, was ich heute gemacht habe. Schade, dass du nicht dabei warst. Ich war bei Nordstrom und hab unendlich viele Badeanzüge anprobiert. *C'était terrible.*«

Ich wartete auf eine Antwort von der Person, mit der sie sprach, aber die sagte nichts und hörte sich nur die langweiligen Shoppingerlebnisse der Frau an. Badeanzüge, dachte ich. Es war doch Winter. Warum sollte jemand mitten im Winter einen Badeanzug kaufen? Mir wurde heiß, mein Gesicht wurde schweißnass, als hätte ich eine Panikattacke. Welchen Monat hatten wir? Dann sprach die Frau von einer Reise, die sie zusammen mit einem Mann unternehmen wollte, und wie sie sich darauf freute, dem »Schnee und dem scheußlichen Wetter hier« zu entkommen, und wie gern sie ihren »kleinen Engel« mitnehmen würde. Ein Glück, es war also immer noch Winter.

Während sie weiterredete, wurde ihre Stimme immer leiser und nahm einen beruhigenden Klang an. Man konnte hören, dass sie die Person liebte, zu der sie sprach. Sie sagte Sachen, die ich gern hören wollte: Alles wird wieder gut, jetzt bin ich ja da. Für einen Moment schloss ich die Augen, doch als ich sie wieder öffnete, schaute ich immer noch auf dieselbe Wand.

Über das Geräusch der Apparate hinweg versuchte ich die Stimme der Französin zu hören. Jemand summte, und ich wollte etwas sagen, aber wieder brachte ich nur diesen Laut heraus.

»Dann bist du also wach.« Eine Stimme schwebte zu mir herüber. Ich konnte nicht sehen, woher sie kam, von irgendwo hinter mir. »Ich bin Olivia, deine Nachbarin. Ich weiß schon, dass du West heißt. Versuch gar nicht erst zu sprechen. Du hast einen Beatmungsschlauch im Hals.«

Als sie das sagte, begriff ich, woher das komische Gefühl im Hals kam: ein Schlauch. Die pustende Maschine: ein Beatmungsgerät. Was hatte das zu bedeuten, wie schlecht ging es mir? Ich hörte etwas heranrollen, und dann stand ein Mädchen vor mir. Ein zartes Mädchen mit großen dunklen Augen. »Und übrigens bist du gelähmt, falls dir das noch keiner gesagt hat.«

Nein. Das konnte nicht sein. Ich war nicht gelähmt. Ich konnte mich doch bewegen. Ich versuchte, die Handgelenke zu drehen, aber sie waren angeschnallt. Ich war nicht gelähmt, nur angeschnallt. Zum Beweis versuchte ich die Finger zu heben, aber ich war mir nicht sicher, ob es gelang.

»Glaubst du mir nicht?«, fragte sie. Sie kam zu meinem Bett, einen Infusionsständer hinter sich herziehend. Schläuche führten in ihren Arm und ihren Handrücken. Sie streckte einen Arm aus. »Spürst du das?«, fragte sie vom Fußende aus. »Natürlich nicht – du bist gelähmt, deshalb.«

Ich konzentrierte mich auf die untere Hälfte meines Körpers. Ich spürte ihn, ich spürte das Gewicht meiner Beine. Sie waren da. Ich versuchte einen Fuß zu bewegen. Bewegte er sich? Ich wusste es nicht. Es fühlte sich so an, als wären auch meine Beine festgeschnallt. Als wären sie dick eingewickelt. Aber wenn ich das spürte, konnte ich nicht gelähmt sein, oder? Ich merkte, dass mein Herz wieder anfing zu rasen, kalter Schweiß brach mir aus. Es stimmte nicht, was das Mädchen sagte. Wieso kam sie hier rein und erzählte mir ganz nebenbei so etwas Schreckliches?

Olivia schob ihren Infusionsständer zu dem Stuhl in der Ecke, schlang sich den weißen Bademantel um den zierlichen Körper und setzte sich. »Falls du's noch nicht wusstest, tut es mir leid. Bestimmt bist du deprimiert. Ich bin Tänzerin, also wenn mir das passieren würde, wenn ich gelähmt wäre, dann würde ich … ich weiß nicht, was ich dann machen würde«, sagte sie leise.

Ich bin nicht gelähmt!, hätte ich am liebsten geschrien. Hau ab, hau einfach ab. Ich will dein Gequatsche nicht hören. Meine Eltern werden herkommen und mir erklären, was passiert ist.

Sie schaute auf ihre Zehenspitzen, streckte und beugte sie mehrmals. »Bestimmt fragst du dich, weshalb ich hier bin«, sagte sie und strich sich den dunklen Pony aus den Augen. »Ich hab mal achtunddreißig Kilo gewogen, aber das kannst du dir bestimmt nicht vorstellen. Das kommt davon, wenn man den ganzen Tag nur im Bett liegt. Und das hier« – sie zeigte auf den Infusionsbeutel, der an der Metallstange hing –, »das ist Flüssignahrung. Lecker!« Als sie lächelte, fiel mir auf, dass ihre Zähne winzig wie Milchzähne waren und eine komische Farbe hatten, ein dunkles Weiß, aber vielleicht wirkte das nur so seltsam im Kontrast zu ihrer blassen Haut.

Ich kannte solche Mädchen. Durchgeknallte essgestörte Tussis. Wahrscheinlich hing sie mir jetzt den ganzen Tag auf der Pelle und erzählte mir von jeder einzelnen Kalorie, die sie aß.

»Du hattest einen Unfall mit dem BMX-Rad, ich hab deine Eltern darüber reden hören.« Sie schaute mir ins Gesicht. »Erinnerst du dich?« Sie starrte mich an, als könnte ich ihr antworten. »Blinzle einfach einmal für Ja und zweimal für Nein«, sagte sie und seufzte genervt.

Ich blinzelte einmal, dann blinzelte ich schnell zweimal. Blinzelte ich? Es fühlte sich so an, aber vielleicht war mein Gesicht ja auch gelähmt. Ich hatte das Gefühl, die Lippen nicht bewegen zu können.

»Erinnerst du dich dran oder nicht?« Ihre Augen waren wie schwarze Murmeln, ohne Pupillen. Sie waren schön, aber auch unheimlich zu der blassen Haut und den dunklen Haaren. Jetzt blinzelte ich zweimal, nur um eine Antwort zu geben, aber ich war verwirrt. Ich spürte meine Beine überhaupt nicht, und meine Arme fühlten sich so merkwürdig an.

Ich überlegte angestrengt, was als Letztes passiert war, vor … dem hier. Es war verschwommen, wie ein morgendlicher Traum, wenn man zu lange geschlafen hat. Ich erinnerte mich an Allie, meine Freundin. Die blonden Haare wehen ihr ins Gesicht, sie schaut mir zu. Ich fahre mit Mike auf dem Trail am Steinbruch im Wald, wir üben verschiedene Tricks. Und … und dann, was ist dann passiert? Da waren nur einzelne Fetzen. Auf einmal wusste ich es. Etwas Schlimmes war passiert. Jemand hatte sich verletzt. Jemand weinte.

Olivias Stimme durchschnitt meine Gedanken. »Dachte mir schon, dass du dich nicht erinnerst, noch nicht«, sagte sie. »Später kommt es bestimmt zurück«, sagte sie leise. »So war das bei mir auch.« Wenn sie doch mal kurz aufhören würde zu reden, damit ich nachdenken konnte. Aber meine Gedanken waren ein einziges Wirrwarr. Ich konnte mich nicht länger als ein paar Sekunden auf eine Sache konzentrieren. Der Hals tat mir so weh.

Olivia schaute mich mit einem traurigen Ausdruck an, dann stand sie auf und zog den Infusionsständer zu sich heran. »Schon fast sechs. Dann kommt deine Mutter gleich – sie kommt immer um diese Zeit.« Sie schlang sich den weiten Bademantel um den Körper und ging ohne ein Wort, nicht mal Tschüs sagte sie.

»Na, mein Junge.« Moms Stimme weckte mich. Hatte ich geschlafen? Hatten wir immer noch denselben Tag – war nicht eben noch das Mädchen hier gewesen? Meine Mom. Ich wollte sie so gern sehen.

»Hi Schatz.« Sie kam ums Bett herum. Jetzt sah ich sie, und sie war es wirklich. Sie benahm sich so normal und sah so normal aus. Sie trug ihren marineblauen Wollmantel, als käme sie gerade nach Hause und ich säße auf dem Sofa vorm Fernseher. Sie zog den Stuhl heran, setzte sich dicht neben mich und strich mir die Haare aus dem Gesicht. »Ich weiß, dass du dagegen bist, aber wir müssen was mit deinen Haaren unternehmen. Die machen dich doch bestimmt verrückt.«

Ihre Miene war ruhig, sie lächelte ein wenig und schaute mir in die Augen. Warum benahmen sich alle so normal? Merkten die nicht, dass ich völlig durch den Wind war? Ich kam mir vor, als hätte ich Gedächtnisschwund oder so. Ich versuchte zu sprechen. »Der Schlauch macht dir immer noch zu schaffen, was?« Sie wischte mir über die Augenwinkel. »Es tut mir so leid, ich würde ihn ja gern rausnehmen, aber du brauchst ihn zum Atmen, weißt du?« Die Haare fielen mir wieder über die Augen, und sie strich sie zurück, streichelte meine Stirn. »Es ist so ein Glück, dass ich dich habe, weißt du das? Mit jedem Tag wirst du kräftiger, und bald schon kannst du nach Hause, bald.«

Ich gab den einzigen Laut von mir, zu dem ich imstande war, ein Grunzen, wie ein Räuspern. Meine Mutter schaute zur Tür. »Der Schlauch ist sehr unangenehm für ihn – können Sie mal danach sehen?«, sagte sie zu jemandem hinter ihr.

»Natürlich, Mrs Spencer. Wir müssen seine Matratze wieder drehen«, sagte eine weibliche Stimme. Sie klang wie die Stimme der Krankenschwester von vorhin, die meinen Blutdruck gemessen hatte, und als sie in mein Blickfeld trat, sah ich, dass sie es war – eine ältere, rundliche Frau in Schwesterntracht mit zurückgesteckten Haaren. Sie löste irgendwas am Fußende des Betts und drehte die Matratze wieder so herum, dass ich auf dem Rücken lag und zur Decke schaute. »Er braucht auch noch Augentropfen.« Die Schwester leuchtete mir mit einer winzigen Taschenlampe in die Augen, und ich musste blinzeln. »Sollen wir seine Lider nicht doch lieber schließen? Das könnte Irritationen vermeiden«, sagte die Schwester und sah meine Mutter an.

»Oh nein, das würde er schrecklich finden, bitte nicht«, sagte meine Mutter.

Die Schwester zuckte die Achseln. »Wie Sie wollen.« Sie nahm etwas von einem Tablett neben dem Bett und träufelte mir eine Flüssigkeit in die Augen. Alles wurde verschwommen, und ich hatte ein schmieriges Gefühl in den Augen. Die Schwester berührte meinen Hals, meine Kehle. Sie zog an etwas. »Stört es Sie, wenn ich den Schlauch ausspüle, während Sie dabei sind?«, fragte sie meine Mutter. »Es ist kein so schöner Anblick.«

»Ich muss heute sowieso früh los, ich sag jetzt einfach auf Wiedersehen und lasse Sie Ihre Arbeit machen«, sagte meine Mutter. Sie beugte sich über mich, sodass ich ihr Gesicht sehen konnte. »Tut mir leid, dass ich heute nicht so lange bleiben kann. Tschüs, mein Schatz. Bis morgen, ja?« Sie gab mir einen Kuss auf die Wange und lächelte mich an. Sie hatte nicht mal den Mantel ausgezogen.

Die Schwester winkte ihr nach, als sie ging. »Deine Mutter ist ein guter Mensch«, sagte sie leise, beugte sich über mich und machte sich an dem Schlauch in meinem Hals zu schaffen. »So ein Glück haben nicht alle.« Die Schwester machte eine Kopfbewegung zu der Trennwand zwischen meinem und Olivias Zimmer. »Die Mutter von dem Mädchen ist so was von anstrengend«, flüsterte sie und schüttelte den Kopf. »Nie ist ihr irgendwas gut genug für ihre Olivia. Anstrengend«, sagte sie wieder und zog einen durchsichtigen Plastikschlauch heraus. »Kein Wunder, dass der dich stört. Mal kurz auf deine Karte gucken«, sagte sie und ging zum Fußende des Betts, raus aus meinem Blickfeld. Sie sprach immer noch, aber leise jetzt und mehr mit sich selbst. »Muss dran denken, mit Cheryl zu reden … Sie glaubt, du spürst das nicht …« Ich hörte, wie sie etwas auf die Karte kritzelte.

Dann war sie wieder über mir und machte sich mit konzentriertem Blick an meinem Hals zu schaffen. Auf einmal spürte ich kühles Wasser in der Kehle. Ich versuchte zu schlucken, aber das Wasser war zu weit unten und lief einfach von selbst in mich hinein. »Gut gemacht«, sagte die Schwester und schob mir etwas in den Hals. »So ist es besser, hm?«, fragte sie.

Es fühlte sich wirklich viel besser an, und das hätte ich ihr gern gesagt, also blinzelte ich einmal für Ja. Hoffentlich kam es bei ihr an. Hatte ich mir das richtig gemerkt, was Olivia gesagt hatte, einmal für Ja und zweimal für Nein? Oder war es zweimal für Ja? Die Schwester nahm meine Hand und hielt mein Handgelenk, dabei schaute sie ein paar Sekunden auf ihre Uhr. »Na, das sieht ja sehr gut aus.« Sie steckte meinen Arm und meine Hand wieder unter den Gurt. »Jetzt ruh dich mal ein bisschen aus.« Sie zwinkerte mir zu und verließ das Zimmer. Ich starrte an die Decke, versuchte alles aufzunehmen, was passierte oder auch nicht passierte, und konzentrierte mich auf die Geräusche der Apparate an meinem Bett.

*Das hier geschieht nicht wirklich, es ist nur ein Traum. Ein Albtraum.* Ich machte die Augen zu und versuchte mich zum Aufwachen zu bewegen. Ich wollte in meinem eigenen Bett aufwachen und das hier hinter mir lassen. Ich hatte meine Lektion gelernt. In Zukunft würde ich mit dem Bike vorsichtiger sein. Mich vor Mike oder sonst wem nicht mehr aufspielen. *Das hier ist nicht die Wirklichkeit. Nicht die Wirklichkeit. Nicht die Wirklichkeit.*

## 2. Kapitel

Die langsam untergehende Wintersonne blendet mich. Ich klappe das Visier des Helms herunter und wische die Handschuhe an der Jeans ab. »Los jetzt!«, ruft Mike, tritt in die Pedale und zischt an mir vorbei. Er stellt sich auf und saust volle Kanne, fast zu schnell, auf die Holzrampe. Elegant fährt er die Rampe hoch, reißt das Rad nach rechts und beugt sich nach links, steigt auf die Pegs und hebt das Rad hoch auf die Rampe. »Whoooo!«, ruft er und zieht das Bike auf dem Hinterrad zu sich heran wie einen Riesenfisch, den er gerade geangelt hat. »Na los, jetzt du!«

Mit der Sonne im Rücken sieht er aus wie das Negativ eines Fotos, ein schwarzer Schattenriss vor dem orangeroten Himmel. Ich klappe das Visier hoch und drehe mich zu Allie um. Sie sitzt auf dem großen Stein und schaut uns zu, aber ich weiß, dass ihr allmählich langweilig wird. Sie legt den Kopf schräg und sieht wieder zu mir rüber, dieses kleine Lächeln im Gesicht. Ich klappe das Visier runter und drehe mich schnell um, gehe auf Abstand zu der Rampe, damit ich genügend Speed draufkriege.

Ich bin schnell, stehe auf den Pedalen und trete kräftig. Ich liebe es, wenn das Bike wie ein Teil von mir ist, ein zusätzlicher Körperteil. Ich fahre auf die Rampe, aber irgendwas stimmt nicht. Das Bike zieht nach rechts, also ziehe ich nach links – aber zu heftig. Das gibt einen Sturz, vielleicht sogar hintenüber. Ich merke, dass ich es nicht mehr im Griff habe, ein bescheuertes Gefühl. Mist, ich hasse es, wenn Mike mich dissen kann. Ich reiße die Arme hoch, um mich abzufangen, aber ich kann sie nicht bewegen. Sie sind festgeschnallt. Ich versuche sie zu heben, aber es geht nicht …

Und mit diesem Gefühl wachte ich auf und kämpfte mit dem Gurt über meinem Bett. Ich war immer noch hier, es war Wirklichkeit. Ich war im Krankenhaus, gelähmt, das hatte das Mädchen aus dem Nebenzimmer jedenfalls behauptet.

»Hey, junger Mann, ganz ruhig, alles in Ordnung«, sagte die Schwester. »Wo willst du denn hin?« Sie holte meinen Arm unter dem Gurt hervor und hielt mein Handgelenk. »Dein Puls rast, was hast du Wildes geträumt?« Sie schaute mir in die Augen, als könnte ich ihr antworten. Ich wusste nicht, seit wann ich hier war, aber bis jetzt war immer dieselbe Krankenschwester bei mir gewesen. Sie redete mit mir, als ob sie mich kennen würde, aber vielleicht machten das alle Krankenschwestern so.

Sie wischte mir mit einem kleinen Handtuch die Stirn ab. »Trainierst wohl im Schlaf, was? Das würd ich auch gern«, sagte sie. »Stattdessen muss ich jeden Tag auf dem Laufband strampeln und Punkte zählen. Puh!« Sie lächelte mich an. »Was schätzt du, wie viele Punkte so ein Sandwich mit Hühnchensalat hat? Du würdest dich wundern. Verdammt viele.« Sie befestigte die Matratze erst oben, dann unten und drehte das Bett um neunzig Grad herum. »So, jetzt kannst du rausgucken.« Hinter ihr war ein großes Fenster, durch das die Wintersonne hereinströmte.

»Einen schönen Tag wünsche ich dir«, sagte sie und ging aus dem Zimmer. Jedenfalls glaube ich, dass sie rausging, sie liefen alle auf so leisen Sohlen, dass es schwer zu sagen war.

Ich musste wieder eingedöst sein, denn kurz darauf hörte ich eine Stimme. »Bist du wach?«, fragte jemand. Olivia. Es wurde dunkel im Zimmer, Abenddämmerung.

Sie schniefte und kam mit ihrem Infusionsständer ums Bett herum, sodass ich sie sehen konnte. Auf dieser Seite des Bettes gab es keinen Stuhl, also setzte sie sich einfach auf das Nachbarbett und zog die Knie an die Brust. Sie sah aus, als hätte sie geweint.

»Gut, dass du wach bist«, sagte sie und schaute mir in die Augen. Eine Weile schwieg sie und saß mit gesenktem Blick da. »Weißt du, wie lange ich schon hier bin?« Sie wartete ein, zwei Sekunden auf meine Antwort, dann lachte sie. »Wie verzweifelt muss man sein, sich mit menschlichem Gemüse zu unterhalten!« Ich blinzelte zweimal. Ich bin kein Gemüse.

»Na gut, du bist kein Gemüse«, sagte sie, als könnte sie meine Gedanken hören. Sie legte sich auf die Seite und zog den Bademantel sorgfältig um die mageren Knie. Die Geste machte mich irgendwie traurig – als ob ich ihr ernsthaft unter den Bademantel spannen würde.

»Ich bin es nur so leid, wie ein Kind behandelt zu werden, weißt du?«

Ich blinzelte für Ja.

»Mit sechzehn sollte man nicht hier rumhängen. Da soll man Spaß haben.«

Ich blinzelte zweimal für Nein – unter anderem deshalb, weil ich nicht sechzehn war. Ich war gerade siebzehn geworden.

»Lass uns was machen«, sagte sie langsam. »Fernsehen gibt's erst wieder in der Freistunde heute Abend. Nach einer Partie Schach ist dir nicht zufällig grad, oder?« Sie grinste. »Ich meine, einen Versuch wär's wert – du blinzelst Ja und Nein, und ich bewege deine Figuren … na ja … vielleicht doch eher nicht.« So langsam wusste ich ihren Humor zu schätzen. Vielleicht war sie doch nicht so übel. »Ich les dir mal was vor. Bei deiner Mutter gefällt dir das immer.« Ich konnte mich nicht erinnern, dass meine Muter mir je vorgelesen hatte. Wieso wusste Olivia das und ich nicht? War ich so lange bewusstlos gewesen?

Sie nahm ein Buch aus der Nachttischschublade. *Harry Potter und der Stein der Weisen*. Das war meine Ausgabe. Ich hatte es seit Jahren nicht gelesen – typisch meine Mutter, das anzuschleppen. Andauernd kramte sie Sachen hervor, die ich hatte, als ich klein war, und machte ein großes Gewese darum, als käme sie nicht darüber hinweg, dass ich nicht mehr elf oder zwölf war. Als Olivia das Buch aufschlug und las, fand ich erstaunlich schnell in die Geschichte hinein und vergaß alles um mich herum. Ihre Stimme gefiel mir und ihr blasses Gesicht, ihre Lippen so rot, während sie die Worte formten.

Als ich Harry Potter damals entdeckte, verschlang ich die Bücher in Nullkommanichts. Ich war zehn und wohl so was wie ein Nerd. Ich wusste gar nicht, was für ein Nerd ich war, bis ich Mike kennenlernte. Mike bewahrte mich davor, in der Schule der totale Außenseiter zu werden. Ich rechne es ihm hoch an, dass er sich um mich bemüht und sich mit mir angefreundet hat. Natürlich war er dabei nicht ganz uneigennützig – er brauchte jemanden, der mit ihm zusammen Bike fährt. Jedenfalls war ich nicht länger ein Nerd und bekam obendrein noch einen besten Freund, ich kann mich also nicht beklagen.

Ich weiß gar nicht, ob Mike und ich je über Harry Potter geredet haben. Ob er wusste, dass ich von diesen Büchern mal besessen war. Über solche Sachen reden wir nicht – über Bücher und übers Lesen. Olivia hat das in nur vierundzwanzig Stunden rausgefunden, ohne dass ich je ein Wort mit ihr geredet hab. Während ich zuschaute, wie sich ihr Mund bewegte, sah ich, wie hübsch ihr Gesicht war. Ich hörte kaum noch, was sie sagte, und ehe ich michs versah, war ich wieder eingeschlafen.

Als ich aufwachte, war es dunkel, und ich schaute zum Fußboden. Sie hatten das Bett wieder umgedreht. Ich wusste nicht, wie viel Zeit vergangen war, ob es noch derselbe Tag war. Aber irgendwas hatte mich geweckt. Jemand weinte – war das Olivia in ihrem Zimmer? Aber es kam mir näher vor, und als ich zur Seite schaute, sah ich, dass die Tür zu meinem Zimmer jetzt zu war. Wer weinte da? Es war wie ein Traum, ein Traum, den ich schon mal geträumt hatte.

Da sah ich Füße neben meinem Bett, vorm Nachttisch. Sie steckten nicht in Schwesternschuhen, sondern in Sandalen. Lackierte Zehennägel. Kleinmädchenfüße. Schniefend machte das Mädchen sich an der Nachttischschublade zu schaffen und nahm Sachen heraus. Wer war das? Sie machte die Schublade wieder zu. Als sie wegging, entfernte sich das Schluchzen und Schniefen. Ich hörte nicht, wie sich die Tür hinter ihr schloss.

Ich versuchte mich zu räuspern, aber ich wusste, dass Olivia oder die Krankenschwestern mich nicht hören konnten. Gleich darauf war es hell im Zimmer, und die Schwester drehte mein Bett herum. Ich musste wieder eingeschlafen sein.

»Deine Mutter hat angerufen«, sagte die Schwester und träufelte mir eine Flüssigkeit in die Augen. »Ich soll dir ausrichten, dass sie es heute Abend nicht schafft, nach der Arbeit vorbeizukommen. Ich hab ihr gesagt, bei dir läuft alles bestens, also straf mich nicht Lügen, ja?« Als sie lächelte, sah ich, dass sie eine große Lücke zwischen den Schneidezähnen hatte. Da mochte ich sie auf einmal noch lieber als sowieso schon.

»Okay, Hübscher, dann wünsche ich dir einen schönen Tag«, sagte sie, hängte meine Karte wieder ans Fußende und ging aus dem Zimmer.

Ich konnte nicht richtig aufwachen. So viel, wie ich schlief, hätte es eigentlich ein Leichtes sein müssen aufzuwachen, aber ich döste immer wieder ein. Ich wusste nicht, wie spät es war oder welchen Tag wir hatten. Manchmal hörte ich die Schritte einer Krankenschwester im Flur. Manchmal kam jemand im Laborkittel in mein Zimmer und schaute auf meine Karte. Vielleicht gaben sie mir Schmerzmittel, die mir das Hirn vernebelten. Irgendwas war komisch, und ich konnte nicht klar denken. Wie lange war ich überhaupt schon hier? Auf einmal beugte sich jemand über mich.

»Buh!«, machte Olivia. Sie hatte den Infusionsständer neben sich und zog sich einen Stuhl heran. »Lesen wir heute Abend *Harry Potter* weiter?« Das Licht verriet mir, dass es schon Abend war. Ein weiterer Tag war wie im Nebel vergangen, ohne Besucher – jedenfalls hatte ich keine mitbekommen – und ohne dass ein Arzt mir gesagt hätte, was los war.

Ich blinzelte einmal für Ja.

»Ich hatte ja eigentlich an was Peppigeres gedacht, *Der scharlachrote Buchstabe* oder so, aber wenn du unbedingt *Harry Potter* willst«, scherzte sie und öffnete die Schublade. Ich dachte an den Traum – oder war es gar keiner gewesen? –, den ich in der Nacht gehabt hatte. Ein Mädchen, das die Schublade öffnete. Wer war da in meinem Zimmer gewesen?

Olivia las ein Kapitel, eins, an das ich mich noch ziemlich gut erinnern konnte, und ich war stolz darauf, dass ich die ganze Zeit wach blieb. Als sie mir ins Gesicht schaute, wusste ich, dass sie guckte, ob ich noch wach war, deshalb blinzelte ich einmal. Ja, ich bin noch da.

»Dir geht's besser«, sagte sie. »Das sieht man. Gut so.« Sie schwieg eine Weile und schaute nur aus dem Fenster ins Dunkel. »Ich brauche einen Freund«, sagte sie schließlich in sachlichem Ton. »Ich weiß, dass das verrückt klingt, aber … ich hab einfach keinen, mit dem ich reden kann. Und … wahrscheinlich wäre es besser, wenn ich dir das hier gar nicht erzählen würde.« Dann schaute sie mir in die Augen und lächelte. »Aber wenn ich es dir nicht erzähle, wem sonst?«

Sie klappte das Buch zu und hielt es mit beiden Händen im Schoß. Nachdem sie einmal tief Luft geholt hatte, sagte sie: »Vor dir lag ein Junge in diesem Zimmer. Er war schwer krank, ich weiß nicht, was er hatte. Nein, das stimmt nicht.« Sie unterbrach sich und schaute mich wieder an. »Ich weiß, was er hatte, ich glaube es jedenfalls. Aber das ist nicht wichtig. Er hat eine Weile hier gelegen, aber er war im Koma oder so. Am Anfang hatte er viel Besuch. Ich hab zugeschaut, wie sie kamen und gingen, wie ich das bei dir auch manchmal mache. Nicht aus Neugier, bloß aus Langeweile.« Sie lächelte und schob den Stuhl zurück. »Aber dann kamen die Besucher immer seltener, sogar die Ärzte kamen seltener.« Sie schüttelte den Kopf. »Als es mir so richtig auffiel, war schon seit Wochen keiner mehr bei ihm gewesen. Von da an hab ich während der Besuchszeiten genau darauf geachtet. Es kam wirklich niemand. Und die Wochen dehnten sich zu Monaten. Es hat mich richtig traurig gemacht. Und dann, als noch mehr Zeit verging, hat es mich wütend gemacht.« Olivia schluckte. »Eines Tages war er dann weg. Einfach so. Eines Morgens sind wir aufgewacht und er war … das Zimmer war einfach *leer*.«

Sie schaute mich mit feuchten Augen an. »Ich bin nicht blöd, weißt du? Ich weiß, dass sie hier Leute unterbringen, aus denen sich keiner was macht. Hier werden die hingeschickt, die von allen aufgegeben wurden. Aber …«

Wollte Olivia damit etwa sagen, dass es mir genauso gehen würde? Dass sich keiner etwas aus mir machte? Das stimmte nicht. Da beschlich mich ein kaltes Gefühl. Ich dachte an den Besuch meiner Mutter, der nur ein paar Minuten gedauert hatte. Sie hatte nicht mal den Mantel ausgezogen. Und heute Abend konnte sie überhaupt nicht kommen.

Olivia redete weiter. »Irgendwas ist da faul. Manchmal habe ich nachts so ein komisches Gefühl ... wegen dieses Jungen. Und das hier war ja sein Zimmer.« Olivia presste das Buch an die Brust und schaute sich im Zimmer um, in dem es jetzt schon dämmrig war. »Hast du ...« Wieder unterbrach sie sich. »Ich weiß, es klingt gruselig und krank, aber hast du hier mal irgendwas Merkwürdiges gesehen oder gehört?«

Ich dachte angestrengt nach. Alles war so verschwommen, seit ich hier aufgewacht war. Mal war ich bei Bewusstsein, mal nicht, ich hatte wirre Träume, die sich mit der Wirklichkeit vermischten. Und dann Olivia und meine Gefühle für sie. Zwischen Angst und Faszination. Ich war in jeder Hinsicht überfordert, wie sollte ich beurteilen, was merkwürdig war und was nicht?

Ich blinzelte einmal. In dem Moment, als ein Lächeln über ihr Gesicht huschte, blinzelte ich zweimal. Vielleicht war da etwas. Ein Traum, den ich gehabt hatte. Oder war das wirklich passiert? Das Mädchen. Jemand hatte geweint.

»Heißt das jetzt ja, nein oder vielleicht?«, fragte sie, und als ich zweimal blinzelte, fügte sie hinzu: »Irgendwie?« Sie beugte sich nah zu mir.

Ich blinzelte Ja.

»Etwas, was du gesehen hast? Ein Gefühl? Ein Traum?«, flüsterte sie.

Ja.

Ihr Gesicht war meinem so nah, dass ich ihren sauberen Duft riechen konnte. Mein Herz machte einen Hüpfer. Jetzt war ich hellwach. Sie schaute mich einen Augenblick länger an als nötig. Dann lehnte sie sich plötzlich zurück und legte das Buch wieder in die Schublade.

»Wahrscheinlich ist es gar nichts. Nicht dass du jetzt Angst hast, hier zu schlafen oder so. Hast du doch nicht, oder?«, fragte sie beiläufig, als wäre es ihr peinlich, was gerade zwischen uns passiert war. *War* etwas zwischen uns passiert?

Sie schaute auf die Uhr. »Gleich kommen sie mit der Nachtmedizin, ich hau mal lieber ab.« Es klang gewollt locker. Sie ging zu der Ziehharmonikatür, öffnete sie und spähte durch den Spalt. »Nacht!«, rief sie über die Schulter und zog die Tür hinter sich zu. So kam sie also herein und wieder hinaus, ohne von den Schwestern gesehen zu werden.

Auf einmal wurde mir klar, dass sie alles mitbekam, was in meinem Zimmer passierte, ebenso wie ich es hörte, wenn ihre Mutter oder die Schwestern mit ihr redeten. Dann hatte sie auch von dem Jungen, der vor mir in diesem Zimmer lag, alles mitbekommen: jeden Besuch, jeden Arzt, der hereinschaute, und jede Krankenschwester. Kein Wunder, dass es sie wahnsinnig gemacht hatte, als … als das passiert war. Aber ich lag ja nicht im Koma. Ich war nicht mal richtig gelähmt. Mir passierte so was nicht, sie machte sich also grundlos Sorgen. Jedenfalls sagte ich mir das, während ich eindöste. Ich wollte nicht über meinen Vorgänger in diesem Zimmer nachdenken und wie es ihm ergangen war. Ich würde wieder gesund werden und hier rauskommen. Mit Allie und Mike abhängen, zur Schule gehen und wieder ganz normal sein. Mir würde es nicht so gehen wie dem anderen Jungen. Auf keinen Fall.

# 3. Kapitel

Es ist dämmrig. Ich gehe auf einer Straße, die ich nicht kenne. Aber dieser Stadtteil ist mir vertraut. Hier gibt es ein berühmtes Theater, wo jedes Jahr zu Weihnachten *Der Nussknacker* aufgeführt wird. Daneben ist ein Tanzstudio. Ich schaue zu den hell erleuchteten Fenstern hinein. Überall sind Spiegel, an einer Wand befindet sich eine Ballettstange. Mädchen, die Ballettfiguren tanzen. Lange nackte Beine, rosa Trikots. Ich schaue ihnen einen Augenblick zu, dann wende ich beschämt den Blick ab, als wäre ich bei etwas Unanständigem ertappt worden. Ich gehe weiter, den Blick auf meine Stiefel gesenkt. Als ich wieder aufschaue, weiß ich nicht, wo ich bin: Ich habe mich verlaufen. Die Straße ist nicht mehr dieselbe. Ich drehe mich um – das Theater ist verschwunden. An der Stelle ist jetzt ein niedergebranntes Gebäude. Ich bekomme Angst, irgendetwas stimmt nicht. Ich will weglaufen. Da höre ich im Gebüsch neben mir Geräusche. Als ich hinschaue, sehe ich ein Pärchen. Von dem Mann sehe ich nur den Rücken.

Die Frau sagt LASS MICH LOS!, und er zischt ihr etwas zu, er flucht, sagt schreckliche, widerliche Sachen. Ich will ihr helfen, aber da sehe ich, dass meine Beine zusammengebunden sind, ich kann mich nicht bewegen. Meine Arme sind an den Körper gefesselt. Ich bin komplett verschnürt, und auf einmal steht dieser Kerl vor mir.

»Es ist alles gut«, sagt er. »Jetzt ist alles gut.« Aber seine Stimme klingt schroff und gemein. Er will meine Wange berühren, und da sehe ich Blut an seiner Hand. Seine Knöchel sind rau und rot, als hätte er mit der Faust fest zugeschlagen. *Fass mich nicht an, fass mich nicht an, fass mich nicht an!*, schreie ich, aber es ist, als wäre ich unter Wasser. Ich kann meine eigene Stimme nicht hören. Er berührt mit seiner blutigen Hand mein Gesicht, ich spüre einen rauen Finger an der Wange.

»Es ist alles gut, jetzt ist alles gut.« Die Krankenschwester hatte mir eine Hand auf die Stirn gelegt. Es war dieselbe Schwester wie vorher, die supernette. »Dich kriegen wir schon wieder hin. Was man von mir wohl nicht behaupten kann.« Lächelnd zeigte sie auf ihre Tracht. »Das hab ich dir und deinem Herzmonitor zu verdanken.« Am Oberteil und an einem Bein hatte sie einen hellbraunen Fleck. »Ich wollte es mir gerade mit einer Tasse Tee und ein paar Keksen gemütlich machen.« Mit einer Spritze füllte sie etwas in meinen Infusionsbeutel, und ich spürte es kalt durch meine Vene fließen. »So, das wird dich ein bisschen beruhigen, jetzt hast du keine schlimmen Träume mehr.«

Sie ließ etwas fallen, es gab ein klirrendes Geräusch von Glas oder Metall. Der Hall breitete sich in den leeren dunklen Flur hinter meinem Zimmer aus. »'tschuldigung, ich bin immer noch ganz zittrig. Hier ist es nachts immer so still.« Sie wischte mir mit einem kühlen Tuch über die Stirn und schaute mir in die Augen. »Wenn einer von den Monitoren auf der Station losgeht, mach ich mir fast in die Hose!« Sie lachte und holte eine kleine Taschenlampe hervor. Schnell leuchtete sie mir in das rechte Auge, dann in das linke. »Gut, der Puls ist in Ordnung. So, junger Mann, heute darfst du mich nicht noch mal erschrecken. Das halt ich nicht aus.« Sie tätschelte mir die Hand und seufzte. »Gute Nacht, Hübscher«, sagte sie, beugte sich über das Bett und deckte mich zu. »Träum schön.« Als sie aus dem Zimmer ging, schaltete sie nur die Hälfte der Lichter aus und ließ die andere Hälfte an, wofür ich ihr dankbar war. Die Tür ließ sie halb offen.

Als sie draußen war, hörte ich, wie sie einen erschreckten Laut ausstieß. »Mein Gott, heute wollt ihr wohl alle, dass ich einen Herzinfarkt kriege! Um diese Zeit hab ich nicht mit dir gerechnet!« Ihre Stimme wurde leiser, während sie die Person von meiner Tür wegführte. Aber ich wusste, wer es war: Olivia. Wahrscheinlich hatte sie den Herzmonitor gehört und Panik bekommen. Bestimmt sagte die Schwester ihr, dass mit mir alles in Ordnung sei, aber morgen würde sie mit ihren Fragen ankommen. Ich versuchte auf die Uhr zu schauen, aber die Zahlen und Striche verschwammen ineinander. Das Mittel, das die Schwester mir gegeben hatte, war stark und wirkte schnell.

Ich wollte nicht über den Traum nachdenken oder wieder hineingleiten, deshalb versuchte ich an etwas anderes zu denken. Ich stellte mir vor, dass meine Mutter mich besuchte und dass ich vielleicht Allie sehen würde. Wann würde ich sie wiedersehen? Wie lange war es her? Ich erinnerte mich, wie ihre Haare immer nach Shampoo rochen, ein blumiger Duft.

Letztes Jahr, als sie mit mir Schluss gemacht hatte, bin ich in eine Drogerie gegangen und habe nach dem Shampoo gesucht. Ich wusste nicht mehr, wie es hieß, also machte ich alle Flaschen auf und schnupperte daran, bis eine Verkäuferin mir sagte, ich dürfe die Flasche nur aufmachen, wenn ich sie kaufen wollte. Ich kaufte wahllos zwei Flaschen Shampoo, nur damit sie mich nicht für einen Perversling hielten, dem beim Shampooschnüffeln einer abgeht. Allie habe ich nie davon erzählt.

Während ich wegdöste, sah ich einen Schatten an meinem Bett. Einen Augenblick dachte ich, er wäre es, der Mann aus meinem Traum, und ich wäre wirklich gefesselt und hilflos.

Dann blinzelte ich und sah, dass es nur Olivia war. Anscheinend hatte sie gewartet, bis die Schwester weg war, um sich dann wieder rauszuschleichen, diesmal durch den Raumteiler.

»Alles gut?«, flüsterte sie. Sie sah anders aus, und mein vernebeltes Hirn brauchte eine Weile, um zu begreifen, dass es an ihren Haaren lag, die sie jetzt offen trug. Lang und dunkel umrahmten sie ihr Gesicht. Es sah gut aus. Sie berührte meine Hand, und ich spürte ihre Wärme, als ihre Finger meinen Arm hinaufwanderten und auf meiner Schulter liegen blieben. Dann wanderten sie noch höher, zu meinem Gesicht. Ich blinzelte, und sie lächelte, ihr Gesicht ganz nah an meinem. »Ich hab mir Sorgen gemacht, aber jetzt ist alles gut, oder? Ich bleibe bei dir.« Ihre Hand auf meinem Gesicht fühlte sich toll an, so anders als die Hand in meinem Traum. Weich und warm. Außer den Krankenschwestern hatte mich so lange niemand mehr berührt. Wenn ihre Hand doch immer da liegen bleiben könnte. Sie streichelte meine Wange, und ich konnte ihr nicht mal sagen, wie schön sich das anfühlte und dass ich mir wünschte, sie würde nie damit aufhören.

Als ich die Augen aufschlug, saß Olivia immer noch an meinem Bett. »Du hast deine Mutter knapp verpasst.« Sie schaute von ihrem Buch auf und sah mich an, als wäre sie sauer auf mich. Wo war das süße Flüstermädchen von gestern Nacht geblieben?

»Was haben sie dir gegeben? Du warst total ausgeknockt.« Ich sah, dass sie sich umgezogen und die Haare wieder zu einem Pferdeschwanz gebunden hatte. Sie war also nicht die ganze Nacht bei mir gewesen. Mit offenen Haaren gefiel sie mir besser, aber auch so sah sie gut aus. Irgendwie ärgerte es mich, dass sie so schön war, vermutlich weil ich selbst in einem so jämmerlichen Zustand war. Ich hatte keine Chance bei ihr.

»Während du die Hauptrolle in *Dornröschen* gespielt hast, kam mir eine Idee«, sagte Olivia und hatte dabei so ein Grinsen im Gesicht, dass ich mir ein wenig Sorgen machte. »Als du gestern versucht hast zu sprechen, wolltest du da wirklich ... hm ... kommunizieren? Du hattest doch einen Albtraum – sag mal, hatte der mit deinem Zimmer zu tun? Hey, hast du etwa einen Geist gesehen oder so?« Ich blinzelte Nein, und sie war sichtlich enttäuscht.

»Falls deine Albträume daher kamen, dass ich dir vorm Einschlafen solche Sachen erzählt hab, tut es mir leid«, sagte sie leichthin. Es klang kein bisschen so, als täte es ihr leid.

»Guck mal.« Sie holte ein kleines Whiteboard heraus. »Das ist eine abwaschbare Tafel. Kennst du so was?«

Ich blinzelte für Ja.

»Und ich dachte mir ...« Sie schaute aus dem Augenwinkel zur Tür und legte die Hände auf die Gurte über meinem rechten Handgelenk. »... Wir probieren das einfach mal aus.« Sie machte die Gurte los, ohne die Tür aus den Augen zu lassen. »Wir dürften ungefähr eine halbe Stunde haben, bevor sie wieder nach dir sehen.«

Sie gab mir einen dicken schwarzen Filzstift in die Hand und legte meine Finger drum herum. Sofort fiel der Stift zu Boden. Olivia stieß einen Grunzlaut aus. »Na, du musst ihn schon festhalten«, sagte sie. Wieder legte sie ihn in meine Hand, schloss meine Finger darum und drückte sie fest zusammen. »Kannst du ihn halten?« Ich meinte leisen Spott herauszuhören.

Ich gab meiner Hand den Befehl, sich um den Stift zu schließen, aber ich spürte kaum, ob ich ihn in den Fingern hatte oder nicht – sie fühlten sich wie dick umwickelte Riesenwürste an. Ich drückte so fest ich konnte und hoffte das Beste.

»JA!«, jubelte Olivia, dann schaute sie zur Tür. »Ich meine *Ja*«, flüsterte sie. »Du hast es geschafft.« Sie hielt die Tafel so vor meine Hand, dass ich sie sehen konnte, wenn ich ein wenig zur Seite schaute. »Okay … jetzt los.«

Auf einmal wurde es ganz still im Zimmer. Ich hörte Olivias Atem, das Geräusch des Beatmungsgeräts und das Piepsen der Apparate, an die ich angeschlossen war. Ich versuchte alles andere auszublenden und mich nur darauf zu konzentrieren, dass meine Hand sich so bewegte, wie ich wollte. Sie fuhr mit einem Ruck nach rechts und malte einen dicken schwarzen Strich auf die Tafel. Olivia führte meine Hand zurück und hielt mir die Tafel hin.

»Versuch's noch mal«, sagte sie streng. »Du schaffst das.«

Diesmal bewegte ich die Hand ein bisschen weniger und brachte etwas Kleineres zustande – nicht direkt einen Strich, eher eine Schmierspur. Ich ließ die Hand etwas tiefer sinken und machte es noch mal. Zwei Striche nebeneinander. Dann einen dritten. Olivia strahlte über das ganze Gesicht. »Du kannst es!«

Sie drehte die Tafel herum, schaute darauf und nickte. Ich zuckte mit dem Stift. »Noch nicht fertig?«, fragte sie, und ich blinzelte Nein. Sie hielt die Tafel nah an meinen Stift, und langsam vollendete ich mein Werk: einen waagerechten Strich durch die ersten beiden Striche und einen Klecks über dem dritten Strich. Fertig.

Olivia drehte die Tafel herum. Sie versuchte zu entziffern, was ich geschrieben hatte. »Hi«, las sie. Sie machte die Augen kurz zu, und als sie sie aufmachte, hatte sie wieder diesen feuchten Blick. »Selber hi«, sagte sie schließlich. Sie strich sich mit der Hand übers Gesicht und holte tief Luft. »Na, das ändert alles, was, Fremder?«

Da waren Schritte vor meiner Tür zu hören, und sie fuhr hoch. »Oh Mist, ich kriege einen Riesenärger mit Norris!« Sie riss mir den Stift aus der Hand und befestigte meine Gurte so ungeschickt, dass es den Schwestern garantiert auffiel. »Du hast mich nie gesehen, klar?« Sie klemmte die Tafel unter den Arm, flitzte aus dem Zimmer und schob die Trennwand wieder zurück.

# 4. Kapitel

Die Schritte im Flur waren nicht die von Schwester Norris. Eigentlich klar – die Schwestern mit ihren weichen Sohlen hörte man nie kommen.

In der Tür sah ich etwas Blaues aufleuchten, dazu eine blonde Lockenmähne.

Es war Allie.

Sie sah so gut aus mit den von der Kälte geröteten Wangen. Sie trug ihre Winterjacke, die aufgeplusterte Skijacke, die zu ihren Augen passte. Ich wusste, sie fand sich darin dick und trug sie nur, wenn es richtig kalt war. Erst jetzt merkte ich, wie sehr mir alles an ihr gefehlt hatte – selbst das, womit ich sie immer aufzog: ihre superlockigen Haare, die winzigen Sommersprossen auf ihrer Nase, die flippigen Clogs, die sie heute anhatte. Sie blieb eine Weile in der Tür stehen und schaute mich an.

Sie sah so ernst aus. Ich wollte sie lächeln sehen, deshalb blinzelte ich, damit sie wusste, dass ich wach war und es mir gut ging. Sie kam ins Zimmer und setzte sich auf den Stuhl an meinem Bett. »Hi«, sagte sie leise und schaute nach unten.

Oje.

Kein Blickkontakt.

Das war gar nicht gut. So hatte sie mich zuletzt *nicht* angesehen, als wir uns getrennt hatten. Da hatte dieser Depp aus ihrem Literaturkurs sie angegraben. Wir trafen uns nach dem Unterricht an der Tribüne, und da hat sie es mir gesagt. Während sie mir erzählte, dass der Typ mit ihr ausgehen wollte und Gedichte für sie schrieb, hat sie die ganze Zeit auf ihre Schuhe gestarrt. Mann, wie gern hätte ich den Kerl umgebracht! Wer macht so was mit der Freundin eines anderen? Nur ein Arschloch macht das. Er hatte einen Tritt in den Arsch verdient. Aber ich musste Allie schwören, dass ich ihm nichts tun würde. Sie brauchte Zeit, »um nachzudenken«. Um herauszufinden, was sie eigentlich wollte. Es ging um sie, um ihre Entscheidung, es hatte nichts mit ihm zu tun. Das sagte sie jedenfalls.

Ich ging damals wie betäubt nach Hause und spielte mit Mike drei Stunden lang Xbox, ohne zu reden. An dem Abend hat sie mir eine E-Mail geschickt, aber die habe ich ungelesen gelöscht. Ich war drüber weg. Ich war abserviert worden. Sie hatte mir das Herz gebrochen. Scheiße.

Als ich sie jetzt ansah, verschloss sich mein Herz. Wie konnte sie mir das noch mal antun – jetzt, in meinem Zustand?

»Hm, und, wie geht's dir so?«, fragte sie unbeholfen, noch immer ohne mich anzuschauen. Hinter ihr kam eine Schwester herein, und wir erschraken beide. »'tschuldigung, ich muss nur kurz etwas nachsehen, dann lass ich euch zwei allein.« Sie richtete meine Infusion, schaute auf meine Karte und notierte etwas. »Du kannst ruhig seine Hand halten, wenn du möchtest«, sagte sie zu Allie.

»Ach, schon gut«, sagte Allie, zu schnell. Sie hielt die Hände im Schoß gefaltet.

Kaum war die Schwester weg, räusperte Allie sich. Ich wusste schon, was jetzt kam. Schließlich schaute sie mir mit ihren blauen Augen ins Gesicht, dann senkte sie wieder den Blick. »Deine Mutter hat mich angerufen, sie wollte, dass ich dich noch mal besuche. Sie hat gesagt, die Ärzte haben gesagt, es geht dir besser.« Sie schaute mich wieder an. »West …« Ich sah Tränen in ihrem Gesicht, ihre Nase lief. Sie nahm ein Papiertaschentuch aus der Schachtel neben dem Bett und putzte sich die Nase.

»Es tut mir leid, dass ich eine ganze Zeit nicht hier war. Das Wetter war so schlecht, und wir hatten die Prüfungen …« Sie verstummte. Von wegen: Nicht *wir* hatten Prüfungen. Nur sie. Auf einmal hatte ich die Horrorvorstellung, dass sie mit diesem Schmierfink bei sich zu Hause lernte und mit ihm auf ihrem Bett saß, wie wir beide früher.

Sie schaute auf ihre Hände im Schoß und holte tief Luft. »Aber das ist nicht der Grund, weshalb ich nicht gekommen bin«, sagte sie leise. »Ich denke die ganze Zeit an dich, wirklich, West. An alles, was ich dir sagen möchte. Aber …« Sie machte die Augen zu. »Dann komme ich hierher. Und dieses Krankenhaus, das alles hier … Ich weiß nicht, ob ich das noch packe, ob ich noch weiter herkommen kann.« Sie vergrub das Gesicht in den Händen und weinte still vor sich hin. Ich hätte so gern ihre Haare berührt und ihr gesagt, dass alles wieder gut würde. Wenn sie nur mal ganz kurz meine Hand genommen hätte, hätte ich ihr zeigen können, wie ich mit Blinzeln Ja und Nein sagen konnte, dann hätten wir uns unterhalten können. Ich brauchte noch ein wenig Zeit, um zu begreifen, was los war und wie schlimm es wirklich um mich stand. Ich war gerade mal ein paar Tage wach, und da kam sie an und wollte schon wieder Schluss machen.

Allie schaute auf, und ganz kurz dachte ich, sie hätte vielleicht meine Gedanken gehört. »Ich muss jetzt los, okay? Es tut mir leid.« Ich machte die Augen zu und hoffte, sie würde meine Hand berühren, mein Gesicht, meine Schulter. Ich wollte sie nur spüren, es musste nicht unbedingt ein Kuss sein, nur irgendwas. Doch als ich die Augen wieder aufmachte, war sie weg.

Wenn es stimmte, was sie gesagt hatte, war sie schon mal hier gewesen, vielleicht als ich noch bewusstlos war. Wie oft hatte sie mich besucht? Ich versuchte mich damit zu trösten, dass sie nicht gesagt hatte, sie würde auf keinen Fall wiederkommen. Es war noch nicht aus und vorbei. Sie hatte nur gesagt, dass sie mit dem Krankenhaus und der jetzigen Situation nicht klarkam. Es gab noch Hoffnung.

Ich lag da und dachte über Allie nach, ließ noch mal Revue passieren, wie sie damals mit mir Schluss gemacht und wie ich sie zurückerobert hatte. Da hatte ich mich ganz schön ins Zeug gelegt, um ihr zu beweisen, dass ich der Richtige für sie war. Ich hatte ihr zugehört und ihr den Raum gegeben, den sie brauchte, und der Plan ging auf. Aber wie sollte ich das diesmal hinkriegen? Ich schaute der Sonne beim Untergehen zu. Eine Schwester lief mit einem Wagen durch den Flur. Das Geräusch riss mich zurück ins Reich der Lebenden – gerade rechtzeitig, denn in diesem Moment kam meine Mutter ins Zimmer. Ich hatte Tränen im Gesicht, die ich nicht wegwischen konnte, aber Mom nahm ein Papiertaschentuch und erledigte das. »Hallo Schatz.« Sie beugte sich über mich und gab mir einen Kuss auf die Stirn. »Wie geht es dir?« Ich blinzelte zweimal für *nicht gut*.

»Ich hab gehört, du hattest eine schlimme Nacht. Schon wieder Albträume?«

Ich blinzelte Ja und hoffte, dass sie den Code verstand. Es schien ganz so – vielleicht hatten die Schwestern es ihr erklärt oder vielleicht hatten wir schon vorher auf diese Weise kommuniziert, ohne dass ich mich daran erinnerte.

»Ich werde ihnen sagen, dass sie dir nachts ein Beruhigungsmittel geben können, damit du nicht noch mal solche Träume hast.«

Eigentlich wollte ich nicht mit Medikamenten vollgepumpt werden, weil mein Zeitgefühl und alles andere dadurch durcheinandergerieten, aber solche Albträume wollte ich auch nicht mehr haben. Vielleicht waren die Medikamente da das kleinere Übel, wenigstens so lange, bis ich wieder sicher unterscheiden konnte, was Wirklichkeit war und was nicht.

Mom fasste durch die Gitterstäbe des Betts und hielt meine Hand. Sie lächelte und schaute eine Weile nur aus dem Fenster in den dämmrigen Himmel. Dann drückte sie meine Hand. »Freitag ist ein großer Tag, musst du wissen. Wir haben endlich einen Termin bei Dr. Louis. Ich hab dir letzte Woche von ihm erzählt – er ist Spezialist für solche Verletzungen wie deine, und er wird dich untersuchen. Dad nimmt sich den Tag auch frei, damit wir beide dabei sein können. Bestimmt hat Dr. Louis gute Nachrichten für uns.«

Ich erwiderte ihren Händedruck, damit sie wusste, dass ich verstanden hatte. Ich konnte mich nicht erinnern, dass sie mir von dem Arzt schon mal erzählt hatte, aber es klang gut. Ich wollte genau wissen, was ich hatte und was man dagegen machen konnte. Und dann würde ich darauf hinarbeiten, dass ich Allie zurückbekam und wieder zur Schule ging.

»Möchtest du ein bisschen *Harry Potter* hören?«, fragte sie. »Ach, ich hab übrigens mit Allie gesprochen. Sie hat mir erzählt, dass sie in Englisch gerade *Ein anderer Frieden* lesen. Soll ich dir eine Ausgabe besorgen und dir das stattdessen vorlesen? Dann verlierst du nicht ganz den Anschluss.«

Ich dachte darüber nach. Vorerst wollte ich mich lieber in der Fantasywelt von *Harry Potter* verlieren, deshalb blinzelte ich Nein.

»Ich dachte mir, dass du lieber *Harry Potter* lesen möchtest – ja, ich weiß, eigentlich bist du dafür zu alt, aber ich weiß noch, wie viel Spaß wir hatten, als du kleiner warst und wir die Bücher zusammen gelesen haben.« Ich hörte, wie sie stockte. Das weiß ich auch noch, hätte ich ihr gern gesagt. Ich weiß es noch.

»Na ja, aber das andere Buch ist Schullektüre, also besorge ich es vielleicht«, sagte Mom, als sie sich wieder gefasst hatte. Sie öffnete die Schublade und nahm *Harry Potter* heraus. Sie fing ein Kapitel später an, als Olivia aufgehört hatte. Jetzt lasen mir zwei Leute aus demselben Buch vor, aber unterschiedliche Ausschnitte. Mom war schon halb durch – sie musste vor Tagen oder gar Wochen damit angefangen haben. Sie las ein Kapitel, aber ehrlich gesagt hörte ich nur mit halbem Ohr zu. Ich war mit den Gedanken bei Allie und bei dem neuen Arzt, und ich rätselte, wie lange ich wohl schon hier lag. Als meine Mutter das Buch zuklappte, war es draußen dunkel, und sie sah müde aus. »Genug für heute Abend. Morgen geht's weiter. Okay, Schatz? Und in zwei Tagen kommt Dr. Louis, und dann wissen wir mehr.« Sie gab mir einen Kuss auf die Stirn, dann nahm sie ihre Tasche und ihren Mantel. »Bis morgen früh«, versprach sie. »Ich hab dich lieb, West«, sagte sie ernst und schaute mir in die Augen. In diesem Moment sah ich ihre Erinnerung vor mir, wie wir zusammen auf meinem Bett saßen und *Harry Potter* lasen. Als ich noch ein Kind war und noch nicht mit dem Bike angefangen hatte. Vor all dem hier. »Du weißt, wie lieb ich dich habe.«

Ich blinzelte nur, damit sie wusste, dass die Botschaft angekommen war. Sie lächelte und ging aus dem Zimmer.

Eine ganze Weile schaute ich zur Tür und wartete darauf, dass die Schwester kam oder Olivia. Bestimmt war Olivia heute schon bei mir gewesen, und ich hatte viel Besuch gehabt, trotzdem freute ich mich darauf, sie zu sehen. Hoffentlich brachte sie die Tafel mit. Ich musste sie etwas Wichtiges fragen, und nur sie hatte die Geduld, so lange zu warten, bis ich es aufgeschrieben hatte. Nach einer Weile tauchte Schwester Norris auf. Die Nachtschicht hatte schon angefangen.

»Tut mir leid, dass ich dir das zur Schlafenszeit antun muss, aber der Arzt möchte, dass du gewendet wirst«, erklärte sie. Sie befestigte den Gurt über meiner Stirn, entriegelte das Bett an beiden Seiten und drehte mich mit dem Gesicht zur Wand. »Das müssen wir nicht mehr lange machen.« Sie schaute mir ins Gesicht, während sie mit mir sprach, was ich sehr zu schätzen wusste, besonders nach dem Erlebnis mit Allie.

»Was ist das denn hier, mein Freund?« Meine Hand war locker, dort, wo Olivia mich nicht wieder richtig festgeschnallt hatte. »Versuchst du etwa auszubrechen? Na, das hat bestimmt deine Mutter gemacht, um deine Hand zu halten.« Sie band meine Hand fest und ging dann zum Fußende, um auf meine Karte zu schauen. »Oh, jetzt fahren sie aber schwere Geschütze auf, das ist ja eine Mordsdosis. Na, wenn der Arzt es so verordnet hat …« Sie zog eine Spritze auf und gab die Flüssigkeit in meinen Infusionsbeutel. Wieder fühlte ich es kalt durch die Venen in meinem Arm strömen. Aber eine Sekunde später überkam mich ein warmes, unglaubliches Gefühl. Auf einmal machte ich mir keine Sorgen mehr wegen Allie oder sonst irgendwas. Was auch immer sie mir da verabreicht hatten, es wirkte ungefähr achthundertmal besser als Alkohol. Ich döste weg und dachte an die Party bei Mike, auf der ich Allie kennengelernt hatte. Da hatte ich mich zum ersten Mal getraut, sie anzusprechen.

Sie saß auf der Küchentheke und sah ziemlich schick aus. Ich musste mir etwas einfallen lassen, was ich zu ihr sagen könnte, irgendeinen Aufhänger. Wir sahen uns schon seit ein paar Wochen in der Theater-AG nach der Schule, und jedes Mal überlegte ich, wie ich mit ihr ins Gespräch kommen könnte. Wir hatten keinen Kurs zusammen.

Ich hatte keine Ahnung, mit wem sie befreundet war. Es war unmöglich.

Ich ging rüber, stellte mich ganz in ihre Nähe und hoffte, dass irgendwas passieren würde und wir einfach anfangen würden zu reden. Eine Freundin saß neben ihr auf der Küchentheke. Sie hatten die Köpfe zusammengesteckt und quatschten. Ich folgte ihren Blicken ins Wohnzimmer, wo Mike auf dem Couchtisch stand. Offenbar tat er so, als stünde er auf einem Surfbrett, nur dass er in jeder Hand ein Bier hatte. Allie und ihre Freundin sahen nicht begeistert aus.

»Falls ihr surfen lernen wollt, ich glaub, Mike gibt im Wohnzimmer grad eine Gratisstunde«, sagte ich und fand mich ziemlich witzig.

»Der nächste Strand ist fünf Stunden entfernt, ich verzichte«, sagte die Freundin sarkastisch, und Allie lachte. Aber dann hatte sie Erbarmen mit mir.

»Du bist mit ihm befreundet, oder? Mit Mike, meine ich.«

»Ja, wir machen viel zusammen.«

»Und Theater spielst du auch?« Sie sah leicht verwirrt aus, als würde es sich ausschließen, mit Mike befreundet und gleichzeitig in der Theater-AG zu sein.

Ihre Freundin ließ sich von der Theke gleiten. »Mir ist es zu laut hier drin, ich geh mal raus. Kommst du mit?«

Allie schüttelte den Kopf. Ihre Freundin zuckte die Achseln und ging.

Ich schaute Allie an und stand nur so da. Mir fiel nichts ein, was ich sagen könnte. Sollte ich ihr ein Kompliment machen? Ihr sagen, dass sie heute Abend hübsch aussah? Nein, das würde nicht gut rüberkommen. Als ob sie sonst nicht hübsch aussähe. Auf einmal kam mir die Musik lauter vor, fast unerträglich.

»Tja …«, sagte ich schließlich. Ich kam mir vor wie ein Trottel und wartete darauf, dass irgendein cooler Spruch aus meinem Mund kam.

»Du spielst also Theater?«, fragte sie, als klar war, dass von mir nichts kam.

»Ach, das.« Ich schüttelte den Kopf. »Ich hab die Bike-Rampe gebaut, die am Park neben der Schule. Und deshalb hat Mrs Herbert mich gefragt, ob ich bei den Bühnenbildern behilflich sein könnte, also nur beim Aufbau.« Ich versuchte wie ein Höhlenmensch zu brummen und fügte hinzu: »Bohrmaschinen und so.«

Allie lächelte. »Stell dein Licht mal nicht unter den Scheffel. Ich hab die Zeichnungen gesehen, die du für die Bühnenbilder angefertigt hast, die sind richtig gut. Du hast es echt drauf. Hast du viele Kunstkurse besucht?« Sie schaute mir so ernst in die Augen, dass ich die drei Bier bereute, die ich schon intus hatte.

»Hm, nö, ich weiß nicht …« Ich schaute ins Wohnzimmer zu Mike, der jetzt auf einem Bein stand und sich mit den zwei Bier ausbalancierte, um dann einen Karate-Kid-mäßigen Sprung zu vollführen. Er hatte eine Schar Bewunderer um sich versammelt, die üblichen Idioten, die ihn anfeuerten.

»Wie kommt's, dass ihr beide befreundet seid?«, fragte Allie.

»Das ist eine lange Geschichte.« Ich wollte das nicht vertiefen. »Du stellst ganz schön viele Fragen, weißt du das?«

Allie wurde rot. »Findest du?« Sie lachte.

»Findest du?«, wiederholte ich und machte ihre hohe Stimme nach.

Darüber lachte sie wieder, und ich nahm es als ein gutes Zeichen dafür, dass sie keine Zicke war und sich selbst nicht allzu ernst nahm. »Na gut, kann schon sein. Sorry. Jetzt bist du dran – was willst du wissen?«

Ich stand so dicht neben ihr, dass ich meine Hand nur einen Zentimeter hätte bewegen müssen, um ihr nacktes Bein zu berühren. Ich schaute ihr in die Augen und beugte mich zu ihr, damit ich nicht brüllen musste. »Hast du einen Freund?« Das traute ich mich nur zu fragen, weil ich die Antwort schon kannte. Ich hatte meine Hausaufgaben gemacht.

»Nein.« Sie zuckte nicht mit der Wimper.

»Darf ich dir ein Bier holen?«

»Das waren schon zwei Fragen«, sagte sie und lächelte. »Aber, na gut.« Von dem Bier bekam sie rosige Wangen, was unglaublich süß aussah. Von da an hörten wir gar nicht mehr auf zu reden. Mann, war sie schön! Ich konnte es nicht fassen, dass sie überhaupt mit mir redete.

In dieser Nacht wurde alles anders. Auf einmal hatte ich eine Freundin. Allie. Ich wollte sie haben, ich bemühte mich um sie, und ich kriegte sie. So ein unglaubliches Glück. Ich hätte wissen müssen, dass es nicht von Dauer sein konnte.

# 5. Kapitel

Ich gehe mit Allie zur Schule. Es ist ein kalter Wintertag, sie hat ihre Plusterjacke an. Ich drücke sie wie ein Marshmallow und versuche sie hochzuheben. »Lass das!«, kreischt sie und schlägt meine Hände weg. Wir gehen zuerst zu meinem Schließfach, und da sehe ich Mike. Er hat sich eine Skatermütze über die widerspenstigen roten Haare gezogen, so eine, die man in der Schule nicht tragen darf. »Hey Alter, ich dachte, du bist im Krankenhaus«, sagt er und gibt mir fünf.

»Hast du's noch nicht gehört? Die Ärzte haben sich geirrt, er ist topfit«, sagt Allie schnell.

»Das ist ja super«, sagt Mike. »Aber bist du auch fit für die Zwischenprüfung?«

Ich kriege einen Riesenschreck. Ich habe total vergessen zu lernen. Ich gucke in meine Schultasche, aber da ist nur Krankenhauszeug drin: Spritzen, Schläuche, Verbände, die Riemen, mit denen ich ans Bett geschnallt war. »Oh Mist, ich hab die falsche Tasche mitgenommen.«

Mike lacht. »Ich sag's ja nur ungern, aber die Prüfung wirst du wohl total verhauen.«

»Vielleicht kannst du einfach wieder nach Hause gehen und so tun, als ob du krank wärst, dann musst du die Klausuren nicht heute schreiben«, sagt Allie.

»Ja, du bist auch gar nicht für die Schule angezogen«, sagt Mike. »Geh einfach ins Sekretariat. Ich erzähl dir dann später, was in den Klausuren vorkommt.«

»Mike!«, sagt Allie. »Das ist doch Betrug.«

Als es klingelt, gehen sie zusammen davon, und ich bleibe allein im Flur zurück. Ich schaue an mir hinunter. Er hat recht, ich bin nicht für die Schule angezogen. Ich trage mein Krankenhaushemd. An meiner Hand hängt ein Infusionsschlauch, Blut läuft mir am Arm hinunter und tropft auf den Boden.

Ich wachte auf, als eine Schwester eine neue Infusionsnadel an meiner Hand festklebte. Sie sprach nicht mit mir und schaute mich auch nicht an, anscheinend merkte sie nicht, dass ich wach war. Sie richtete die Infusion, und noch ehe ich richtig wach war, war sie schon wieder weg. Die Mittel, die sie mir abends gaben, waren der Hammer. Sie hatten mich auch wieder herumgedreht, ich lag jetzt auf dem Rücken, konnte mich aber nicht erinnern, wer das gemacht hatte und wann. Es war mir auch egal – je schneller die Zeit verging, desto schneller kam Freitag, wenn dieser Arzt mich untersuchen und ich endlich erfahren würde, was mit mir los war.

Später am Tag fühlte ich mich wieder etwas normaler. Der Traum steckte mir noch in den Knochen, aber wenigstens war es kein gruseliger Albtraum gewesen, und immerhin musste ich heute nicht meine Zwischenprüfung ablegen. Ich dachte gerade an Mike und überlegte, ob er mich wohl mal besucht hatte, als Olivia mit ihrem Infusionsständer hereinkam.

»Hallo Märchenprinz«, sagte sie. »Gestern hattest du eine gute Nacht, oder? Ich hab nichts gehört, also nehm ich mal an, du hast geschlafen wie ein Baby.«

Ich schaute auf ihre Hände und war enttäuscht, als ich sah, dass sie die weiße Tafel nicht dabeihatte. Wie sollte ich jetzt mit ihr reden? »Guck nicht so bedröppelt, ich weiß schon, was du willst.« Sie zog die Nachttischschublade auf und nahm die Tafel heraus. »Bisschen chatten?«, fragte sie und grinste.

Sie fasste sich an die Stelle am Arm, wo die Infusion hineinführte. Der Schlauch hing an einem Plastikteil, das dauerhaft unter der Haut steckte. Ich hatte gehört, wie die Schwestern es Kurzschluss nannten.

Olivia drückte den Infusionsschlauch zusammen und zog ihn aus der Nadel. Der Kurzschluss war noch da, aber die Flüssigkeit kam nicht mehr an. Von einem Moment auf den anderen war Olivia nicht mehr mit ihrer Stange verbunden. »Flüssignahrung hat jede Menge Kalorien. Man muss ja auf die schlanke Linie achten.« Sie lächelte, und ich sah, dass sie Lipgloss aufgetragen hatte. Etwa für mich?

»So.« Sie löste den Riemen an meinem rechten Handgelenk und drückte mir den Stift in die Hand. Ich umklammerte ihn und schaltete mein Gehirn ein. Ich hatte nur eine Frage an sie. Sie hielt mir die Tafel hin, und ich begann zu schreiben. Nach ein paar Strichen schaute sie auf die Tafel. »Ein W und ein … Was ist das, ein i? Oder wolltest du wieder Hi schreiben?«

Ich blinzelte Nein und sie schaute genauer hin. »Soll das ein Name sein?«

Ich blinzelte Nein und gab ihr zu verstehen, dass ich noch mehr schreiben wollte. »Ach so, soll es Wie heißen?«

Ich blinzelte Ja. »Okay.« Sie wischte die Tafel sauber und gab sie mir wieder in die Hand. Das nächste Wort hatte mehr Buchstaben, aber ich brauchte nicht so lange, weil ich allmählich den Dreh raushatte.

»Liebe?«, fragte Olivia und zog skeptisch eine Augenbraue hoch. Dann kapierte sie, ohne mich anzuschauen. »Wie lange«, sagte sie. »Soll das eine Frage sein, wie lange …?«

Ich blinzelte Ja.

»Wie lange wir schon hier sind? Puh, was weiß ich.« Sie schaute zur Decke, als müsste sie angestrengt nachdenken. »Ein Jahr oder so.«

Nein, nein, nein.

Ich ließ den Stift fallen und hatte das Gefühl, mich übergeben zu müssen.

Das konnte nicht sein. Mein Herzmonitor fing wild an zu piepsen.

»Hey, beruhige dich, du brauchst nicht gleich einen Herzinfarkt zu kriegen. Das war nur Spaß!« Olivia lachte und zeigte ihre kleinen, nicht ganz strahlend weißen Zähne. »Ich bin schon seit Ewigkeiten hier. Und du? Vielleicht einen Monat oder so. Oder drei Wochen. Nicht sehr lange. Mann, ich dachte, du verstehst ein bisschen Spaß! Du hattest echt keine Ahnung, was?«

Sie hatte ein schlechtes Gewissen, aber mir wurde in diesem Moment klar, dass sie eine dunkle Seite hatte. Sie konnte zuckersüß sein, aber sie hatte auch etwas Hartes an sich, das mich an die Mädchen in der Schule erinnerte, die ich nicht ausstehen konnte, die Cheerleader und ihre Freundinnen. »Die fiesen Zicken«, wie Allie sie nannte.

»Du hattest ja gestern Besuch von deiner Freundin. Hübsches Mädchen.« Ach so, daher wehte der Wind. Deshalb war sie gestern nicht vorbeigekommen, nachdem Allie weg war.

War sie etwa eifersüchtig?

»Wart ihr lange zusammen?«

Ich blinzelte Ja und merkte, dass sie von unserer Beziehung in der Vergangenheit sprach, vermutlich weil sie das Gespräch von ihrem Zimmer aus mitangehört hatte. Es ärgerte mich, dass sie da gesessen und belauscht hatte, was Allie zu mir gesagt hatte. Das ging sie überhaupt nichts an.

»Als sie gestern gekommen ist, hat die Schwester sie gefragt, ob sie deine Freundin ist, und weißt du, was sie da gesagt hat? Dass ihr nur gute Freunde seid. Sie hat gesagt: ›Na ja, wir sind befreundet, wir gehen auf dieselbe Schule.‹ Tut mir leid, aber ich glaub, sie ist ein ziemliches Biest. An der hast du nicht viel verloren.«

Als Olivia mir den Stift wieder in die Hand drücken wollte, hielt ich ihn nicht fest, sondern ließ ihn einfach fallen.

»Was ist los? Sag nicht, du bist sauer auf mich«, sagte Olivia. Sie versuchte es noch einmal, schloss meine Finger um den Stift, aber ich machte nicht mit. »Hör mal, nicht ich hab mit dir Schluss gemacht. Ich will dir nur helfen.«

Als sie meine Hand losließ, ließ ich den Stift wieder fallen. Ich hatte keine Lust.

»Na gut.« Beleidigt schob sie die Tafel in die Schublade und knallte sie zu. »Sag Bescheid, wenn du deine Tage kriegst, okay?« Sie stürmte aus dem Zimmer und schloss die Zwischentür mit einem heftigen Knall.

Einen Augenblick später hörte ich, wie die Tür wieder aufging, dann kamen Schritte um mein Bett herum. »Ich hab dieses Mistding vergessen.« Sie schnappte sich ihren Infusionsständer und versuchte noch mal so einen dramatischen Abgang hinzulegen, aber die Räder verhakten sich an meiner Bettkante. »Mann!« Dann hielt sie inne. »Das ist doch bescheuert. Lass uns nicht streiten, okay? Du bist der Einzige, mit dem ich hier reden kann. Ich will nicht, dass du mich ätzend findest.« Sie fummelte an ihrem Infusionsschlauch und steckte ihn wieder in den Kurzschluss. In ihrer Rage war sie zu grob, ich sah, wie ihr Gesicht sich vor Schmerz verzerrte. »Aua! Scheiße. Dieses ganze Krankenhaus ist Scheiße. Tut mir leid, dass ich dich veräppelt hab, und das mit deiner Freundin tut mir auch leid. Ich hab wohl vergessen, wie es ist, mit jemandem befreundet zu sein. Bin schon zu lange hier.« Ich bewegte mich nicht, blinzelte nicht.

»Okay? Bis morgen?« Herausfordernd stand sie vor mir und wartete auf eine Antwort. Sie schaute mir direkt in die Augen. Sie sah nicht auf ihre Füße und nicht zum Fenster, sondern schaute mich wirklich an. Nicht so wie die meisten Leute, die mich besuchten. Im Gegensatz zu Allie kannte Olivia mich nur in diesem Zustand, sie erwartete nicht, dass ich irgendwas anderes war. Und wenn sie mit mir befreundet sein wollte, konnte ich es mir nicht leisten, wählerisch zu sein.

Widerstrebend blinzelte ich Ja. Olivia lächelte schwach, dann ging sie wieder in ihr Zimmer und machte die Tür leise hinter sich zu.

# 6. Kapitel

Diesmal schneit es überall um uns herum. Ich sehe sie am Boden liegen und kämpfen. Sie schiebt ihn weg. BITTE HÖR AUF. Ich will ihr helfen, aber ich kann nicht. Ich drehe mich um und will zu ihr hin, aber ich kann mich nicht bewegen, meine Beine sind zusammengebunden. Ich sehe, wie er mit der Faust ausholt, um sie zu schlagen. Ich müsste ihn davon abhalten, aber ich tue es nicht. Ich kann nicht. Kann mich nicht rühren. Ich schaue zu und fühle mich elend. Dann schlägt er ihr mit der Faust ins Gesicht, immer wieder. Mir wird schlecht, ich spüre es in der Kehle. »Hör auf, mich zu kratzen!«, sagt er und schlägt wieder zu. Jetzt schreit sie nicht mehr. Sie ist still. Er steht da, schaut sie an, tritt gegen ihren Körper. Sie rührt sich nicht. Er spuckt aus, dreht sich um und sieht mich da stehen. Er ist ganz nah. Ich sehe sein Gesicht. Er schaut mich an, als wäre es ihm egal, dass ich sehe, was er getan hat. »Mach dir wegen der keine Gedanken«, sagt er. »Die ist bloß Zeitverschwendung.« Er steht jetzt ganz nah vor mir, er hebt die Hand, und ich sehe, dass er ein Tattoo darauf hat. Mit seinen blutigen Fingern berührt er meine Wange. *Oh Gott, nein.*

Als ich aufwachte, schien die helle Wintersonne ins Zimmer. Schon wieder dieser Traum, aber wegen der starken Medikamente, die ich abends bekam, war mein Herz diesmal anscheinend nicht ausgeflippt. Während ich so dalag, kam mir ein Gedanke. Wieso hatte ich diesen Traum, immer wieder denselben Traum? Früher hatte ich nie solche

Träume gehabt – und ich hatte auch noch nie zweimal dasselbe geträumt. Jetzt träumte ich auf einmal immer wieder von diesem Typ. Sehr merkwürdig. Es musste etwas mit dem Krankenhaus zu tun haben oder mit diesem Zimmer, aber ich hatte keine Ahnung, was.

Ich döste wieder ein, und als ich aufwachte, war der Tag schon halb vorbei. Ich erinnerte mich vage an den Traum und wusste noch, dass ich irgendeine Theorie dazu gehabt hatte, aber was für eine? Ich versuchte meine Gedanken zu ordnen. Vorhin war mir alles irgendwie logisch vorgekommen, aber jetzt, wo ich richtig wach war, kriegte ich es nicht mehr auf die Reihe.

»Heute ist Donnerstag!«, rief Olivia. Ich hörte, wie die Ziehharmonikatür aufging. »Morgen ist Freitag«, sagte sie und kam in mein Zimmer geschlendert, als hätte es gestern nie gegeben. »Weißt du noch? Deine Mutter hat einen Spezialisten herbestellt, der dich untersuchen soll. Ich bin gespannt, was der sagt.«

Ich merkte, wie ich weich wurde. Außerdem konnte ich sie sowieso nicht rauswerfen.

»Bist du aufgeregt? Deine Mutter spricht schon davon, seit du hier bist. Deine Eltern haben dafür bezahlt, dass der Typ eingeflogen wird. Ich hab gehört, wie deine Mom dir das eines Abends erzählt hat. Er scheint also eine richtige Koryphäe zu sein.« Olivia zog den Infusionsschlauch wieder vom Kurzschluss ab und schob den Ständer an die Wand. Sie rollte sich auf dem anderen Bett zusammen.

»Du hast es gut, dass deine Eltern sich so um dich kümmern, das weißt du, oder? Meine Mutter kommt höchstens einmal in der Woche vorbei. Wenn sie mit einem neuen Lover unterwegs ist, können es auch schon mal zwei Wochen werden. Als sie das letzte Mal gekommen ist, hab ich sie keines Blickes gewürdigt.« Sie machte eine kurze Pause. »Deine Mutter besucht dich jeden Tag, und wenn sie erfährt, dass du eine schlechte Nacht hattest, kommt sie sogar vor der Arbeit vorbei. Letzte Nacht hattest du wohl schlimme Träume, was?«

Ich blinzelte Ja. Dann Nein.

»Hattest du oder hattest du nicht?«, fragte sie und setzte sich auf.

Ich blinzelte Ja.

»Echt? Ich wollte dich was fragen, obwohl ich glaube, dass ich die Antwort schon kenne. Handeln die Träume von dem Unfall, von deinem Fahrradunfall?«

Ich blinzelte Nein, dann Ja. Einen Traum in der Art hatte es gegeben, aber die meisten handelten von der Straße, von dem Typ mit der blutigen Faust und dem Mädchen, das er misshandelte. Mindestens zweimal hatte ich diesen Traum gehabt, aber er kam mir so vertraut vor, dass es wahrscheinlich schon öfter gewesen war. Wenn ich in dem Traum die Straße entlanggehe, weiß ich, dass ich da schon mal war und gesehen habe, was passiert.

»Dann hast du Albträume von etwas anderem?«

Ich blinzelte Ja.

Olivia hüpfte vom Bett, machte die Schublade auf und schnappte sich die weiße Tafel. »Also reden wir jetzt wieder miteinander?« Sie lächelte.

Als ich Ja blinzelte, befreite sie meinen rechten Arm schnell aus dem Gurt und schob mir den Stift in die Hand. »So viel Zeit haben wir nicht, bis wieder eine Schwester kommt.«

Sie hielt die Tafel so, dass ich darauf schreiben konnte, aber ich zögerte. Wie konnte ich es ihr mit möglichst wenig Worten erklären? Ich fing mit einem B an und schrieb dann weiter. Ich brauchte etwa eine Minute. Olivia betrachtete die Tafel ganz genau. Meine Schrift war so schon nicht sehr ordentlich, aber wenn man liegt, festgeschnallt ist und nur eine leicht gelähmte Hand benutzen kann, kommt bestimmt keine Schönschrift heraus.

»*Böse*?«, fragte sie schließlich. »Meinst du, du hast böse Träume?« Sie sah verwirrt aus.

Ich blinzelte Nein. »Noch mehr?« Sie wischte die Tafel ab und gab sie mir wieder. Wieder schrieb ich nur ein Wort.

»*Mann*. Du träumst von einem bösen Mann?« Ich blinzelte Ja und schaute wieder zur Tafel. Diesmal schrieb ich *Zimmer*.

»Du hast Albträume von einem bösen Mann … in diesem Zimmer?« Olivia sah erschrocken aus. »Meinst du, so was wie ein Geist … hier drin? Oh Gott, ich wusste es! Ich wusste, dass es hier spukt!«

Schnell blinzelte ich Nein.

»Hab ich dich missverstanden?«, fragte sie und hielt mir die Tafel wieder hin. Ich wusste nicht, was genau ich schreiben sollte. Die Träume spielten nicht in meinem Zimmer, aber ich wusste, dass das Zimmer oder das Krankenhaus irgendwie damit zusammenhingen. Das Wort Krankenhaus war zu lang, dafür würde ich ewig brauchen. Stattdessen schrieb ich *nicht in*. Ich brauchte eine Minute und war völlig fertig, als ich es geschafft hatte. Ich ließ den Stift fallen.

Wortlos hob Olivia ihn auf und schaute auf die Tafel.

»*Nicht in*. Nicht in … diesem Zimmer?« Ich blinzelte Ja.

»Warum hast du dann *Zimmer* geschrieben? Das kapier ich nicht. *Böse, Mann, Zimmer, nicht in*. Ich versuche zu verstehen, was du mir sagen willst.« Das klang leicht genervt. Sie schaute auf die Uhr, dann schob sie die Tafel schnell in die Schublade. »Mist. Fortsetzung folgt«, sagte sie und nahm ihren Infusionsständer. Sie ging ums Bett herum und gab mir schnell einen Kuss auf die Wange. »Schön, dass wir wieder Freunde sind«, flüsterte sie und verschwand zur Tür hinaus.

Etwa dreißig Sekunden später kam Schwester Norris. Olivia konnte immer auf die Minute genau vorhersagen, wann die Schwestern hereinkamen.

»Guten Abend, junger Mann«, sagte die Schwester und lächelte. »Deine Mutter war ja heute Morgen schon hier und schafft es heute Abend nicht noch mal, aber ich soll dich noch mal daran erinnern, dass du morgen Besuch von einem Arzt bekommst. Deine Eltern werden beide dabei sein.« Sie schaute mir ins Gesicht und leuchtete mir dann mit der Taschenlampe in die Augen. »Hast du das gehört?«, fragte sie, und ich blinzelte Ja. »Wusste ich's doch«, sagte sie leise. »Na gut, dann drehen wir dich jetzt mal herum, damit du morgen, wenn der Arzt kommt, gut aussiehst. Wir wollen ja nicht, dass du Wasser einlagerst, stimmt's?«

Sie legte mir den Riemen über die Stirn, was ich so langsam wirklich hasste, und drehte das Bett dann so herum, dass ich zum Fenster schaute. Die Sonne ging gerade unter, und der Himmel war lachsrosa, mit flauschigen Wolken wie Zuckerwatte. Es sah einfach cool aus, und ich ertappte mich bei dem Wunsch, ich könnte Allie eine SMS schreiben und ihr sagen, sie solle mal aus dem Fenster gucken. Meine Brust krampfte sich zusammen beim Gedanken an sie und bei der Vorstellung, ein Handy benutzen und eine SMS schreiben zu können. Wo war mein Handy überhaupt? Wen würde ich anrufen, wenn ich es halten könnte? Wo waren meine Freunde jetzt? Ich betete, dass dieser Arzt morgen gute Nachrichten für mich hatte.

»Guck dir diesen Sonnenuntergang an.« Schwester Norris seufzte tief. »Wenn ich so was sehe, denke ich immer an Gott. So etwas Wunderschönes kann kein Zufall sein.« Sie arretierte das Bett und bemerkte wieder, dass der Gurt an meinem Arm lose war – diesmal hatte Olivia völlig vergessen, ihn wieder festzuschnallen. »Deine Mutter … muss ich ihr mal sagen«, murmelte sie und befestigte den Gurt. »Bin gleich wieder zurück mit deinem Gutenachtcocktail, Hübscher.«

Sie ging hinaus, und ich betrachtete den Sonnenuntergang. Sie hatte recht, er war zu schön für einen Zufall. Heute Abend ganz besonders. Vielleicht bedeutete das, dass ich heute Nacht keine Albträume haben würde. Oder vielleicht, dass der Arzt mir morgen Hoffnung machen konnte. Ich spürte immer noch die Stelle auf der Wange, wo Olivia mich geküsst hatte. Es fühlte sich gut an. Ich starrte angestrengt in den rosa Himmel und sagte im Geist das Vaterunser auf.

Dein Reich komme. Dein Wille geschehe.

Vielleicht.

# 7. *Kapitel*

Als ich die Augen aufmachte, schien zu meiner Überraschung die Sonne ins Zimmer. Ein neuer Tag. Freitag. Der Traum war nicht gekommen, ich hatte überhaupt nichts geträumt. Die Uhr an der Wand zeigte 10.25 Uhr an. Ich hatte nicht den ganzen Tag in einem Nebel verdöst. Das war gut, es ging bergauf. Ich war gespannt, wer heute kommen würde. Um wie viel Uhr hatte ich den Termin? Ich wusste nicht mehr, was meine Mutter gesagt hatte, oder vielleicht hatte sie auch gar nichts gesagt.

Die Tagesschwester kam herein, die Schwester, die nicht Norris und nicht nett war. Nicht, dass sie gemein gewesen wäre, aber sie redete nie mit mir oder sonst jemandem. Machte nur ihren Job und ging dann wieder. Ein paarmal versuchte ich Blickkontakt aufzunehmen, aber sie schaute immer weg. Sie guckte auf meine Karte, richtete die Schläuche, drückte ein paar Knöpfe am Beatmungsgerät und verschwand. Warum wurde jemand, der keine Menschen mochte, ausgerechnet Krankenschwester?

Als die Uhr 11.30 Uhr zeigte, wurden mir die Lider schwer von dem gleichmäßigen Pumpen des Beatmungsgeräts. Kein Besuch von Olivia oder Mom oder Dad oder irgendeinem Arzt. Es war doch Freitag, oder? Und wenn schon Samstag war und ich es bloß nicht wusste? Mit sorgenvollen Gedanken döste ich ein und wachte mit einem Schreck auf – es war ein Gefühl, als würde ich rückwärts eine Treppe runterfallen. Voller Angst machte ich die Augen auf. Irgendetwas stimmte nicht.

Ich lag nicht in meinem Bett. Ich lag auf dem Rücken und starrte auf etwas aus weißem Plastik genau über meinem Kopf. Mein Herz raste. War ich tot? Zu meinen Füßen sah ich ein Licht, als läge ich in einer großen Röhre. Wahrscheinlich wurde ich geröntgt oder so. Durch einen Lautsprecher an meinem Kopf drang die Stimme meiner Mutter zu mir. »West, es ist alles in Ordnung, der Arzt lässt nur ein MRT machen. Gleich bist du wieder draußen, okay? Sie sind fast fertig.« Dann die leise Stimme meines Vater: »Mensch, Cath, er kann dich doch gar nicht hören. Lass das bitte, ja?«

»Das weißt du doch gar nicht – wie würde es dir gefallen, da drin aufzuwachen und keine Ahnung zu haben, wo du bist?«

Seit fünf Jahren geschieden und immer noch im Clinch.

»Sie sind gleich fertig, West, dann kannst du wieder in dein Zimmer. Halt durch«, sagte Mom.

»Jetzt wird es wieder ein bisschen lauter, ich schalte das hier aus«, sagte jemand anders. Es machte Klick, und der Lautsprecher war aus. Dann hörte ich ein Hämmern um mich herum, ein ständiges Klopfen und Klacken um die Röhre, in der ich lag. Es tat nicht weh, und ich spürte nichts, aber es klang so, als würde jemand direkt über meinem Kopf mit dem Hammer auf etwas schlagen. Bum, bum, bum, bum. Dabei konnte kein Mensch schlafen.

Für eine Weile hörte das Hämmern auf, dann ging es rechts von mir wieder los. Kurz darauf hörte es wieder auf und ging links von mir weiter.

»Alles klar da drin?«, sagte eine männliche Stimme, darauf folgte Gemurmel. Der Lautsprecher ging wieder aus. Das Bett, auf dem ich lag, ruckelte plötzlich leicht und bewegte sich vorwärts, hinaus aus der Röhre. Als ich aufschaute, standen da zwei Männer, beide in Krankenhauskluft. Pfleger vielleicht.

»Bei drei«, sagte einer von ihnen. »Eins, zwei und drei!« Sie hoben mich mit einem Betttuch hoch und legten mich in mein eigenes Bett, ohne mir die Arme festzubinden. Das Beatmungsgerät und die Infusionsschläuche befestigten sie wieder an den Stangen über meinem Bett.

»Er liegt im Erdgeschoss, Zimmer 201«, sagte einer der Männer, als der andere mich in den Flur schob. Da waren Mom und Dad und noch ein grauhaariger Mann im Anzug, vielleicht der Arzt, von dem Mom erzählt hatte.

»Sobald wir die übrigen Untersuchungsergebnisse haben«, sagte er, »wissen wir mehr. Aber nach allem, was ich gesehen habe, scheint sein Fall ähnlich zu liegen wie der Fall, von dem ich Ihnen am Telefon berichtet habe.« Die beiden Pfleger schoben mein Bett durch den Flur, und die anderen gingen hinterher. Ich konnte mich nicht daran erinnern, mein Zimmer schon mal verlassen zu haben. Rechts war das Schwesternzimmer, dahinter weitere Zimmer, bei einigen stand die Tür offen, andere waren geschlossen.

An der ersten Tür hinter dem Schwesternzimmer hielten wir an, dann ging es durch den breiten Eingang. Mit dem Kopfende zuerst wurde mein Bett dort an die Wand geschoben, wo es sonst auch stand, und der Pfleger stellte mit dem Fuß die Räder fest. »Zu Hause ist es doch am schönsten, Kumpel«, sagte er und befestigte eine Karte am Fußende des Bettes. Meine Eltern kamen nach ihm ins Zimmer. Der Pfleger erinnerte mich irgendwie an Mike – knallrote Haare, kalkweiße Haut. Nur dass er die Haare kurz trug und nicht so zottelig wie Mike. »Die Schwester kommt gleich noch, um nachzusehen, ob er auch gut liegt«, sagte er und ging. Er war wohl doch kein Pfleger, sondern ein Pflegehelfer.

Hinter meinen Eltern kam der ältere Mann im Anzug herein – der berühmte Arzt.

»Wann könnten Sie ihn operieren?«, fragte Dad.

»Da muss ich in meinen Terminkalender schauen, und natürlich müssen wir die Untersuchungsergebnisse abwarten, aber ich glaube …«

Mom fiel ihm ins Wort: »Falls wir uns für diesen Weg entscheiden.«

»Ja, Sie können selbstverständlich Alternativen in Betracht ziehen, aber ich empfehle Ihnen, die Entscheidung bald zu treffen. Je länger er in diesem Zustand bleibt, desto größer ist der Schaden, der angerichtet wird.«

»Was heißt das?«, fragte Dad. »Bevor wir ihn hierher verlegt haben, wurde uns versichert, dass er stabil ist.«

»Ja, stabil in seinem Zustand. Aber sein Immunsystem wehrt sich gegen den Fremdkörper, der ihm in die Wirbelsäule drückt, und das kann weiteren Schaden anrichten.«

»Wir müssen auch mit West darüber sprechen.« Mom schaute zu mir, kam an mein Bett und nahm meine Hand.

»Er ist siebzehn, wir entscheiden für ihn«, sagte Dad. »Wenn es nach mir geht, wird er operiert.«

»Es geht aber nicht nach dir, wir entscheiden das *gemeinsam*«, sagte Mom mit Nachdruck. »Als Familie.« Sie drückte meine Hand.

Der Arzt atmete tief durch und schien sich unbehaglich zu fühlen. »Vielleicht sollten wir das Gespräch draußen fortsetzen?«

Meine Eltern hatten sich immer bemüht, nicht vor mir zu streiten. Selbst als es während der Scheidung richtig heftig zuging, waren sie immer in ein anderes Zimmer gegangen, oder Mom hatte gesagt: »Lass uns später darüber reden.« Genauso machten sie es jetzt – der Streit köchelte, aber sie wollten ihn im Flur austragen. Mir wäre es lieber gewesen, sie hätten hier weitergeredet, denn ich wollte wissen, ob und wann der Arzt mich wieder gesund machen konnte. Aus dem, was er sagte, wurde ich nicht schlau.

Ein paar Minuten später kam Mom zurück und beugte sich über mich. »Hey, ich hab gute Nachrichten für dich. Der Arzt sagt, du darfst jetzt sitzen und im Rollstuhl herumfahren. Wir können also raus und spazieren gehen. Schön, oder?« Mom strich mir die Haare aus der Stirn. Ich blinzelte Ja, es wäre schön, rauszukommen und die Sonne im Gesicht zu spüren. Aber im Rollstuhl zu sitzen klang nicht nach einer guten Nachricht. War das sein Rat? Das beunruhigte mich. Wenn ich erst mal in so einem Ding saß, kam ich dann je wieder raus? Doch sie sagte nichts dazu, und ich konnte sie nicht fragen. »Und du bekommst ein anderes Bett, du musst nicht mehr herumgedreht werden. Ein ganz normales Bett.«

Jetzt kam Dad ins Zimmer. »Okay, Großer, ich muss einen Flieger erwischen.« Er nahm meine andere Hand. Es hatte was, beide Eltern gleichzeitig dazuhaben, die beide meine Hand hielten. Als wäre ich wieder ein kleiner Junge. Ich hatte nicht damit gerechnet, meine Eltern noch vor meiner Schulabschlussfeier beide gleichzeitig am selben Ort zu sehen.

Dad ließ meine Hand los und schaute Mom an. »Tut mir leid wegen vorhin, aber ich ertrage es einfach nicht, ihn nur einen Augenblick länger in diesem Zustand zu sehen. Es bringt mich buchstäblich um. Das Risiko ist es wert, das weißt du.«

»Ich weigere mich, das vor ihm zu diskutieren. Ich rufe dich heute Abend an«, sagte sie mit fester Stimme.

Dad nickte, er sah traurig aus. »Gut, dann haben wir beide Zeit, noch mal über alles nachzudenken. Bis dann.« Er berührte ihre Hand und drückte sie leicht. Sie schien genauso überrascht zu sein wie ich. Dad war nett zu Mom? Dann musste die Lage wirklich ernst sein.

Als sich die Tür hinter ihm schloss, zog Mom einen Stuhl heran und setzte sich zu mir. »Bestimmt hast du genug mitangehört, um zu begreifen, worum es geht. Es besteht die Möglichkeit einer Operation, von der Dr. Louis glaubt, dass sie dir helfen könnte. Sie ist riskant. Und ehrlich gesagt, bin ich bis jetzt nicht mal über deinen Unfall hinweg. Ich bin so froh, dass du am Leben bist, und ich weiß nicht, ob ich das Risiko eingehen will, dich zu verlieren.« Tränen flossen leise über ihre Wangen, doch sie ließ meine Hand nicht los, um sie wegzuwischen. »Alle Ärzte und Schwestern sind sich einig, dass du so jung und gesund bist und noch so viel vor dir hast und dass das Risiko vielleicht nicht so groß ist … na ja, wenn man die Alternative bedenkt.« Mom schniefte. »Aber kein Grund, etwas zu überstürzen. Er ruft uns heute Abend an und teilt uns das Ergebnis des MRTs mit, und dann sind wir schlauer.«

Es klopfte an der Tür, und Schwester Norris kam herein. »Wie geht es ihm? Alles in Ordnung nach dem großen Abenteuer heute Nachmittag?« Ihr Lächeln erhellte das ganze Zimmer, und ich hatte das Gefühl, dass alles gut werden würde.

»Ihm geht es gut, das Problem bin eher ich«, sagte Mom.

Norris reichte ihr die Schachtel mit Papiertüchern. »Das wird schon, ganz bestimmt.« Sie nahm meine Karte, dann schaute sie wieder zu Mom. »Fahren Sie nach Hause, und ruhen Sie sich ein wenig aus. Ich hab hier alles im Griff. Sie wissen ja, er ist mein Lieblingspatient.«

Mom ließ meine Hand los und gab mir einen Kuss auf die Stirn. »Du warst so tapfer heute. Ich bin stolz auf dich.«

Ich wusste nicht, was so tapfer daran sein sollte, ein paar Minuten in einer Röhre zu liegen, aber wenn Mom unbedingt etwas Nettes sagen wollte, hörte ich es mir gern an.

Sie blieb noch ein Weilchen in der Tür stehen, bis Schwester Norris sagte: »Na los, stürzen Sie sich in den Verkehr. Bis morgen.«

Summend beugte sie sich über mich und überprüfte den Schlauch meines Beatmungsgeräts. »Na, da hat der Röntgentechniker ja mal ausnahmsweise kein so großes Chaos hinterlassen.« Sie richtete den Infusionsschlauch, dann legte sie meine Arme unter die Gurte. »Heute Nacht drehen wir dich noch ein letztes Mal herum. Der Arzt sagt, ab morgen bist du bereit für Bewegungstherapie. Spannend, was?« Sie zog mir die Decke bis zur Brust hoch und steckte sie wie jeden Abend sorgfältig fest. »Ich sorge dafür, dass du die hübscheste Physiotherapeutin kriegst, okay?« Sie zwinkerte mir zu. Im Hinausgehen dimmte sie das Licht, und das warme Leuchten der untergehenden Wintersonne erhellte das Zimmer.

Wieso fingen sie jetzt, vor der Operation, mit Physiotherapie an? Das kam mir unlogisch vor, es sei denn, meine Mom hätte sich schon definitiv gegen die OP entschieden. Hätte ich doch alles gehört, was sie im Flur mit dem Arzt besprochen hatten, dann könnte ich mitentscheiden. Schließlich ging es um meinen Körper und mein Leben.

Aber vielleicht gab es eine Möglichkeit herauszufinden, was sie im Flur besprochen hatten. Eine Person hatte garantiert jedes einzelne Wort mitangehört und konnte es gar nicht erwarten, mir davon zu erzählen: Olivia.

# 8. Kapitel

Ich fahre zu Allie, den Weg zu ihr kenne ich auswendig. Es sind drei Kilometer. Am liebsten mag ich den Abschnitt, wo der Gehweg von den Wurzeln der riesigen Eichen ganz hubbelig geworden ist. Geschwindigkeit plus aufgerissener Asphalt gleich Sprünge: eine einfache Gleichung. Mein Rucksack ist schwer: Geschichtsbuch, Lektüre, Hefte. Bei jedem Sprung hebt sich mein Rucksack – schwerelos –, dann knallt er mir wieder auf die Schultern, und es zieht im Nacken. Das tut ein bisschen weh, aber die Sprünge machen zu viel Spaß, um daran zu denken, also mache ich weiter – schneller, höher, fester.

Wir müssen lernen, und Allie wird bestimmt dafür sorgen, dass wir das auch tun, aber eine Weile will ich nur mit ihr auf dem Bett liegen und sie im Arm halten.

Dann bin ich da, ich liege auf Allies Bett mit der hellgrünen Flickendecke und dem Kissen, das nach ihren Haaren riecht. Aber sie liegt nicht neben mir, ich bin allein.

»Allie?« Vielleicht ist sie im Bad oder so. Ich will mich umdrehen und auf den Wecker neben ihrem Bett schauen, aber es geht nicht. Ich bin festgeschnallt. *Nein, das passiert nicht wirklich*, sage ich mir. *Das ist ein Albtraum, alles ist okay.* Im Zimmer ist es dunkel. Die Tür geht auf, und Schwester Norris kommt herein. Sie sieht fröhlich aus, aber plötzlich verändert sich ihr Gesichtsausdruck. »Was haben Sie hier zu suchen?«, fragt sie und schaut auf die andere Seite des Bettes. Ich gucke zur Seite und sehe den Mann, den bösen Mann, der das Mädchen zusammengeschlagen hat. Er steht an meinem Bett. Er lächelt, und ich sehe seine fleckigen Zähne. Plötzlich springt er mit einem Satz über mich hinweg und packt Norris bei der Kehle. Bei dem Versuch sich loszureißen zieht sie ihn mit sich. Jetzt liegt er mit dem ganzen Gewicht über meinen Beinen. Er krabbelt über mich hinweg, dann überwältigt er sie auf dem Boden und schlägt sie. Sie schreit.

»Na, du bist ja schon abmarschbereit, das gefällt mir«, sagte eine Frau mit raspelkurzen blonden Haaren munter. Sie stand an meinem Bett. »Jetzt wieder das linke Bein, hoch, runter, hoch, runter.« Sie beugte mein linkes Bein, dann streckte sie es wieder. An den Schienbeinen sah ich die Abschürfungen von dem Unfall. Seit ich das erste Mal hier aufgewacht war, hatte ich meine Beine noch nicht wieder angeguckt. Sie sahen schlimm aus, dunkelbraune Krusten bis zum Knie. Was die Frau mit mir machte, war vermutlich Physiotherapie. Sie legte mein Bein wieder ab, dann nahm sie meinen linken Arm. »Jetzt arbeiten wir mal an deinem Oberkörper.«

Für ihr Alter sah sie nicht übel aus, aber sie war eindeutig nicht jung genug, um richtig scharf auszusehen. Wenn das die hübscheste Physiotherapeutin war, die Norris mir versprochen hatte, wollte ich die anderen lieber gar nicht erst kennenlernen.

Sie hob meinen Arm hoch und ließ ihn kreisen. Das war ein tolles Gefühl. Ich konnte die Arme nicht heben, und es war gut, dass jemand anders es für mich machte. Ihre Hände waren weich und warm, sie hielt mich fest und führte meinen Arm. »Genau so, perfekt, jetzt den Arm gerade halten, nicht beugen, ganz gerade. Siehst du? Du hast ihn selbst gestreckt, gut gemacht!« Ich hatte meinem Arm die Botschaft geschickt, sich zu strecken, wie sie gesagt hatte, aber ich war mir nicht sicher, ob die Botschaft angekommen war. Anscheinend ja. »Jetzt der rechte Arm«, sagte sie, ging zu meiner anderen Seite und hob den Arm hoch. »Jetzt strecken«, sagte sie und streckte den Arm zur Wand. »Mach mit, so gut du kannst.« Sie beugte sich vor und sprach ganz laut an meinem Ohr. Hören ist nicht mein Problem, hätte ich ihr am liebsten gesagt. Alles andere ist ein Problem.

Während sie meine Gliedmaßen bewegte, fiel mir der Traum wieder ein. Allies Zimmer, Schwester Norris und der Mann. Was hatte das zu bedeuten? Warum träumte ich immer wieder von diesem Mann? Da kam mir ein schrecklicher Gedanke: Wenn das nun eine Zukunftsvision war? Wenn ich mir den Kopf bei dem Unfall so schlimm gestoßen hatte, dass ich jetzt in die Zukunft blicken konnte? Ich hatte mal einen Fernsehfilm gesehen, wo es jemandem so ergangen war. Er wurde von einem Blitz getroffen und bekam dadurch übersinnliche Kräfte. Bedeutete das, dass Schwester Norris oder Allie eines Tages von diesem Mann angegriffen wurden? Welche Haarfarbe hatte das Mädchen in dem anderen Traum gehabt, dem Traum, in dem er sie misshandelt hatte? Ich konnte mich nicht erinnern, konnte mich auf nichts als auf ihn konzentrieren.

Die Physiotherapeutin stellte das Bett ganz langsam hoch bis zur Sitzposition. »Wir wollen ja nicht, dass dir schwindelig wird.« Als ich fast aufrecht saß, war mir ein wenig mulmig. Verrückt, was passiert, wenn man ein paar Wochen lang rumliegt.

»So bleiben wir jetzt ein paar Minuten. Das gehört zur Behandlung. Es hört sich vielleicht komisch an, aber du wirst ein bisschen üben müssen, um dich wieder ans Sitzen zu gewöhnen.« Sie stellte das Bett noch etwas steiler ein, sodass ich ganz aufrecht saß. Jetzt merkte ich, dass es nicht mein altes Bett war. Irgendwann in der Nacht oder früh am Morgen hatten sie mich in ein anderes Bett gelegt, in eines ohne Riemen.

»So bleibst du jetzt ungefähr zehn Minuten. Ich hole deinen Stuhl, und dann machen wir einen Spaziergang, okay?« Die ganze Zeit sprach sie so laut, als wäre ich ein kleines Kind. Ich blinzelte Ja, und sie ging den Stuhl holen.

Kaum war sie weg, machte Olivia die Ziehharmonikatür auf. »Pssst, ist deine Freundin weg?« Sie kicherte, dann verstummte sie abrupt. »Hey, du sitzt ja! Im Ernst?« Sie kam ins Zimmer und schaute sich schnell um. Als sie sah, dass die Luft rein war, holte sie ihren Infusionsständer. »Und ein neues Bett hast du auch? Also, wer ist diese Wunderheilerin, und was genau hat sie mit dir angestellt?« Sie ließ sich auf den Stuhl plumpsen und zog ihn zum Bett. »Ich will alles wissen!« Sie stützte das Kinn auf die Hand, als wartete sie ernsthaft darauf, dass ich ihr etwas Interessantes erzähle. Sie hatte mir gestern gefehlt. Es war einfach schön, ihr Gesicht zu sehen.

»Blinzle einmal, wenn Physiotherapie so langweilig ist, wie es sich anhört«, sagte sie, zog die Knie unter dem Bademantel hoch und kauerte sich auf den Stuhl.

Ich blinzelte einmal. »Langweiliger, als mit dem Schwamm gewaschen zu werden?«

Ich blinzelte einmal, dann zweimal. Unentschlossen. Ich hatte es eigentlich ganz gern, gewaschen zu werden.

»Wir haben einiges nachzuholen. Ich sterbe vor Neugier, was dein Arzt gesagt hat. Gute Nachrichten?«, flüsterte sie.

Mist, hieß das etwa, dass sie nicht alles gehört hatte, was der Arzt und meine Eltern gestern im Flur besprochen hatten? Ich hatte gehofft, sie könnte die Leerstellen für mich ausfüllen.

»Eigentlich wollte ich rein zufällig durch den Flur spazieren, als der Spezialist hier war, aber da war nichts zu machen. Du wirst es nicht glauben, aber gerade, als sie dich zum MRT abgeholt haben, ist meine Mutter aufgetaucht. Sie wollte gar nicht wieder gehen; sie macht eine Kreuzfahrt und ist dann zwei Wochen weg.«

Olivia zuckte die Achseln. »Schlechtes Timing, ich hab alles verpasst. Also, klär mich auf, gute Nachrichten? Einmal blinzeln.«

Ich blinzelte einmal, weil ich glaubte, dass es gute Nachrichten waren. Waren es wohl auch.

»Und hat die Tussi da grad gesagt, sie holt dir einen Rollstuhl?«

Ich blinzelte einmal.

»Wow, nicht schlecht.« Olivia lächelte und nickte, aber richtig erfreut sah sie nicht aus.

»Na, wenigstens kann ich jetzt mit dir spazieren gehen. Wir können zusammen in den Aufenthaltsraum und fernsehen. Wir werden richtige Kumpel!«, sagte sie. »Im Ernst, das wird lustig. Ich sorg dafür, dass es lustig wird. Und dann kommst du hier raus, schneller als du gucken kannst.« Sie stand auf, senkte den Blick und machte sich an ihrem Infusionsständer zu schaffen, sodass ich ihr Gesicht nicht sehen konnte.

Das machte ihr also Sorgen. Es sah so aus, als würde ich wieder gesund und könnte bald nach Hause. Bei der Vorstelllung, wie Olivia wochen- oder monatelang in diesem Krankenhaus zu sein, drehte sich mir der Magen um. Ich wollte wirklich raus hier, ich freute mich nicht darauf, mit anderen kranken Jungs und Mädchen UNO zu spielen und fernzusehen. In dieser Hinsicht war ich ganz anders als Olivia. Es hatte fast den Anschein, als gefiele es Olivia, hier zu sein, obwohl sie das Gegenteil behauptete.

Auf einmal war es irgendwie krampfig zwischen uns, als gäbe es ein Geheimnis, über das wir nicht sprachen. »Na, dann viel Spaß beim Spaziergang mit deiner Freundin.« Olivia lächelte schwach. »Wir sehen uns später, es sei denn, du bist zu schnell für mich …« Schnell zielte sie mit dem Finger auf mich wie mit der Pistole, dann ließ sie die Hand sinken. So stand sie einen Moment da und schaute mich an, als überlege sie etwas, ehe sie wieder in ihr Zimmer ging und die Trennwand leise schloss. Ich musste Olivias Traurigkeit als gutes Zeichen nehmen. Wenn sie dachte, dass ich bald hier rauskam, dann war es vielleicht wirklich so. Vielleicht wusste sie mehr, als sie sagte.

Die Krankengymnastin kehrte mit dem Pflegehelfer zurück, den ich schon mal gesehen hatte, der mit den roten Haaren. »Er sieht doch gut aus, oder? Er sitzt jetzt seit zehn Minuten, und seine Gesichtsfarbe ist perfekt. Ich glaub, wir können heute loslegen«, sagte sie und nahm meine Arme in ihre Hände.

»Wie du meinst«, murmelte er und schob den Rollstuhl ans Fußende des Bettes. Mit dem Fuß stellte er die Bremse an einem Hinterrad fest, dann klappte er die Armlehnen herunter.

»Ich bin Kim«, sagte sie laut und sah mir ins Gesicht. »Du kennst mich noch, oder? Ich bin deine Physiotherapeutin.« Meine Güte, sie musste mich echt für total plemplem halten, sie war ja erst vor ein paar Minuten hier gewesen. Ich blinzelte nachdrücklich Ja. »Okay, West, wir setzen dich jetzt in den Stuhl.« Sie trat auf ein Pedal am Bett, worauf sich der untere Teil des Betts absenkte. Meine Füße baumelten in der Luft, und ich saß wie auf einem Stuhl.

Der Pflegehelfer schob eine Hand unter meinen linken Oberschenkel, Kim unter den rechten. Beide hatten mir eine Hand auf den Rücken gelegt. »Auf drei«, sagte der Pflegehelfer. »Eins, zwei und …« Sie hoben mich hoch und setzten mich mit einer leichten Drehung in den Rollstuhl. Der Pflegehelfer klappte die Armlehnen wieder hoch und legte meine Hände in meinem Schoß ab. »Sag Bescheid, wenn ich ihn wieder reinheben soll.« Er machte eine Kopfbewegung zum Bett und ging hinaus.

Kim befestigte meinen Infusionsbeutel an einer Stange am Rollstuhl, hakte den Schlauch des Beatmungsgeräts von dem großen Gerät neben dem Bett los und stöpselte ihn schnell hinten am Rollstuhl ein. »Mobiles Beatmungsgerät«, sagte sie. Jetzt stand sie wieder vor mir. »Scheint alles prima zu funktionieren. Du hast eine gute Farbe, alles in Ordnung?« Sie schaute mich so eindringlich an, dass ich Ja blinzelte, und es war auch wirklich alles in Ordnung. Es fühlte sich genauso an, als säße ich auf dem Bett, nur niedriger. Es war ein komisches Gefühl, endlich raus aus dem Bett und mobil zu sein. Kim hockte sich vor den Rollstuhl und stellte meine Füße auf die Fußstützen. Ich spürte ihre Hände auf den Füßen und auf dem Unterschenkel, aber so, als hätte ich eine Skihose und Stiefel an – als läge eine dicke Schicht dazwischen, obwohl ich wusste, dass das nicht der Fall war. Meine Beine und Füße waren nackt.

Es war schön, zum ersten Mal aus einer anderen Perspektive durch die Tür zu schauen. Das war ein Schritt in die richtige Richtung. Olivia machte sich zu Recht Sorgen, dass ich hier rauskam. Ganz bestimmt kam ich raus. Ich würde nicht mehr an ein Bett gefesselt daliegen, und ich war nur ein paar Wochen hier gewesen.

»Dann mal los«, sagte Kim und löste die Bremse. Obwohl sie hinter mir stand und mein Gesicht nicht sehen konnte, blinzelte ich Ja – ich war bereit.

## 9. Kapitel

Ich gehe in Olivias Zimmer. Es ist ein Spiegelbild von meinem, nur dass auf ihrem Nachttisch ein Stapel Zeitschriften liegt und eine kleine Glasvase mit rosa Rosen steht. Den Kopf gesenkt, sitzt sie mit dem Rücken zu mir auf dem Bett. Als sie mich hört, dreht sie sich um, ihre Miene hellt sich auf. »Hey«, sagt sie leise. Sie streckt mir die Hand entgegen. Ich nehme sie und setze mich neben sie.

»Weißt du, was ich toll an dir finde?«, fragt sie und schaut aus dem Fenster. »Auch wenn wir nicht reden, weiß ich immer, was du denkst. Du brauchst kein Wort zu sagen.« Sie schaut mich an. Als unsere Blicke sich treffen, zieht meine Brust sich zusammen. »Ich weiß genau, was du jetzt gerade denkst.« Sie lächelt und senkt den Blick. »Und die Tatsache, dass du es nicht zu sagen brauchst, macht es wahr und realer als irgendetwas sonst. Ich weiß, dass du es auch spürst.« Ihre Hand nähert sich meinem Gesicht, sie fährt mit dem Daumen über meine Lippen und flüstert meinen Namen. »West, West …«

»West«, flüsterte Olivia so laut, dass es fast ein Zischen war. »West, kann ich reinkommen?« Sie wartete eine Antwort gar nicht erst ab, die ich ihr sowieso nicht hätte geben können, sondern schob einfach die Trennwand zurück und kam herein. Ihren Infusionsständer hatte sie nicht dabei. »Diese Kim hat dich wohl geschafft, was?«, flüsterte sie. »Hey, sie hat dich geschoben, nicht umgekehrt.« Sie zog sich einen Stuhl nah ans Bett und kauerte sich darauf. »Ich hab dich gesehen, wie du an meinem

Zimmer vorbeigeflitzt bist. Kleiner Rat: Angeber kann keiner leiden.« Sie grinste, aber ich hatte das Gefühl, dass irgendwas nicht stimmte. Hatten wir uns gerade geküsst? Hatte ich sie angefasst? Oder sie mich? Es war so dunkel in meinem Zimmer. Ich schaute auf die Uhr und sah, dass es kurz vor drei in der Nacht war.

»Ich dachte mir, die Gelegenheit lässt du dir bestimmt nicht entgehen«, sagte sie und sah mich prüfend an. »Na, dann mal los. Raus aus den Federn, wenn du Lust auf einen Nachtspaziergang hast. Genau darauf haben wir doch gewartet, oder?«

Und da fiel mir plötzlich alles wieder ein. Die Physiotherapeutin. Der Spaziergang durch den Flur. Wie ich an Olivias Zimmer vorbeigekommen war und gehofft hatte, sie würde rauskommen und Hallo sagen oder wenigstens in der Tür stehen und mich vorbeirollen sehen. Aber sie war nicht dagewesen. Kim hatte mich zum Ende des Flurs geschoben, an Zimmerreihen vorbei, von denen die meisten Türen geschlossen gewesen waren. Auch vorbei an einem Fernsehraum, in dem eine Talkshow leise die leeren Stühle unterhielt. Die Glastür am Ende des Flurs führte zu einem Fußweg im Freien. »Den nehmen wir uns morgen vor«, hatte sie gesagt.

Jetzt war es dunkel, und Olivia war in meinem Zimmer. Sie drückte auf einen Knopf seitlich am Bett, worauf sich das Kopfende langsam hob, bis ich aufrecht saß.

»Bist du dabei?« Ich blinzelte Ja, aber ich wusste nicht genau, was sie meinte und ob sie wusste, was sie da tat.

»Ich hab genau zugeschaut«, flüsterte sie, als könnte sie meine Gedanken lesen. »Ich kenne mich aus.« Leise ging sie zu dem Rollstuhl in der Zimmerecke und schob ihn an die richtige Stelle. Dann trat sie auf das Pedal, sodass das Fußende des Betts runterklappte. »Jetzt kommt das Schwierigste – du musst dich auf mich lehnen, okay?« Sie beugte sich zu mir, als wollte sie mich umarmen, und der Traum kam zurück, in dem Olivia mein Gesicht berührt hatte … Sie legte meinen Arm über ihre Schulter, umfasste meinen Körper mit ihrem rechten Arm und hielt mich fest. »So, jetzt lehn dich auf mich«, befahl sie und zog mich hoch, bis ich mit dem Oberkörper auf ihrem Rücken lag. Sie kippelte leicht, und ich dachte schon, sie würde kopfüber auf den Linoleumboden knallen, doch sie schaffte es, mich in dieser halben Umarmung gerade so lange zu halten, bis sie mich in den Rollstuhl setzen konnte.

»Du wiegst ganz schön was«, scherzte sie und schnaufte. »Nein, im Ernst, das ging leichter, als ich dachte. Ich bin stärker, als ich aussehe, oder?« Sie befestigte den Infusionbeutel an der Stange am Rollstuhl. »Ich hab dir ja erzählt, dass ich Tänzerin bin«, sagte sie und drehte eine schnelle Pirouette. Dann wurde sie ernst und schaute auf den Schlauch in meinem Hals. »Tja, was machen wir damit?« In dem Moment wurde mir klar, dass ich erst zum zweiten Mal seit meinem Unfall im Rollstuhl saß.

Mitten in der Nacht.

Und nur Olivia war bei mir, ein Mädchen, das ich kaum kannte und dem ich bloß halb vertraute.

Das im Begriff war, mir das Beatmungsgerät herauszunehmen.

Ich blinzelte Nein, in der Hoffnung, dass sie es sah. Jetzt war ich wach.

Das hier war kein Traum. Es war eine ganz schlechte Idee.

»Keine Sorge, ich weiß schon … glaub ich.« Sie lächelte und ging zum Bett. »Erst mal muss man den Alarm ausschalten, der im Schwesternzimmer losgeht, wenn wir dich losmachen – das hab ich schon vor langer Zeit gelernt.« Sie drückte einen kleinen Knopf an dem Gerät. »Und aus«, sagte sie in einem Singsang. Sie schaute kurz auf das Gerät und studierte das Bedienungsfeld. »Also, das hab ich jetzt noch nicht gemacht. Na, wird schon schiefgehen.« Sie schaltete das Beatmungsgerät aus, machte schnell den Schlauch los und klickte ihn hinten am Rollstuhl fest. »Na bitte, war doch kein Problem.« Sie kam um den Stuhl herum und schaute mich an. »Geht's dir gut?« Ich blinzelte Nein, dann wieder Nein. »Was ist denn? Es ist richtig eingestöpselt, da bin ich mir sicher.« Sie schaute über meine Schulter zu dem Gerät unter dem Rollstuhl. »Huch, warum atmest du denn nicht?« Olivia sah panisch aus und überprüfte den Schlauch an meinem Hals. Wie in Zeitlupe spürte ich, wie die letzte Luft aus meiner Lunge durch den Schlauch entwich und keine neue Luft nachkam. Ich sah Olivia an. Ihr Gesicht war ausdruckslos, starr. Auf einmal kam mir ein verrückter Gedanke – Olivia wollte mir etwas antun. Sie freute sich gar nicht für mich, sie wollte nicht, dass ich gesund wurde. Sie wollte, dass ich hierblieb, wie sie. Für immer.

»West, West!« Sie schaute mir ins Gesicht und öffnete mit den Fingern meinen Mund. Das holte mich wieder zurück. »Oh, Mist!« Sie lief um den Rollstuhl herum. »Vielleicht ist da irgendwas …«, sagte sie und schaltete das mobile Beatmungsgerät ein. Luft strömte in meine Lunge.

»Oh Gott.« Sie ließ sich aufs Bett fallen. »Ich hatte vergessen, es einzuschalten! Um ein Haar hätte ich dich umgebracht!« Sie lachte hysterisch, dann beruhigte sie sich. »Ich dachte, wir machen uns einen Spaß, eine kleine Spitztour. Es sah so einfach aus, als sie heute Nachmittag mit dir rausgegangen sind.« Erschöpft ließ sie sich nach hinten aufs Bett plumpsen und seufzte tief. Dann setzte sie sich schnell wieder auf. »Jetzt ist doch alles okay, oder? Geht's dir gut?« Ich blinzelte Ja. Sie wirkte aufrichtig. Sie hatte wirklich nur vergessen, das Gerät einzuschalten. Sie wollte mir nichts antun. Wie konnte ich so was nur denken? Das würde sie nie machen.

Olivia ließ sich wieder aufs Bett fallen und murmelte: »Oh Mann, erinnere mich daran, dass ich nie im Leben Krankenschwester werde.«

Es war komisch, dass sie lag, während ich saß, ihre langen weißen Beine hingen seitlich aus dem Bett. Ihr dünner Bademantel hatte sich geöffnet, und ich sah, dass sie darunter eine kurze Turnhose und ein Tanktop trug. Als ich ihre Beine anschaute, sagte etwas in mir: »Fass sie an«, und ich befahl meiner Hand, sich zu bewegen. Beinahe spürte ich ihren weichen warmen Schenkel unter meiner Hand. Aber es passierte nicht. Meine Hand rührte sich nicht. Ausnahmsweise war ich einmal froh darüber, meinen Körper nicht in der Gewalt zu haben. So konnte ich keine Dummheiten mit diesem schönen Mädchen anstellen.

Sie stützte sich auf die Ellbogen und sah mich an. »Hm, jetzt, wo ich dich schon fast umgebracht hätte, sollten wir es auch richtig ausnutzen, oder?« Ich blinzelte Ja, drängte alle Gedanken an ihren Körper beiseite, und sie stand auf. »Dann geht die Party jetzt los«, sagte sie, schob den

Rollstuhl zur Tür hinaus und leise nach links – weg vom Schwesternzimmer und Richtung Fernsehraum. Wir waren gerade an zwei oder drei Zimmern vorbei, als wir Schritte hörten. Schnelle Schritte im anderen Flur.

»Psssst«, machte Olivia leise und schob den Rollstuhl in das nächste offene Zimmer. Sie stellte den Rollstuhl in die Ecke, raus aus dem Flurlicht. Erst dachte ich, das Zimmer wäre leer, doch als meine Augen sich an die Dunkelheit gewöhnt hatten, sah ich, dass dort ein Beatmungsgerät lief, am Bett blinkten Lichter. Da schlief jemand, jemand Kleines, Dünnes – eine Frau vielleicht oder ein Kind. Olivia schob mich wieder zur Tür, spähte um die Ecke und wartete, bis die Krankenschwester vorbei war. »Die Luft ist rein«, flüsterte sie, und wir gingen wieder in den Flur. Ich hätte gern gewusst, was die Patientin in dem Bett hatte, weshalb sie hier lag, aber es war keine Zeit zu fragen.

Olivia schob mich schnell weiter und machte eine scharfe Biegung nach links in den Fernsehraum. In diesem Raum war ich noch nie gewesen, nur dran vorbeigefahren. Der Fernseher war aus, es war dunkel und still. Auf einem Tisch lagen stapelweise alte Puzzles und Gesellschaftsspiele, auch ein paar zerfledderte Zeitschriften waren darunter. Es sah nicht so aus, als würde der Raum viel genutzt. An der Fensterseite stand ein Computer, er war groß und klobig. Olivia schob mich hin, ging dann zurück und schloss die Tür.

»Am besten lassen wir das Licht aus, aber ich glaub, es merkt keiner, dass die Tür zu ist. Ich war schon mal nachts hier, ohne dass die Schwestern es spitzgekriegt haben. Die sitzen die ganze Zeit an der Anmeldung, stopfen sich mit Zeugs aus dem Automaten voll und lesen Zeitschriften. Kein Wunder, dass sie alle so pummelig sind.«

Sie schaltete den Bildschirm ein. Ich hatte meinen Laptop schon eine ganze Weile nicht mehr gesehen; ich vermisste ihn – ich vermisste diese Verbindung zur Welt, zu all meinen Freunden. Unglaublich, dass ich schon so lange keine E-Mail und keine SMS an irgendwen geschrieben hatte.

»Die Internetverbindung hier ist Schrott«, sagte Olivia und tippte ein paar Wörter ein. »Willst du deine Mails checken, oder …?« Sie zuckte die Achseln. Ich wollte schon, aber gleichzeitig wollte ich nicht. Wer hätte mir schreiben sollen? Alle wussten, dass ich im Krankenhaus lag und in welchem Zustand ich war. Und selbst wenn mir jemand geschrieben hatte – wollte ich, dass Olivia mir über die Schulter schaute und mitlas? Ich blinzelte Nein.

»Okay.« Sie zog sich einen Stuhl heran, setzte sich neben mich und schaute mich einen Augenblick an. »Dir geht's doch gut, oder? Du kriegst Luft und so?« Ich blinzelte Ja, und sie tippte etwas. »Gut. Ich zeig dir mal was. Und ich mach das nur, weil ich dir etwas schuldig bin. Wenn du das hier gesehen hast, hast du immer etwas gegen mich in der Hand.«

Eine Website mit Videos öffnete sich, und Olivia tippte etwas in das Suchfeld. Kurz darauf erschien ein Foto von einem Tanzstudio auf dem Bildschirm. Fünf Mädchen lehnten an einer Stange. »Jackpot.« Sie klickte auf »Play«, und die Mädchen bewegten sich tanzend durch den Raum. Sie trugen alle dasselbe: blassrosa Trikots und Tutus, rosa Strumpfhosen und Schuhe. Nur eine stach heraus. Das blasseste Mädchen, das die schwarzen Haare in einem Knoten trug. Sie hatte einen langen geraden Hals, und obwohl ich keine Ahnung von Ballett hatte, konnte ich sehen, dass sie die Beste in der Gruppe war – ihre Bewegungen waren mühelos und exakt.

»Ja, das bin ich. Lach nur.« Sie schaute mich an und sah, dass ich nicht lachte. Dass ich sie bewunderte. »Wie ein anderes Leben.« Sie klickte auf »Pause«, bevor ich genug gesehen hatte, und tippte etwas anderes in das Suchfeld. »Weißt du was? Das hier hab ich selbst noch nicht gesehen.« Auf dem Bildschirm erschien eine große Bühne, und als das Video anfing, hörte man die Zuschauer klatschen. Olivia schaltete die Lautstärke herunter, und als der Vorhang aufging, ertönte leise klassische Musik. In zwei Reihen kamen die Mädchen anmutig auf die Bühne und tanzten, wirbelten im Takt herum, bewegten sich wie eine Einheit. Ich versuchte Olivia ausfindig zu machen, aber die Kamera war zu weit weg, ich konnte die Tänzerinnen nicht voneinander unterscheiden. Ich schaute ihre Gesichter und ihre Haare an, aber ich fand Olivia nicht. Da trat von hinten eine einzelne Ballerina in einem langen weißen, fließenden Kleid auf die Bühne. Die schwarzen Haare trug sie offen, sie flatterten, als sie wirbelnd ihren Platz in der Mitte der namenlosen tanzenden Mädchen einnahm.

Sie war umwerfend.

Ich schaute aus dem Augenwinkel zu Olivia. Ihr Gesicht im Schein des Computers sah fast wütend aus, als hasste sie die Tänzerin auf dem Bildschirm, dieses wunderbare, begabte Mädchen. Sie schaute kurz zu mir und senkte dann den Blick. »Ich weiß, was du denkst, West, das ist das Schöne an unserer Beziehung. Ich weiß immer genau, was du denkst, du brauchst es gar nicht auszusprechen.«

Die Worte kamen mir so bekannt vor. Hatte sie das schon mal gesagt?

»Du schaust sie an.« Sie zeigte auf den Monitor, wo sich jetzt ein Tänzer zu der anderen Olivia gesellte und sie mühelos über seinen Kopf hob. »Du fragst dich: Was ist mit diesem Mädchen passiert? Wo ist sie geblieben?« Olivia klickte auf »Pause«, als sie und der Tänzer sich gerade an den Händen hielten und einander in die Augen schauten. »Weißt du was? Manchmal frage ich mich das auch.« Olivia starrte einen Moment auf den Bildschirm, dann schaltete sie schnell den Computer aus.

»Das ist Vergangenheit, aus und vorbei.« Ihre Stimme klang völlig emotionslos. Sie drehte den Stuhl so herum, dass sie mir gegenüber saß. »Das hier ist die Gegenwart, so sieht's aus. Und wenn wir nicht hier wären, wäre ich dir nie begegnet. Und du mir auch nicht. Und ich glaube, wir mussten uns begegnen. Ich weiß nicht, warum, aber so ist es.« Sie schaute mich so eindringlich an, dass es fast beängstigend war. »Denkst du über so was überhaupt je nach?«

Ihre Augen waren so dunkel, dass ich nicht sagen konnte, ob ich sie schön oder unheimlich fand, aber ich blinzelte Ja.

»Wir mussten uns kennenlernen. Ich weiß noch nicht, warum, aber …« Sie nahm meine Hände. »Es musste so kommen.« So saßen wir ein paar Minuten da, meine Hände in ihren.

Sie schaute aus dem Fenster zu dem fast vollen Mond, das dunkle Haar umrahmte weich ihr Gesicht. Ich spürte ihre Hände, ein klein wenig nur, jedenfalls spürte ich, dass sie klein und zart und doch kräftig waren. Wie Olivia. Sie war immer noch so schön wie das Mädchen in dem Video, wenigstens äußerlich. Doch irgendetwas Schlimmes war in ihrem Innern passiert, etwas, das sie verändert und hierher gebracht hatte. Jetzt erkannte ich das. Und ich fragte mich, ob sie mir wohl je erzählen konnte, was es war.

## 10. Kapitel

Es ist dunkel im Zimmer, aber aus irgendeinem Grund hat Norris die Vorhänge offen gelassen, durch die das kalte Mondlicht hereinfällt und ein Rechteck auf den Boden wirft. Ich sehe Wasser, dicke Tropfen, dann eine Pfütze. Ich betrachte sie genau, bis ich Füße sehe. In meinem Zimmer steht ein Mädchen und tropft auf den Boden. Ein paar Schritte von meinem Bett entfernt steht sie da und starrt mich an.

»Olivia?«

»Ich wollte dich nicht wecken.«

»Wieso bist du so nass?«

»Ich war schwimmen.« Sie trägt ihr weißes Nachthemd, das jetzt nass und durchsichtig an ihrer Haut klebt. Ich kann jede Kurve ihres Körpers sehen, ihre Brüste als dunkle Kreise unter dem Stoff.

»Im See. Ich hätte dich gern dabeigehabt, aber ich wollte dich nicht wecken.« Sie kommt zum Bett und nimmt meine Hand.

»Du bist ja eiskalt«, sage ich. »Komm her.« Ich rutsche ein Stück und hebe die Decke an. Ich bin erschrocken, wie kalt sie sich anfühlt. Wieso geht sie im Winter nachts allein im See schwimmen?

Ich habe das Gefühl, die Antwort zu kennen, und wage nicht zu fragen.

Ich decke sie zu, sie schmiegt sich an mich, und ich nehme sie in die Arme. Sie ist dünn, dünner als Allie, ihr Körper ist unglaublich zart, ihre Hände so klein. Ich nehme sie fester in die Arme. Ich will ihr nicht wehtun, aber ich habe das Gefühl, als könnte ich sie nicht fest genug halten.

»Das ist schön«, sagt sie und seufzt.

»Jetzt bist du sauber«, sagte die blonde Krankenschwester und rieb mir mit einem Handtuch die Unterarme ab. »Gut siehst du aus, jetzt nur noch ein frisches Hemd.« Sie nahm ein grün-weiß gemustertes Hemd von ihrem Rollwagen, zog es mir über die Arme und drehte mich leicht zur Seite, um es hinten zuzuknöpfen. »Und jetzt setzen wir uns mal ein wenig auf«, sagte sie und drückte auf einen Knopf am Bettrand. Der Kopfteil des Bettes kam nur wenige Zentimeter höher. »So.« Sie strich mir die Haare erst zur einen Seite, dann zur anderen. »Wie trägst du sie?« Ich blinzelte zweimal für Nein, aber sie schien den Code nicht zu kennen. Ich ließ meine Haare normalerweise machen, was sie wollten, aber Mom fand es schön, wenn ich sie nach hinten kämmte. »So sieht es gut aus«, sagte die Schwester schließlich und ließ sie mir in die Stirn fallen. Sie räumte ihren Wagen auf und ging aus dem Zimmer.

Solange die Schwester da war, hatte ich über den Traum nicht mal nachdenken wollen, als hätte ich Angst, dass mein Gesichtsausdruck mich verraten könnte. Dass ich so was wie einen feuchten Traum gehabt hatte. Von Olivia. Mochte ich sie? So richtig? Ich lag da und dachte darüber nach, stellte mir genau vor, wie Olivia sich zu mir ins Bett gelegt hatte, wie gut es sich angefühlt hatte, mich an sie zu schmiegen … bis die echte Olivia ins Zimmer kam.

»Hey, Hübscher, schicke Frisur«, scherzte sie. Sie strich mir die Haare zurück, wie ich sie sonst auch trug, und ließ sich auf den Stuhl fallen. Es war ein komisches Gefühl, wenn sie meine Stirn berührte, das machte mich ganz nervös. Wenn sie nun tatsächlich meine Gedanken lesen konnte? Hatte sie das gesagt, oder war das nur ein Traum gewesen?

»Du bist heute Morgen bestimmt müde … Ich habe gehört, du warst gestern noch lange aus.« Sie zwinkerte mir übertrieben zu.

Kaum hatte Olivia es ausgesprochen, fiel mir alles wieder ein. Wir waren letzte Nacht aus gewesen. Nicht lange, aber immerhin. Wir waren im Fernsehraum gewesen und hatten Videos auf dem Computer angeschaut. Sie hatte gesagt, sie wüsste, was ich denke, und das stimmte auch. Sie hatte meine Hände gehalten. Wir hatten uns angeschaut, wie sie tanzte.

»Als du im Bett warst, konnte ich nicht einschlafen, und da dachte ich mir, ich schnappe mir im Schwesternzimmer deine Akte – nur mal gucken, was dieser verrückte Arzt mit dir vorhat. Aber ich kam nicht ran. Immer war jemand da. Die Schwester, die letzte Nacht Dienst hatte, ist stinkfaul, die ist auf dem Empfangstresen tief und fest eingeschlafen. Normalerweise gibt es immer eine Gelegenheit reinzuhuschen.« Die Vorstellung, dass Olivia sich nachts ins Schwesternzimmer schlich, war komisch und traurig zugleich. Ich fragte mich, ob sie wohl je ihre eigene Akte stibitzt hatte – und ob sie sie gelesen hatte und was für ein Gefühl das war. Sie kauerte sich auf den Stuhl und zog den Infusionsständer näher heran. »Guck nicht so gestresst, ich versuch es morgen wieder.« Sie beugte sich vor und schaute mich genauer an. »Alles okay? Du siehst nicht so gut aus.« Sie legte mir die Hand auf die Stirn. »Oh, Mist! Du glühst ja. Merken die blöden Schwestern denn gar nichts? Bin gleich wieder da.« Sie zerrte den Infusionsständer hinter sich her und stürmte aus dem Zimmer, dabei murmelte sie vor sich hin.

Ein paar Minuten später kam eine Schwester herein, die ich noch nie gesehen hatte. Sie kontrollierte meine Werte, stellte etwas am Beatmungsgerät ein, überprüfte den Schlauch in meinem Hals und zog die Bettdecke zurecht. Sie schaute noch mal auf den Monitor und legte mir eine Hand auf die Stirn. Dann verzog sie das Gesicht und notierte etwas auf der Karte. Nachdem sie gegangen war, döste ich langsam weg. Olivia hatte keinen Quatsch erzählt, so ein Mitternachtsausflug war wirklich anstrengend.

Ein Typ im weißen Laborkittel kam herein, hinter ihm Schwester Norris. Aus irgendeinem Grund war es jetzt dunkler im Zimmer, als ob die Sonne unterginge. Gerade war es doch noch Morgen gewesen.

»Wie lange war die Temperatur erhöht?«, fragte der Typ.

»Ungefähr vierundzwanzig Stunden, mit leichten Schwankungen.«

»Hmmmm«, machte er. Er schaute auf meine Karte. »Wir müssen

unbedingt eine Infektion vermeiden. Ich sehe hier, dass Dr. Louis bei diesem Patienten eine Spondylodese in Betracht zieht. Wir müssen das jetzt vollständig abklären, damit es später nicht zu einer infektionsbedingten Verzögerung kommt. Und piepsen Sie mich an, falls das Fieber noch weiter ansteigt.«

»Natürlich, Herr Doktor«, sagte Schwester Norris. Sie ging mit dem Arzt aus dem Zimmer und kam kurz darauf mit einem Plastikwagen voller medizinischem Zeug wieder. »Ich muss dir ein bisschen Blut abzapfen«, erklärte sie. Draußen war es dunkel. Wo war der Tag geblieben? Vielleicht waren das nur Sturmwolken.

Sie streckte meinen Arm, band ihn mit einem dicken Gummiband ab und wischte meine Armbeuge mit einem eiskalten Alkoholtupfer ab. »Jetzt pikst es ein bisschen«, sagte sie und schob mir die Nadel in den Arm. Es pikste wirklich, und ich zuckte kurz, ich kam mir vor wie ein Baby. Schwester Norris sah mir in die Augen. »Das hast du gespürt, oder?«, fragte sie. Ein Lächeln breitete sich auf ihrem Gesicht aus. »Du hast es gespürt! Ich hab's gewusst, du wirst wieder ganz der Alte.« Mir wurde klar, dass ich auch den Alkoholtupfer gespürt hatte, die kühle Berührung. Sie zog etwas Blut von meinem Arm in ein Röhrchen und verschloss es, zog die Nadel heraus und klebte ein Pflaster auf die Stelle. »Als du hier ankamst und ich dir die Infusionsnadel gelegt hab, hast du noch kein bisschen gespürt. Und jetzt guck dir das an«, sagte sie und legte mir eine kühle Hand auf die Stirn.

Ich schloss die Augen und wusste, dass Norris alles richtig machte. Kurz darauf kam die fiese dunkelhaarige Schwester mit einer Ärztin. Im Zimmer war es wieder hell, aber ich wusste nicht, ob es derselbe Tag war oder der nächste. »Vielleicht ist es nur ein Virus, aber wir müssen ihn im Auge behalten und aufpassen, dass seine Lunge frei bleibt.« Sie schaute auf den Monitor neben dem Bett. »38,3, das ist zu hoch, aber seit gestern Nacht ist es nicht mehr angestiegen. Alle vier Stunden Ibuprofen, und die Physiotherapeutin soll eine Klopfmassage bei ihm machen.« Die Ärztin schrieb alles auf das Klemmbrett, dann blätterte sie ein oder zwei Seiten zurück. »Hat Dr. Yung diese Untersuchungsergebnisse gesehen?«

»Ich glaube nicht«, sagte Norris und schaute der Ärztin über die Schulter. »Jedenfalls hat er sie nicht abgezeichnet.«

»Wenn er heute Nacht zu seiner Schicht kommt, können Sie dann dafür sorgen, dass er einen Blick darauf wirft? Ich weiß nicht, wonach er gesucht hat, aber ich kann hier nichts Ungewöhnliches entdecken.«

Das war Musik in meinen Ohren. Mein Blut war normal. Wenigstens etwas, das in diesem Körper funktionierte.

»Und wer ist der Nächste?«, fragte die Ärztin und holte einen kleinen Notizblock aus der Tasche. »Olivia Kemple, Venenentzündung … Zimmer 203?«

»Richtig, im Zimmer nebenan. Ich führe Sie hin«, sagte die Schwester. Venenentzündung – genau. Das kommt davon, wenn man immer wieder die Infusion rauszieht. Olivia Kemple, du hast ein Problem.

Ich versuchte zu hören, was im Nebenzimmer vor sich ging, aber ich hörte nur die leise Stimme der Ärztin. Ich schnappte ein paar einzelne Wörter auf. War das Olivia? Oder die Krankenschwester? Es hatte keinen Sinn, ich bekam nicht mit, wie Olivia sich aus dieser Geschichte herauswand. Ich döste weg, fühlte mich etwas benommen, und als ich wieder aufwachte, war es taghell, und ich lag auf der Seite, schaute aus dem Fenster, und jemand klopfte auf meinen Brustkorb – nicht sehr fest, wie eine rhythmische Massage. Es ging auf der einen Seite hoch und dann auf der anderen wieder runter, hackende Schläge mit der Handkante. »So, und jetzt das Gleiche auf der anderen Seite.« Als sie mich herumrollte, erkannte ich die Physiotherapeutin, die mit den raspelkurzen blonden Haaren. Kim. Sie kam zur anderen Seite des Betts und drehte mich auf die linke Seite, legte meinen rechten Arm vor meinen Körper, und dann machte sie wieder die Hackbewegung, hoch und runter. Nach einer Weile ging es mir ziemlich gut, als könnte ich wirklich jedes Mal, wenn das Beatmungsgerät Luft in meine Lunge gab, tief durchatmen. Ich versuchte mich zu räuspern, es fühlte sich an, als säße da irgendwas fest.

»Gut so. Raus damit, du hast nur eine kleine Erkältung«, sagte die Physiotherapeutin. Sie drehte mich wieder auf den Rücken, sodass ich zur Decke schaute. Ohne Abschiedsgruß ging sie hinaus, kam jedoch kurz darauf mit Schwester Norris zurück. »Er hat immer noch erhöhte Temperatur, aber ich glaube, er schafft es ohne Antibiotika. Er ist ein starker junger Mann – stimmt's, Mr West?«, sagte sie und beugte sich über mich. »Ich hole jetzt das ganze Zeug raus, das Kim gelockert hat.« Sie zog an etwas an meinem Hals, dort, wo der Beatmungsschlauch hineinführte, und ich spürte einen Sog, wie wenn man aus einem Staubsauger den Schlauch herauszieht.

»Gleich haben wir's«, sagte Norris. »Jetzt saugen wir dir noch die Nase ab.« Sie schob mir den Schlauch wieder in den Hals und befestigte den großen Plastikring am Hals und an den Schultern. Dann schob sie mir einen kleinen Schlauch in die Nase und saugte Schleim heraus. Das musste ich mir für die nächste Erkältung merken, es funktionierte super. »Noch schnell in die Ohren gucken«, sagte sie und holte eine kleine Stiftlampe aus der Tasche. »Sieht alles schön sauber aus da drin, keine Entzündung. Du musst dich nur ausruhen.« Sie legte mir noch mal die Hand auf die Stirn und ließ sie einen Augenblick dort liegen. Als sie zurücktrat, wurde mir bewusst, dass die Physiotherapeutin die ganze Zeit dabeigestanden und zugeschaut hatte. Sie sah erschrocken aus. »Merkt er das?«, fragte sie Norris.

»Na klar!« Norris lachte. »Er merkt alles, und ich wette, seit wir seine Lunge ein bisschen befreit haben, geht es ihm schon viel besser. Jetzt muss er sich ausruhen, lassen wir ihn mal allein.« Norris legte Kim eine Hand auf den Rücken und ging mit ihr hinaus. Wie war es möglich, dass diese Frau eine medizinische Ausbildung durchlaufen hatte und mich trotzdem für eine Art Gemüse hielt?

Obwohl Norris meine Atemwege so gut es ging befreit hatte, fühlte ich mich immer noch matschig im Kopf, als hätte ich eine starke Erkältung. Ich hätte gern gehustet, aber mit dem Schlauch im Hals ging das nicht. Ich machte die Augen zu und wartete darauf, dass Olivia oder meine Mutter zu Besuch kamen. Ich hätte gern gewusst, was die Ärztin zu Olivia gesagt und wie Olivia das »Problem« mit ihrem Infusionsschlauch erklärt hatte. Aber vor allem wünschte ich mir, meine Mom würde kommen, bei mir sitzen, sich mein MRT ansehen und ganz offen mit mir darüber sprechen, wie es weiterging und wann ich hier rauskam. Ich wollte mich ausruhen und gesund werden, und dann konnten wir den nächsten Schritt in Angriff nehmen. Von mir aus konnte es losgehen.

# 11. Kapitel

Es ist wieder dunkel im Zimmer, die Vorhänge sind offen. Hier bin ich schon mal gewesen. Ich weiß, dass auf dem Fußboden Wasser ist, und so ist es auch. Aber die Füße, die darin stehen, gehören nicht Olivia. Es sind Sandalen, kleine Sandalen. Ein Mädchen steht in einer Pfütze am Fußende meines Bettes. Sie ist klein und dünn, ihre Kleider sind dunkel und triefnass, mit hängenden Armen steht sie da.

»Wer bist du?« Sie rührt sich nicht und gibt keine Antwort. »Kann ich dir helfen?«

Jetzt kommt sie näher ans Bett und geht zum Nachttisch. Sie streckt die Hand nach der Schublade aus, und ich höre sie schniefen, sie weint. Ein Wassertropfen fällt von ihrer Hand zu Boden. Aber es ist kein Wasser, dafür ist es zu dunkel, fast schwarz. Ich lasse den Blick hoch zu ihren Fingern wandern.

Es ist Blut. Eine Wolke, die den Mond verdeckt hat, zieht langsam vorbei, und jetz fällt mehr Licht ins Zimmer. Nun sehe ich, dass das Mädchen blutet, auf dem Weg zum Bett hat sie eine Spur hinter sich hergezogen. Sie guckt in die Schublade, anscheinend sucht sie etwas, aber dann schaut sie zur Seite und sieht, dass ich da bin, dass ich wach bin. Blitzschnell fährt ihre Hand von der Schublade zu meinem Handgelenk, sie hält mich fest, noch fester. Es fühlt sich an, als wollte sie mir den Arm brechen, ihre Hand ist eiskalt, so kalt, dass sie mir fast die Haut verbrennt. »Lass los, hör auf«, sage ich, aber ich kann mich nicht befreien. Ich kann mich nicht bewegen. Ihre Augen sind schwarze Kreise. »Schwester!«, schreie ich verzweifelt. »SCHWESTER!«

»Schwester!« Das war nicht meine Stimme, sondern die meiner Mutter.

»Ich habe Sie gehört«, sagte die fiese Schwester und kam um die Ecke.

»Er glüht – irgendwas ist nicht in Ordnung!«, schrie Mom. »Schauen Sie, sein Puls! Was ist das hier für ein Krankenhaus!«

»Mrs Spencer, bitte beruhigen Sie sich«, sagte die Schwester. »Er hat erhöhte Temperatur, aber wir tun, was wir können, damit es ihm gut geht.«

»Das reicht nicht – er ist krank, da stimmt was nicht.« Mom krallte sich am Bettrand fest. »Er reagiert überhaupt nicht.«

Die Schwester nahm ihre Stiftlampe aus der Tasche und leuchtete damit schnell in mein rechtes Auge, hin und her. »Doch, er reagiert, es ist alles in Ordnung. Bitte setzen Sie sich, ich hole den Arzt.« Kopfschüttelnd ging sie aus dem Zimmer.

Mom nahm meine Hand. »Halt durch, mein Schatz. Gleich kommt Hilfe.« So schlecht ging es mir gar nicht, eigentlich sogar besser als vor dem Schlafen.

»Mrs Spencer?« Ein großer, dunkelhaariger Arzt, den ich schon ein- oder zweimal gesehen hatte, kam ins Zimmer. »Ich bin Dr. Yung. Sie machen sich Sorgen um Ihren Sohn?«

»Er hat Fieber, das sehe ich auf dem Monitor. Jetzt hat er 38,3, und das schon seit drei Tagen. Als ich gerade mit ihm gesprochen habe, hat er die Augen verdreht. Er sah aus, als hätte er einen Anfall.«

Der Arzt nickte. »Das ist in seinem Zustand nichts Ungewöhnliches – unkontrollierte Zuckungen kommen vor. Das Augenverdrehen ist nur einer der Tics, die er nicht kontrollieren kann.«

»Das habe ich bei ihm noch nie gesehen. Sind Sie sicher, dass mit ihm alles in Ordnung ist? So lange hatte er noch nie Fieber.«

»Sein Körper hat viele Verletzungen erlitten und versucht zu heilen. Wenn dann noch ein Virus dazukommt, ist es nur zu begreiflich, dass sein Immunsystem nicht so funktioniert wie vor dem Unfall. Es ist schwerer für ihn, Schleim von der Lunge wegzubefördern und gegen das Fieber anzukämpfen. Was bei einem anderen nur eine Erkältung wäre, ist bei ihm leider eher so etwas wie eine Lungenentzündung. Es ist ernst, aber ich kann Ihnen versichern, dass er keine Beschwerden hat und wir immer ein Auge auf ihn haben.«

Mom setzte sich auf den Stuhl neben dem Bett. »Ich weiß nicht, wie viel ich noch ertragen kann.« Sie fing an zu weinen. »Ich weiß einfach nicht, was ich machen soll.«

Der Arzt nahm den anderen Stuhl und setzte sich zu ihr. »Das müssen Sie teilweise einfach uns überlassen und darauf vertrauen, dass wir das Allerbeste für Ihren Sohn tun. Wenn Sie jedoch die Entscheidungen für die Zukunft meinen, die müssen Sie und Wests Vater treffen, und ich kann verstehen, dass Ihnen das nicht leichtfällt.«

Mom nahm ein Papiertaschentuch und putzte sich die Nase. »Wir haben uns gründlich informiert, und ich glaube, wir haben uns entschieden, aber es ist so schwer, ein solches Risiko einzugehen. Ich hoffe, wir tun das Richtige.«

Der Arzt nahm Moms Hand. »Bedenken Sie, dass er sehr jung ist, also sind die Risiken, von denen Sie gelesen haben, in seinem Fall viel geringer. Wenn er dieses Virus erst mal überwunden hat, können Sie jederzeit einen Termin für den Eingriff machen. Er ist stabil und bereit für den nächsten Schritt.«

Mom nickte stumm.

Der Arzt stand auf. »Wenn ich noch irgendetwas für Sie tun kann, Mrs Spencer, lassen Sie es mich wissen. Wir wollen wirklich alle das Beste für West.«

Mom nickte wieder und nahm noch ein Taschentuch. Als der Arzt zur Tür hinaus war, putzte sie sich die Nase. Sie nahm meine Hand und hielt sie ein paar Minuten schweigend.

»West, mein Schatz, ich muss mit dir reden.« Sie stand auf und beugte sich über mich. »Dieser Eingriff, den Dr. Louis für dich empfiehlt, ist riskant; es besteht eine Gefahr von zehn Prozent, dass du es nicht schaffst. Das heißt, von hundert Patienten sterben zehn bei der Operation. Zehn. Ich weiß nicht, ob ich ein solches Risiko ertrage. Aber ich weiß auch, dass du die Chance verdienst, wieder ein normales Leben zu führen. Sag mir, was du möchtest.« Sie schaute mir in die Augen. Ohne zu zögern blinzelte ich einmal für Ja.

Mom schaute mich immer noch an. Vielleicht brauchte sie noch eine Bestätigung, deshalb blinzelte ich noch mal. Sie lächelte und strich meinen Pony zurück. »Erinnerst du dich noch an Henrys Geburtstagsfeier im Schwimmbad? Da wart ihr sechs oder sieben Jahre alt. Du hast einmal zu dem hohen Sprungturm geschaut und bist dann schnurstracks zur Leiter marschiert. Ohne dich umzudrehen bist du hochgestiegen und aufs Brett gegangen. Du hast mich ganz kurz angesehen, dann bist du gesprungen. Ich hatte solche Angst, und die anderen Mütter auch. Aber du nicht. Du hattest nie Angst.« Sie küsste mich auf die Stirn. »Ich weiß, was du willst, ich weiß, wie stark du bist«, flüsterte sie.

Sie setzte sich wieder und hielt meine Hand. Ich war froh, dass sie mir endlich alles gesagt hatte. Und ich konnte ihr sagen, wie ich dazu stand. Ich drückte ihre Hand, und so saßen wir wortlos da und lauschten nur auf das Zischen des Beatmungsgeräts, bis ich einschlief.

# 12. Kapitel

Ich wachte auf, weil ich Musik hörte. Lauten Hip-Hop. Meine Lieblings-CD vom letzten Herbst, die Band hieß Water Gun. Es war hell und sonnig im Zimmer, und neben mir stand ein dröhnender iPod-Lautsprecher. Der Lautsprecher war über und über mit Aufklebern von einer Burger-Bude beklebt, wie kleine Kinder sie normalerweise bekommen. Dieses Teil hatte ich doch schon mal gesehen … Mike. Das war Mikes Gerät. Ich schaute mich im Zimmer um. Mike hatte mir den Rücken zugewandt, aber er war es, unverkennbar mit seinen verknoteten roten Locken, fast wie Dreadlocks. Er zappelte vor meinem Bett rum und machte eine Drehung auf einem Fuß. »Ey, Alter, weißt du noch, als sie diesen Song in der *Music Box* gespielt haben und das eine Mädchen wie eine Irre auf die Bühne gesprungen ist? Ich glaub, sie haben sie rausgeworfen.« Er versuchte ein paar Bewegungen wie die Jungs in den Videos zu machen, aber es sah so erbärmlich aus, dass ich am liebsten die Augen zugemacht hätte. Auf dem Rad war Mike der Hammer, aber Tanzen war nicht sein Ding. »War aber heiß, die Kleine. Ich hätte sie nicht rausgeworfen.«

Schwester Norris steckte den Kopf zur Tür herein. »Es tut mir leid, aber du musst die Musik leiser stellen.«

»Hä? Ich kann Sie nicht verstehen!«, rief Mike und legte eine Hand ans Ohr.

Sie kam herein und stellte das Gerät selbst leiser. »Ich hab's dir schon letztes Mal gesagt. Musik ist erlaubt, aber das hier ist ein Krankenhaus, keine Disco.« Sie sah ihn streng an und wandte sich zum Gehen.

»Echt, hat sich von den Patienten einer beschwert? Ich meine, ich dachte nur.« Genau solche Bemerkungen brachten Mike schon seit der neunten Klasse regelmäßiges Nachsitzen ein.

Norris seufzte. »Auch wenn sich die Patienten nicht beschwert haben, ihre Verwandten und andere Besucher könnten sich gestört fühlen. Du kannst gern Musik anmachen, nur nicht so laut. Klar?«

»Glasklar«, sagte Mike und versuchte eine Breakdance-Bewegung, sah aber nur peinlich aus. Dass er nicht auf die Nase fiel, war alles.

Norris guckte böse und ging aus dem Zimmer. Ich wusste, dass sie grinsen musste, kaum dass sie um die Ecke war; Mikes sogenannter Tanz war zu komisch.

»Mann, die Schwestern hier nerven. Sehen nicht mal scharf aus.« Mike ließ sich auf den Stuhl neben dem Bett fallen und stellte die Musik ein bis zwei Stufen lauter. »Egal.«

Mike sprach immer aus, was er dachte. Das war manchmal toll, aber es konnte auch nerven. Ich habe ihn im Bikepark kennengelernt. Wir hatten uns schon öfter dort gesehen, aber da wir auf unterschiedliche Schulen gingen, redeten wir nicht miteinander. Eines Tages, kurz bevor wir in die Neunte wechselten, kam er auf mich zu. »Mann, du bist ja ein Riese geworden«, sagte er und schaute mich von oben bis unten an.

»Ja, stimmt wohl«, sagte ich. Ich wusste nicht, ob ich etwas über seine verrückten roten Haare und sein Geschick auf dem Bike sagen sollte, also hielt ich einfach den Mund.

»Vorher warst du kaum größer als 'ne Erbse. Was ist passiert?«

»Keine Ahnung. Mein Vater ist auch groß«, sagte ich. Mike starrte mich weiter an, offenbar erwartete er eine bessere Erklärung. Er war nicht schlecht gebaut, er hatte breite Schultern und wog mindestens fünf Kilo mehr als ich, war aber auch ungefähr fünfzehn Zentimeter kleiner. Mehr so der stämmige Typ.

»Ehrlich gesagt, hat das ganz schön wehgetan«, sagte ich. »Den ganzen Winter über bin ich jede Nacht aufgewacht. Mir taten die Knochen weh.«

»Echt?« Das gefiel ihm. »Wie denn?«

»Schwer zu erklären, aber morgens taten mir immer die Muskeln weh. Und nachts hab ich dann Schmerzen gekriegt, Krämpfe in den Beinen und so. Monatelang ging das so. War echt Mist.«

»Aber jetzt bist du ein Riese. Wächst du noch weiter?«, fragte er.

Ich zuckte die Achseln. »Keine Ahnung. Mein Vater ist eins achtundachtzig, kann also gut sein.«

»Wahnsinn.« Mike kratzte etwas Dreck von seinem Bike-Schuh.

Er erzählte, ein paar Mädchen aus meiner Schule hätten am Tag zuvor im Bikepark nach mir Ausschau gehalten. »Nicht hässlich«, fügte er hinzu. Ich hatte keine Ahnung, wer das gewesen sein könnte, aber ich konnte mir denken, was los war. In der achten Klasse hatte sich bei mir einiges getan: Ich war fünfzehn Zentimeter gewachsen, war meine Zahnspange los und trug häufiger Kontaktlinsen – vor allem deshalb, weil die Brille dem Helm in die Quere kam. Ich sah anders aus als früher, und das war den Mädchen anscheinend aufgefallen, und sie hatten beschlossen, ich sei süß oder so. Ein paar von ihnen benahmen sich in meiner Nähe auf einmal merkwürdig, sie kicherten die ganze Zeit und sagten alberne Sachen zu mir.

Am nächsten Tag war Mike wieder im Park und zeigte auf zwei Mädchen, die auf einer Bank saßen. Sie waren aus meinem Englischkurs und wollten mir wohl zugucken; als ich in ihre Richtung schaute, winkten sie überschwänglich. »Ich bin dabei«, sagte Mike und stellte sein Rad neben meinem ab. »Die Blonde ist zum Anbeißen.« Wir gingen dann mit den Mädchen zu *Mel's Pizza*. Mike gab sein Bestes, mit der Blonden Konversation zu machen, während ich an der anderen hängen blieb. Sie war nicht hässlich, aber viel zu stark geschminkt, und sie trug Schuhe mit absurd hohen Absätzen, auf denen sie kaum laufen konnte. Ihr einziges Gesprächsthema waren die anderen Mädchen aus der Schule, wer cool war und wer nicht. »Kennst du Candace? Die ist echt hübsch. Ah, kennst du Ariel? Die ist ganz in Ordnung. Kennst du Amy? Die kann ich nicht ausstehen.« So ging das die ganze Zeit. Am liebsten wäre ich sofort wieder abgehauen. Aber Mike amüsierte sich und fuhr auf die Blonde ab. Ich hatte den Eindruck, dass er nicht viel Kontakt zu Mädchen hatte, er benahm sich total überzogen. Dem Mädchen schien das zu gefallen, sie lachte über ein paar seiner Witze, aber ihre Nummer wollte sie ihm am Ende dann doch nicht geben. Als wir zurückfuhren, klappte Mike an einem Stoppschild sein Visier hoch und drehte sich zu mir um. »Hey, Alter, ich kann dir gar nicht genug danken. Von heute an steh ich dir jederzeit hilfreich zur Seite, wenn du mich brauchst.« Er nahm meine Hand und drückte sie fest.

Im Herbst fingen wir beide an der Marshall High School an, und Mike sorgte bei mir für einen glatten Übergang in die Neun. Er kannte viele von den Jungs aus den oberen Klassen, sodass wir, im Gegensatz zu vielen anderen Neulingen, nicht geärgert wurden, sondern vom ersten Tag an zu den Angesagten gehörten: Wir hatten beim Mittagessen einen guten Tisch, wir wussten, welchen Lehrern man besser aus dem Weg ging, wo man abhing, welche Kurse man sich schenken konnte und so weiter. Mike glaubte, ich schleppe die Mädchen an und er hängt sich dran, aber in Wirklichkeit war er es, der mich über Nacht vom Außenseiter zu einem angesagten Typ machte. Ich verdankte ihm alles – Allie eingeschlossen. Aber das habe ich ihm nie gesagt.

Verstohlen schaute ich zu ihm rüber, wie er neben dem Krankenhausbett saß, und merkte, wie es mich warm durchströmte. Wenn ich hier rauskam, würde ich ihm sagen, wie sehr ich seine Freundschaft schätzte, auch wenn das für ihn Gesülze war. Ich fand, er sollte es wissen.

Jetzt trank er einen Schluck von seiner Limo und bewegte den Kopf zur Musik. »Das ist Musik wie in Malcoms Wagen, was? Weißt du noch, einmal, als wir Biernachschub geholt haben und es so geschneit hat? Da hab ich die Bässe durch die Schuhsohlen hindurch gespürt.« Er trank noch einen Schluck und starrte einen Augenblick zum Fenster hinaus. »Du hast Mr Perkins nachgemacht. Mann, war das witzig. ›Also bitte, meine Herrrrschaften!‹ Ich hätte mich fast bepisst!« Er lachte bei der Erinnerung. Wenn ich den Direktor nachmachte, fand er das immer witzig. Aber jetzt sah er nicht besonders fröhlich aus. »Das vermisse ich. Diese albernen Sachen, weißt du? Hatten wir einen Spaß in der Nacht«, fügte er leise hinzu. In der Stille, die folgte, als der Song zu

Ende war, schien er sich unbehaglich zu fühlen. Er drückte eine Taste auf dem iPod und spielte einen anderen Song von einer anderen Band. »Na ja, das ist Geschichte, was?« Er stand auf und ging ums Bett herum. Seine Rastlosigkeit machte mich ganz kribbelig. »Du musst mich briefen, wann die scharfen Schwestern Dienst haben. Wenn ich hier bin, sind immer Hässlich und Hässlicher dran.«

Ich konnte mich nicht erinnern, dass Mike schon mal hier gewesen war, das musste gewesen sein, bevor ich aufgewacht war. Es gefiel mir nicht, dass er Norris hässlich nannte. Sie war keine sexy Pornoschwester, aber sie war eine tolle Frau. Ich hatte sie gern.

»Oder gibt's vielleicht ein paar heiße Patientinnen? Hast du dir die schon mal angeguckt? Garantiert hast du.« Sofort dachte ich an Olivia und merkte, wie ich rot wurde. Hoffentlich fiel es Mike nicht auf. Wann hatte ich Olivia zuletzt gesehen? Ich wusste, dass ich ein oder zwei Tage krank gewesen war. Oder noch länger? Seit dem Traum, in dem sie zu mir ins Bett gestiegen war, hatte ich sie nicht mehr richtig gesehen. Daran wollte ich nicht denken, schon gar nicht in Mikes Gegenwart. Es kam mir vor, als würde ich Allie betrügen. Ich musste mir sagen, dass wir nicht mehr richtig zusammen waren, es wäre also kein Betrug. Selbst wenn es passiert wäre, was nicht der Fall war, weil ich es nur geträumt hatte. Aber Händchen gehalten hatten wir in jener Nacht im Fernsehraum. Irgendwas war dort passiert. Es war irgendwas, das sie gesagt hatte. Ich versuchte, meine Gedanken zu klären und Mike zuzuhören, aber er redete so schnell und durcheinander, dass mir der Kopf schwirrte. War er immer schon so überdreht gewesen?

»Hab ich dir schon von Erin erzählt, der Neuen? Ich glaub ja, aber ich erzähl es dir noch mal. Ihr Gesicht ist nur Durchschnitt, also wundere dich nicht, wenn du sie siehst. Sie ist keine Allie, klar? Aber ihr Körper. Mein Gott, was für ein Körper! Wie aus einem Sportmagazin. Der perverse Perry ist natürlich nonstop an ihr dran. Hat sie schon zehnmal gefragt, ob sie sich mit ihm treffen will. Sie hatte so einen Rock an …« Er zeigte auf seinen Oberschenkel, um anzudeuten, wie kurz der Rock war, dann schüttelte er den Kopf und schloss die Augen, als müsste er das Bild verscheuchen, bevor er weitersprechen konnte.

»Na ja, ich warte bloß auf meinen Einsatz, dann frag ich sie, ob sie mit mir ausgeht. Vielleicht können wir uns zu viert verabreden, ich und Erin und du und Allie, wenn du hier rauskommst. Überleg's dir mal, ja?«

Anscheinend hatte Allie ihm nicht erzählt, dass sie mit mir Schluss gemacht hatte.

Das war mir jetzt alles zu viel, deshalb blinzelte ich einmal Ja, und Mike wandte schnell den Blick ab. Ich hatte das Gefühl, dass er mich nicht so lange anschauen wollte, als ob er sich vor mir ekelte oder so. »Cool, super.« Er bewegte den Kopf im Takt der Musik. Dann starrte er wieder gedankenverloren aus dem Fenster, als hätte er vergessen, dass ich da war. Ich hatte den Eindruck, dass es ihm hier nicht gefiel – und dass er nicht so bald wiederkommen würde.

Norris kam ins Zimmer und nahm meine Karte vom Fußende des Bettes. »West hat dich ja sehr gern hier, aber ich fürchte, deine Besuchszeit ist gleich um«, sagte sie zu Mike.

»Kein Problem, wir sind sowieso durch«, sagte er. Er stöpselte das Gerät aus und nahm es am Griff. Dann stand er auf und salutierte. »West, mein Bruder, mach's gut. Bis bald.« Vor Norris machte er eine formvollendete Verbeugung, die in einer schwungvollen Handbewegung auslief. »Adieu, verehrteste Schwester Norris«, sagte er, drehte sich auf dem Absatz um und ging hinaus.

Norris kam zu mir ans Bett und maß meinen Puls. »Der Junge ist verrückt.« Sie lächelte. »Aber man merkt, dass er das Herz am rechten Fleck hat. Und dir geht es heute ja schon viel besser. Eine Woche Fieber, und endlich bist du auf dem Weg der Besserung. Eine Lungenentzündung ist kein Spaß, was?«

War es wirklich eine Woche gewesen? Ich musste ja völlig verpeilt sein. Es hatte sich angefühlt wie ein oder zwei Tage. Was war mit Olivia los, wo blieb sie? Dann hatte ich ein schreckliches Gefühl. Wenn ihr nun etwas zugestoßen war? Wenn sie auch krank war? Sie war echt dünn; wenn sie eine Lungenentzündung bekam, konnte es das Ende bedeuten. Oder wenn ihre Mutter sie in ein anderes Krankenhaus gebracht hatte? Auf einmal fiel mir der Traum wieder ein: das kleine Mädchen in Sandalen, das blutete und etwas in meiner Schublade suchte. Der Traum sollte mir etwas sagen: Olivia war krank oder verschwunden. Bei der Vorstellung, sie nicht mehr sehen zu können, tat mir die Brust so weh, als hätte jemand einen riesigen Ziegelstein daraufgelegt.

Ich schaute zur Uhr und hoffte, Olivia würde die Tür aufmachen und hereinkommen. Vielleicht konnte ich ihr eine Nachricht ins Unterbewusstsein schicken oder so. Angeblich konnte sie ja meine Gedanken lesen. Aber es funktionierte nicht.

Ich lag da und fühlte mich elend, bis Mom gegen sechs auftauchte. »Wie schön, dass es dir besser geht!«, sagte sie strahlend. »Ich brauche dich nur anzuschauen, dann sehe ich schon, dass du auf dem Weg der Besserung bist.« Sie zog einen Stuhl ans Bett und hielt meine Hand. »Morgen kannst du wieder in den Rollstuhl, und ich darf sogar einen Spaziergang mit dir machen. Spannend, oder?«

So toll hörte sich das nicht gerade an, und ich blinzelte Nein, aber Mom redete einfach weiter. »Und bestimmt willst du wissen, wie es mit der OP aussieht. Dr. Louis weiß Bescheid, wie es dir geht, und er muss nur noch dein Blut untersuchen, dann können wir einen Termin vereinbaren. Er hat gesagt, vielleicht in ein bis zwei Wochen, okay? Sobald die Anzahl deiner weißen Blutkörperchen wieder auf Normalniveau ist, und das kann nicht mehr lange dauern.«

Ein bis zwei Wochen, das klang wie eine Ewigkeit. Ich war bestimmt schon seit einem Monat hier, ich wollte mein altes Leben wiederhaben. Ich wollte jetzt operiert werden, nicht in zwei Wochen.

»Mit *Harry Potter* sind wir ja durch, deshalb hab ich das Buch mitgebracht, von dem Allie mir gesagt hat, dass ihr es in der Schule lest.« Mom holte ein Taschenbuch heraus. Bei dem bloßen Gedanken an Allie und der Vorstellung, ein Buch zu lesen, das sie auch las, ging es mir schlecht. Ich wollte nicht an sie denken, nicht an die Schule, den Englischunterricht, meine alten Freunde, mein altes Leben. Ich erinnerte mich nicht mal daran, dass Mom mir *Harry Potter* zu Ende vorgelesen hatte.

Allie hatte Schluss gemacht. Mike konnte mich kaum ansehen. Die Einzige, die etwas kapierte, war plötzlich verschwunden. Wo war Olivia? Warum hatte ich sie seit Tagen nicht gesehen? Sie hatte gesagt, dass sie einen Freund brauchte, und ich dachte, ich wäre einer. Aber da hatte ich mich wohl getäuscht. Meine Welt war echt klein geworden, und jetzt schien sie noch weiter zu schrumpfen.

»Deine Augen sind immer noch so feucht.« Mom beugte sich vor und wischte mir das Gesicht mit einem Papiertaschentuch ab. Zum Glück schrieb sie die tränenden Augen meiner Krankheit zu.

Mom begann *Ein anderer Frieden* vorzulesen. Es handelte von einem älteren Mann, der an den Ort zurückkehrt, wo er zur Schule gegangen ist. Er läuft herum und erinnert sich an alles Mögliche, was er erlebt hat. Garantiert hatte er eine traurige Geschichte zu erzählen – irgendwem würde etwas Schlimmes zustoßen, und das wollte ich gar nicht hören. Ich blendete die Worte aus. Noch zwei Wochen, das war das Ziel. Darauf musste ich mich konzentrieren, darauf, hier rauszukommen und dass die Operation ein Erfolg wurde. Noch zwei Wochen.

## 13. Kapitel

»West, wach auf.« Das war die Stimme eines Mädchens. »West.« Ihre Hand lag auf meinem Arm, genau wie in meinem Traum von dem blutenden Mädchen.

»Ich bin's nur«, sagte Olivia, als ich zusammenzuckte. Sie saß am Bettrand. »Geht es dir besser? Ich hab mir Sorgen um dich gemacht.«

Ich blinzelte Ja, und sie war sichtlich erleichtert. »Mich hatte es auch ein bisschen erwischt.« Sie zeigte auf ihren Infusionsschlauch. »Eine Entzündung. Man sollte sich wohl regelmäßig die Hände waschen, bevor man einen Infusionsschlauch rauszieht, was?« Sie grinste, und mir fiel ein Stein vom Herzen. Olivia war noch da. Es ging ihr gut.

»Ich wollte vorbeikommen, aber ständig war jemand bei dir, und außerdem warst du ziemlich weggetreten. Aber ich hab über dich nachgedacht.« Sie klang ernst. »Ich musste immer an dich denken, vor allem heute Abend, als ich versucht hab zu lesen und dein Freund Rapmusik auf voller Lautstärke gehört hat.« Sie sah mich finster an. Ich freute mich, dass ich die sarkastische Olivia wiederhatte.

»Also.« Sie holte tief Luft. »Während du mit Kranksein beschäftigt warst, habe ich Sherlock Holmes gespielt. Ich hab endlich mal eine Nachtschwester erwischt, die gern eine rauchen geht – und nicht nur eine –, und so hatte ich genug Zeit, im Schwesternzimmer ein bisschen nachzuforschen.«

Sie rutschte ein Stück näher zu mir heran und drückte auf den Knopf, mit dem man das Kopfteil anhob. Jetzt saß ich aufrecht und sah sie an. »Pass auf: Was ich herausgefunden habe, wird dir vielleicht nicht gefallen.« Sie beugte sich zu mir und flüsterte: »Erstens, ich hab nachgeschaut, wer vor dir in deinem Zimmer lag. Kein schönes Bild. Weißt du noch, dass du mir erzählt hast, du hast Albträume von einem Mann?«

Ich blinzelte Ja, und sie sprach weiter.

»War er – ich weiß, das klingt jetzt schrecklich –, aber war er … na ja, verbrannt?«

Nein.

»Er war in deinem Traum nicht verbrannt oder in einem Feuer?«

Wieder Nein. Ich hatte keine Ahnung, worauf sie hinauswollte.

»Hmmm.« Anscheinend war das nicht das, was sie hören wollte. »Der Typ, der vor dir hier lag, hatte ganz schlimme Verbrennungen – deshalb lag er im Koma. Es war ein künstliches Koma, sie haben versucht, Haut zu transplantieren. Aber dann hat er wohl eine Infektion bekommen …« Sie verstummte. »Jedenfalls war es Horror, seine Akte zu lesen. Und ich dachte, du hättest vielleicht von ihm geträumt, von einem Feuer oder einem verbrannten Mann.«

Ich blinzelte Nein. Ich merkte, dass sie enttäuscht war. Sie dachte, sie hätte die Auflösung einer Geistergeschichte gefunden, und jetzt ließ ich sie im Stich. Aber dann dachte ich, es könnte ja sein, dass dieser Kerl jemandem etwas Schreckliches angetan hatte und deshalb verbrannt wurde. Dass er das Mädchen angegriffen hatte und dann … wer weiß? Ihr Freund oder ihr Vater könnte gekommen sein und ihm etwas Schlimmes angetan haben. Ich deutete mit den Augen zu der Schublade, in der Olivia die Schreibtafel aufbewahrte.

»Ach, entschuldige, klar, ich führe hier ein Selbstgespräch.« Sie holte die Tafel heraus und schob mir den Stift in die Hand. Ich schrieb *Wie*.

»Wie was?«, fragte Olivia. »Wie ich es rausgefunden habe? Ich hab im Büro in seine Akte geschaut. Leicht war das nicht, das kannst du mir glauben. Die Schwester …«

Ich deutete wieder auf die Tafel, Olivia verstummte und hielt sie nah an meine Hand. *Verbr.*, schrieb ich.

»*Wie. Verbr.* Wie er verbrannt ist? Keine Ahnung, das stand da nicht ... oder vielleicht hab ich nicht so genau gelesen. Soll ich versuchen, das rauszufinden? Meinst du, es gibt da einen Zusammenhang?«

Ich blinzelte Ja. So musste es sein. Warum sonst sollte ich solche brutalen Träume von immer demselben Mann haben? Da musste es einen Zusammenhang geben.

Ich schaute wieder zu der Tafel, und Olivia wischte sie für mich ab. *Foto*, schrieb ich diesmal.

»Du bist genial«, sagte sie, lächelte und berührte meine Schulter. »Da waren Fotos in der Akte, ziemlich gruselige, aber ich besorg dir eins. Wenn du ihn erkennst ...« Sie schauderte. »Unheimlich, oder?«

Ich blinzelte Ja. Sie hatte irgendwas herausgefunden, das spürte ich.

Olivia seufzte und schloss kurz die Augen, als würde sie nachdenken. »Da ist noch etwas. Als ich im Schwesternzimmer war, hab ich auch in deine Akte geschaut.« Sie schwieg einen Augenblick. Ihre Miene verriet nichts. »Willst du's wissen?« Ich blinzelte Ja.

»Aber ich warne dich, ich hab keine guten Nachrichten«, sagte sie traurig, nahm mir den Stift ab und hielt meine Hand. »Dieser Dr. Louis will offenbar den Versuch wagen, dich zu operieren, aber ...«

Ich wartete darauf, dass sie mir erzählte, was ich bereits wusste: Es war riskant, meine Mutter war dagegen, ich musste zwei Wochen warten, was noch?

»Anscheinend glaubt keiner daran, dass es klappen wird. Nach dem, was in der Akte steht, hat er es erst bei ein paar Patienten gemacht, mit nicht so riesigem Erfolg.« Sie schaute auf meine Hand, als ob sie meine Finger untersuchte. »Ein paar sind auch gestorben.« Als sie wieder aufblickte, sah ich, dass es ihr aufrichtig leidtat.

Ganz neu war mir das alles ja nicht – Mom hatte mir schon gesagt, dass die Heilungschancen nicht hundert Prozent waren. Aber dass es so schlecht aussah, hatte ich nicht gewusst.

»Ich hatte insgesamt nur zwei Minuten Zeit, aber nach allem, was ich in deiner Akte lesen konnte, sind die Ärzte hier der Meinung, dass du eher einen natürlichen Weg gehen solltest – abwarten, welche Empfindungen von selbst zurückkommen, und erst mal versuchen, mit dem

Rollstuhl zurechtzukommen. Sie sind der Ansicht, dass es sich um einen radikalen Eingriff handelt und dass es das Risiko nicht wert ist.«

Ich schaute auf die Tafel, und sie schob mir den Stift wieder in die Hand. Ich schrieb ein Wort: *Du.*

Olivia atmete tief durch. »Wie ich darüber denke?«, fragte sie, und ich blinzelte Ja. »Ehrlich gesagt, weiß ich nicht recht, was ich von dem Krankenhaus und von den Ärzten hier halten soll. Mann, ich hab überhaupt kein Vertrauen mehr in die Ärzte. Ich bin schon zu lange in Krankenhäusern.« Sie seufzte. »Ist es denn so schlimm, noch ein oder zwei Monate abzuwarten, was passiert? So lange bist du doch noch gar nicht hier.« Sie schaute mich mit einem kleinen Lächeln an. »Wenn sich nach ein paar Monaten nichts getan hat, kannst du dich immer noch operieren lassen. Aber wenn sie nun recht haben und alles von selbst wiederkommt?« Ich dachte daran, wie ich, als Norris mir letztes Mal Blut abgenommen hatte, die Nadel gespürt hatte, an das kalte Ziehen, als sie die Stelle mit dem alkoholgetränkten Tupfer abgewischt hatte. Ja, etwas kam zurück, aber wie viel kam zurück und wie schnell? Und wenn doch nicht?

Olivia beugte sich zu mir und strich mir die Haare aus der Stirn, wie Mom es immer machte. Einen Augenblick sah es so aus, als wollte sie mich küssen, und blitzartig kam der Traum zurück, in dem sie in meinem Bett lag. Warum war sie auf einmal so lieb zu mir? Was hatte sie in meiner Akte gelesen, dass sie auf einmal solches Mitleid mit mir hatte? Es war seltsam, dass sie mitten in der Nacht zu mir kam und sich auf mein Bett setzte, anstatt auf den Stuhl. Vielleicht standen die Chancen schlechter, als Mom mir gesagt hatte, vielleicht war es möglich, dass die Operation gar nichts nützte und ich für immer in diesem Zustand blieb. Darüber hatte niemand mit mir gesprochen.

Jetzt war meine Paranoia wieder da, und es war, als spürte Olivia, wie ich abkühlte. »Ich hätte es dir fast nicht erzählt, aber … wenn es andersrum wäre, wenn du so etwas über mich wüsstest, dann würde ich es auch wissen wollen.« Sie hielt inne und schaute mir in die Augen. »Deshalb habe ich beschlossen, es dir zu erzählen. Du bist hier der Einzige, der was kapiert. Deshalb müssen wir aufeinander aufpassen.« Ihre

Worte hallten in meinem Kopf nach. Hatte ich nicht noch vor wenigen Stunden genau dasselbe gedacht, dass Olivia die Einzige war, die etwas kapierte? Da war ein Hoffnungsschimmer, dass sie für mich genauso empfand.

Olivia kam näher und legte den Kopf auf meine Brust. »Ich höre dein Herz schlagen«, flüsterte sie und schlang die Arme um mich. Mit einem Seufzer kuschelte sie sich an mich.

Allie hatte immer nach Erdbeeren gerochen, nach draußen. Sie sagte, das sei bloß ihr Shampoo, aber für mich roch sie nach Sommer. Olivia war anders. Sie war nicht wie die Mädchen aus der Schule. Die Art, wie sie ihren Körper an meinen schmiegte, gab mir das Gefühl, erwachsen zu sein.

Sie roch nach einem Parfüm, das eine Frau benutzen könnte, ein schwerer Moschusduft. Ihr Atem wurde ruhig und gleichmäßig, und ich begriff, dass sie eingeschlafen war, während sie mich in den Armen hielt und ihre langen Haare weich über meine Brust und das weiße Laken fielen.

# 14. Kapitel

Ich habe Blut an den Händen und bis hinauf zu den Handgelenken, ein paar Spritzer auch auf den Armen. Ich schaue auf meine Beine, meinen Bauch, mein Hemd, meine Hose. Wo ist die Wunde? Ich sehe sie nicht. Da ist so viel Blut. Ich öffne die Hände und sehe, dass das Blut in den Linien meiner Handflächen und Finger eingetrocknet ist, an einigen Stellen ist es dunkelbraun. Aber ich blute nicht. Ich habe keine Schmerzen. Das Blut stammt nicht von mir. In der Ferne höre ich Polizeisirenen, und ich weiß, dass ich wegrennen muss. Die kriegen mich nicht. Es tut so gut zu rennen. Ich habe so viel Kraft, sie können mich unmöglich kriegen. Ich bin zu schlau für sie. Ich bewege mich wie ein Superheld, runter vom Gehweg in einen Garten, mit einem einzigen Satz über eine Steinmauer, am Rand eines Parkplatzes entlang. Keuchend hocke ich mich hinter ein Auto, und da sehe ich mein Spiegelbild in einer Autoscheibe. Aber was ist das – meine Haare sind schwarz. Ich schleiche zum Seitenspiegel des Wagens. Draußen ist es dunkel, doch die Notbeleuchtung des Parkplatzes reicht aus. Ich sehe mein Gesicht im Spiegel. Aber es ist nicht mein Gesicht, es ist seins. Ich bin er. Ich bin er.

Endlich war ich hellwach. Nach so vielen verschwommenen Tagen, so vielen Medikamenten und halbwachen Augenblicken war ich jetzt richtig wach und bei Bewusstsein. Ich spürte das raue Laken unter der Haut, hörte die Apparate neben mir. Wie hatte ich bei dem Geräusch je schlafen können? Meine Gedanken rasten, mir wurde klar, dass ich seit dem Unfall mein Gesicht nicht mehr gesehen hatte. Ich war doch immer noch ich selbst, oder? Wer war ich? Ich bin West. West Spencer. Ich gehe in die elfte Klasse der Marshall Highschool. Ich habe blonde Haare und grüne Augen. Haselnussbraune Augen, behauptet meine Freundin. Exfreundin. Das alles war die Wirklichkeit.

Aber was, wenn nicht?

Hatte ich schwarze Haare und braune Augen – hatte ich das Blut eines anderen an den Händen? Hatte ich etwas Entsetzliches getan, wovon mir niemand erzählen, was ich mir nicht einmal selbst eingestehen konnte? Wenn das hier nun eine Psychiatrie und ich völlig durchgeknallt war! Konnte es sein, dass ich eine ganz neue Persönlichkeit entwickelt hatte? Ich musste in den Spiegel gucken, um mich zu vergewissern, dass ich der war, der ich zu sein glaubte. Olivia konnte mir einen Spiegel besorgen. Denn Olivia war echt. Sie war eben noch bei mir gewesen. Sie musste aufgestanden und vor dem Rundgang der Schwester in ihr Zimmer verschwunden sein.

Ich ließ die Besuche meiner Mutter und meines Vaters Revue passieren, der Ärzte und Schwestern, Olivia, Mike, Allie. Sie hat mir das Herz gebrochen. Das ist passiert. Das bilde ich mir nicht nur ein. Und Olivia, wie sie mich umarmt hat und bei mir eingeschlafen ist. Wie sich das angefühlt hat. Das war echt. Das vorhin war nur ein Traum, ein Traum, in dem ich ein anderer war. Das war nicht ich. Ich habe niemandem etwas getan. Ich habe niemanden verletzt. Dieser dunkelhaarige Mann, das bin ich nicht. Ich brauche ein Foto von dem Mann, der vor mir in meinem Zimmer gelegen hat, und einen Spiegel. Aber ich weiß schon, dass er nicht ich ist. Ich bin nicht er. Es sei denn ... Nein.

Ich habe nichts verbrochen, daran würde ich mich erinnern.

Ich hatte einen Unfall im Bikepark, auf der Rampe am Steinbruch. Das war passiert, ganz sicher. Ich versuchte die Szene wie einen Film vor meinem inneren Auge abzuspielen. Das Ganze war verschwommen, aber es war passiert.

Ich versuchte, die Bilder in meinem Kopf zu verändern: der dunkelhaarige Mann, seine blutigen Hände, das Gefühl, so mächtig, stark und unbesiegbar zu sein. Es war ein tolles Gefühl gewesen, so hatte ich mich auf dem Bike gefühlt, wenn es optimal lief, bei meinem ersten Rennen zum Beispiel, als ich wusste, dass ich es unter die ersten drei schaffen würde. Ich sehnte mich nach diesem Gefühl, ich wollte es zurückhaben. Wie an dem Abend, als ich Allie kennengelernt hatte und wusste, dass sie mich auch gut fand. Oder letzte Nacht, als Olivia in meinem Zimmer war, nachdem ich sie mehrere Tage nicht gesehen hatte – wie schön es war, ihr nur ins Gesicht zu schauen. Mein Herz schlug schneller, und ich fühlte mich so lebendig. Jeder will sich so fühlen. Aber nicht mit blutigen Händen, nicht als ein anderer. Vielleicht hatte ich diesen Traum nur, weil ich das Lebendigsein vermisste. Vielleicht hatte es gar nichts mit dem Mann zu tun, der vor mir in diesem Zimmer gelegen hatte. Aber ich wurde das Gefühl nicht los, dass es da einen Zusammenhang gab.

Irgendetwas stimmte nicht, und Olivia hatte recht: Meine Träume wollten mir etwas erzählen. Ich musste herausfinden, was das war. Etwas über dieses Krankenhaus, über mein Zimmer. Etwas Entscheidendes. Das würde mich beschäftigen, bis ich es herausgefunden hatte – bis wir es herausgefunden hatten.

Ich schaute zur Uhr. Vier Uhr früh. Noch Stunden, bis Olivia aufwachen würde. Stunden, bis jemand nach mir schauen und bemerken würde, dass ich wach war. Ich übte, meine Hände zu bewegen, wie ich es in letzter Zeit immer tat, wenn ich wach und nicht von Medikamenten benebelt war, keinen Besuch und nichts zu tun hatte. Ich bewegte die Finger der rechten Hand und versuchte eine Faust zu machen. Fast schaffte ich es schon. Die Finger meiner linken Hand waren nicht ganz so kräftig. Ich konnte sie ein wenig schließen, einen Fahrradlenker könnte ich schon umfassen, aber richtig fest greifen noch nicht. Und es war schwierig. Ich musste mich ganz darauf konzentrieren. Ich nahm mir wieder die rechte Hand vor und versuchte sie dreimal zu schließen, dann übte ich dasselbe mit der linken. Das musste ich der Physiotherapeutin beim nächsten Mal zeigen, dann hielt sie mich vielleicht nicht mehr für menschliches Gemüse.

Beim Einschlafen ballte ich die rechte Hand so fest, dass sich die

Fingernägel in meine Hand gruben. Ich öffnete sie erst, als eine weiche Hand meine berührte. Olivia. »Hey, hast du das etwa gespürt?«, fragte sie und machte große Augen. »Du hast gespürt, dass ich dich berührt habe, du hast dich bewegt. Du kommst wieder zu dir, die Ärzte hatten recht.« Die Sonne schien, Licht durchflutete mein Zimmer. Ich sah die Uhr nicht, aber es musste Vormittag sein. Olivia zog sich einen Stuhl ans Bett, und ich sah, dass sie ihren Infusionsständer nicht dabeihatte. Sie guckte genauso wie damals, als sie erfuhr, dass ich in den Rollstuhl durfte – sie freute sich für mich und doch wieder nicht. Und sie sah ein wenig besorgt aus.

»Na, wenn du jetzt anfängst zu grabbeln, muss ich ein bisschen besser aufpassen, was? Letzte Nacht hättest du mich beinahe in Schwierigkeiten gebracht.« Ein wenig verlegen sah sie mich von der Seite an. »Und ich dachte, einem gelähmten Jungen könnte ich über den Weg trauen – ich dachte, du liebst mich wegen meiner Seele.« Sie warf die langen Haare über die Schulter, dann lachte sie. »Im Ernst, um ein Haar hätten sie uns erwischt. Knapp zwei Sekunden, bevor Norris ihren Rundgang machte, bin ich aufgewacht. Kannst du dir das vorstellen?«

Es tat gut, ihr breites Lächeln zu sehen, sie lachen zu hören. »Da hätte ich einiges zu erklären gehabt!«

Sie nahm meine Hand und schaute mir ins Gesicht, eine Weile schwieg sie. »Du denkst über irgendwas nach. Worüber?« Ich richtete meinen Blick auf die Schublade.

»Möchtest du etwas aufschreiben?« Sie holte die Tafel heraus und hob das Kopfende meines Betts leicht an. Sie schob mir den Stift in die rechte Hand, und ich fasste ihn schnell. »Mein Lieblingsschüler, du hast geübt!«

Meine Brust weitete sich vor Stolz. Natürlich merkte sie es als Erste. Sie hielt mir die Tafel hin, und ich schrieb ein Wort.

»Spiegel? Du … willst einen Spiegel? Um dich selbst zu sehen?« Olivia lachte kurz auf. »Wie, ich schlafe ein Mal in deinem Bett und schon musst du nachgucken, ob du's noch raushast?«

Ich blinzelte Nein, aber sie fand es so witzig, dass sie nicht davon aufhören konnte. »Ich hätt es mir denken können. Ihr gutaussehenden

Typen seid doch alle gleich. Du willst dich frisieren und dich vergewissern, dass du immer noch cool aussiehst … Okay, verstehe. Bin gleich wieder da, Hübscher.« Kopfschüttelnd öffnete Olivia die Ziehharmonikatür, dann drehte sie sich um. »Aber war hier nicht …« Sie ging um das Bett herum zum Nachttisch und öffnete die Schublade. Als sie hineinschaute, wurde mir ganz elend von dem Déjà-vu. Ein kleines Mädchen, das in der Schublade nach etwas suchte. Weinend, blutend. War das wohl wirklich passiert?

»Bitte sehr, Hübscher.« Olivia hielt einen Spiegel mit einem kurzen Plastikgriff hoch. Sie presste ihn an die Brust, damit ich nicht hineinsehen konnte. »Bist du bereit für die grausame Wahrheit?«, scherzte sie, dann drehte sie den Spiegel um und hielt ihn mir vors Gesicht.

Das war ich. Dieselben Haare, nur länger. Zu lang. Und sie sahen fettig aus, als hätte ich sie eine Woche nicht gewaschen. Ich versuchte mich zu erinnern, wann eine Schwester mir zuletzt die Haare gewaschen hatte, aber ich wusste es nicht. Meine Augen waren immer noch haselnussfarben. Ich hatte leichte Stoppeln am Kinn, ganz leicht. Ich musste mich nur alle paar Wochen rasieren, mit Stoppeln hatte ich mich noch nie gesehen. Sie machten mich älter. Stand mir gar nicht schlecht. Ich sah den Beatmungsschlauch, der mit einer großen weißen Halsstütze aus Plastik verbunden war. Zum Glück konnte man nicht richtig sehen, wie der Schlauch in meinem Hals steckte und wo das Loch war. Er verschwand einfach in der Halsstütze. Sie erinnerte an die Dinger, die Footballspieler unter ihren Trikots tragen. Nicht so schlimm, wie ich es mir vorgestellt hatte.

»Brauchst du noch länger – ich meine, soll ich dich mit deinem bezaubernden Antlitz allein lassen?«, fragte Olivia. »Gib mir ein Zeichen, wenn du für dich sein möchtest.«

Ich blinzelte Nein, und sie ließ den Spiegel sinken. Jetzt sah ich ihr Gesicht. Ich war froh darüber, dass ich aussah wie ich selbst. Olivia lächelte und strich mir die Haare zurück. »Gefällt dir, was du gesehen hast?« Jetzt scherzte sie nicht, sie sah eher besorgt aus.

Ich wollte nicht Ja oder Nein blinzeln. Mir gefiel, was ich gesehen hatte, denn das war ich und nicht irgendein Typ, der etwas Schreckliches getan hatte. Aber wie ich jetzt aussah, das gefiel mit nicht – mit langen fettigen Haaren und Bartstoppeln, die unregelmäßig im Gesicht wuchsen. Olivia sollte mich so sehen wie die Mädchen in der Schule, sauber und gepflegt. In Jeans, nicht im Krankenhaushemd.

»Du siehst super aus, West. Und das weißt du auch.« Olivia legte den Spiegel zurück in die Schublade und machte sie zu. »Bestimmt fahren die Mädchen in der Schule total auf dich ab.« Wieder mal hatte sie meine Gedanken gelesen. Sie schob ihre Hand in meine und schaute zum Fenster hinaus. »Ich sehe das auch, nicht, dass du mich falsch verstehst.« Sie schaute mir wieder in die Augen. »Ja, du bist ein heißer Typ«, sagte sie widerstrebend. »Aber … wenn man dich hier kennenlernt«, sagte sie, ließ meine Hand los und machte eine Geste, die das Zimmer einschloss, »dann geht es nicht ums Aussehen, sondern um das hier.« Sie legte eine Hand auf meine Brust und ließ sie dort liegen. »Selbst wenn dein hübsches Gesicht bei dem Unfall entstellt worden wäre, es wär mir egal. Du bist immer noch derselbe.« Sie legte mir die Hand auf die Wange und sah mich lange an. Unweigerlich dachte ich an das, was sie nicht gesagt hatte. Dass ich immer noch derselbe war, auch wenn ich nicht laufen konnte. Dass ich immer noch West war, auch wenn die Operation nicht glückte. Und irgendwie hatte Olivia mich trotz alldem kennenlernen wollen. Und sie mochte mich. Sie mochte mich so, wie ich jetzt war.

»Was mit uns passiert ist, mit uns beiden, das hat uns verändert, aber …« Sie unterbrach sich. »So viel anders als vorher sind wir vielleicht gar nicht, oder?«

Ich schaute zu der Tafel, und sie begriff, dass ich etwas schreiben wollte. Sie hielt mir die Tafel hin. Es war ein langes Wort, also dauerte es eine Weile. Ich schrieb das Wort *wunderschön*. Olivia nahm die Tafel, hielt sie auf dem Schoß und schaute darauf. Dann beugte sie sich vor, legte ihre Lippen auf meine und küsste mich, zuerst sanft und zärtlich, dann heftiger, ihre Hände waren auf meinem Gesicht, in meinen Haaren. So rau hatte mich niemand seit dem Unfall berührt, niemand war mir seitdem so nah gekommen. So schnell, wie sie angefangen hatte, hörte sie auch wieder auf, sie flüsterte mir meinen Namen ins Ohr.

»West …« Dann lehnte sie sich zurück und schaute mich an. »Heute ist Samstag, da kommt deine Mutter und geht mit dir spazieren.« Sie sprang auf, strich ihren Bademantel glatt und schaute auf die Uhr. Sie hielt kurz inne, nahm die Tafel und las das Wort noch einmal.

»Das nehm ich mit, wenn du nichts dagegen hast.« Sie lächelte und drückte die Tafel an die Brust, während sie zur Trennwand ging. »Bis später.« Sie warf mir einen letzten Blick zu, dann schob sie die Tür zu, und ich hörte sie leise lachen, als ob das hier verrückt wäre, völliger Wahnsinn. Und sie hatte recht. Es war verrückt. Was war los? Olivia mochte mich. Und ich war dabei, mich in sie zu verlieben. Ich lag gelähmt im Krankenhaus und verknallte mich in das ungewöhnlichste, verwirrendste, schönste, geheimnisvollste Mädchen, das mir je begegnet war.

# 15. Kapitel

»Hey, schau dich an!« Etwa eine halbe Stunde nachdem Olivia gegangen war, kam Mom herein. »Du siehst toll aus!« Ich hatte gerade an Olivia gedacht, und das sah man mir bestimmt an. Ich konnte meine Gefühle noch nie sehr gut verbergen.

»Heute ist also der große Tag, ich nehme dich mit auf einen Spaziergang. Draußen!« Mom war ganz aus dem Häuschen, fehlte nur noch, dass sie in die Hände geklatscht hätte. Ihre Begeisterung konnte manchmal ganz schön nerven, aber jetzt freute ich mich, sie so gut gelaunt zu sehen. Ihre letzten Besuche waren nicht gerade die besten gewesen. »Und sobald wir dich in dem Stuhl haben« – sie schaute auf die Uhr, »hab ich eine Überraschung für dich. Eine Riesenüberraschung.«

Der rothaarige Helfer kam ins Zimmer. »Startklar?«

»Oh ja«, sagte Mom aufgeregt. Er trat seitlich ans Bett, um es höher zu stellen, dann ließ er die untere Hälfte runterklappen, sodass meine Beine herabhingen.

»Es ist besser, wenn die Patienten erst mal ein paar Minuten aufrecht sitzen, bevor wir sie in den Rollstuhl heben, so kommt der Kreislauf in Schwung«, erklärte er. Er holte den Rollstuhl aus der Ecke und stellte ihn neben das Bett. »Bin gleich wieder da.«

»Was für ein attraktiver junger Mann«, murmelte Mom. »Erinnert mich ein bisschen an Mike. Oder daran, wie Mike aussehen könnte, wenn er mal zum Friseur ginge. Apropos.« Sie kam näher und strich mir den langen Pony zurück. »Was machen wir nur damit? Ob sie hier wohl eine Krankenschwester haben, die Haare schneiden kann? Oder ob ich mal eine Friseurin herbestelle …?«

Der Helfer kam wieder zu mir und trat an mein Bett.

»Machen Sie das ganz allein?«, fragte Mom beunruhigt.

»Es ist einfacher, als Sie denken. Das könnten Sie auch. Bevor er nach Hause kommt, bringen wir Ihnen bei, wie Sie ihn in den Stuhl setzen«, erklärte er.

»Oh nein, er kommt nicht im Rollstuhl nach Hause – er wird nächste Woche operiert. Wir hoffen das Beste!« Sie drückte die Daumen und strahlte den jungen Mann an.

»Ach ja?«, sagte er und zog die Augenbrauen hoch. Er sah nicht überzeugt aus. Er beugte sich vor und legte mir den Arm um den Rücken, so ähnlich, wie Olivia es gemacht hatte, jedoch mit mehr Kraft und mit der Ruhe, die sich durch Übung einstellt. Er legte mich über seinen Rücken, und zwei Sekunden später saß ich im Rollstuhl. Er klappte die Armlehnen hoch und holte den Infusionsbeutel herüber. »Das kommt immer als Letztes«, erklärte er Mom, schaltete das Beatmungsgerät aus und befestigte den Schlauch hinten am Rollstuhl. Er schaltete das mobile Beatmungsgerät ein, und ich hörte, wie es Luft in meine Lunge pumpte. »Das wär's – nur für den Fall, dass Sie es doch mal wissen müssen«, sagte er.

»Bestimmt nicht«, sagte sie, aber ihr Gesicht hatte einen nervösen Ausdruck, als wäre sie selbst unsicher, als sie sah, wie er meine Füße auf die Fußstützen schob.

»Jetzt kann's losgehen. Hier ist die Bremse.« Mom stellte sich hinter den Rollstuhl, und er zeigte ihr das Pedal. »Noch Fragen?« Als Mom den Kopf schüttelte, wandte er sich zum Gehen. »Wenn Sie Hilfe brauchen, wir sind in der Nähe.« Ich war froh, dass er ging. Irgendetwas an dem Typ nervte, er hatte etwas Herablassendes, als traute er es Mom nicht zu, mich im Rollstuhl herumzufahren, und mir nicht, je da herauszukommen. Er war ein Blödmann.

»Bei ihm sah das ja leicht aus«, sagte Mom zu sich selbst, als sie mich langsam durch die Tür schob. »Jetzt steuern wir mal schnell das Schwesternzimmer an.« Sie bog rechts ab, und ich sah den niedrigen

Tresen, an dem die Schwestern saßen. Ein paar Computer waren da und überall verstreute Papiere. »Hi«, sagte sie fröhlich zu den Schwestern. »Wir erwarten heute ein paar Besucher, und ich wollte Ihnen nur sagen, dass wir … Ah, guck mal, da kommen sie schon!«

Durch die Doppeltür am Ende des Flurs sah ich drei Leute hereinkommen: Mike, unübersehbar mit seinen roten Haaren. Dann mein Vater, groß und dünn, ihn würde ich überall erkennen. Und ein Mädchen in einem langen schwarzen Mantel; es dauerte eine Sekunde, bis ich begriff, dass es Allie war – meine Allie, die Haare ganz unter einer Mütze versteckt. Als sie hereinkamen, setzte sie die Mütze ab und schüttelte die blonden Haare. Niemand bemerkte, dass ich nur ein kleines Stück entfernt saß, bis Mom rief: »He, ratet mal, wen ich hier habe!«

»Oh Mann, wie schön, dich zu sehen!« Mit großen Schritten kam Dad auf mich zu und war als Erster bei mir. Er hatte Tränen in den Augen, aber vielleicht kam das auch nur von der Kälte draußen. Er kniete sich vor den Rollstuhl und legte seine Hände auf meine. »Gut siehst du aus – als ich dich das letzte Mal gesehen hab, ging's dir nicht so toll, da hattest du hohes Fieber. Aber jetzt, Wahnsinn! Guckt ihn euch an!« Schnell stand er auf, drehte sich zu Mom um und nahm sie fest in die Arme. »Er sieht gut aus, er sieht super aus, was?«

Ich konnte Mom nicht sehen, sie stand hinter mir, aber ich hörte sie schniefen. Ich wandte mich zu Mike und Allie.

»Wie geht's?« Mike schlug leicht mit der Faust gegen meine Knöchel, dann stand er unbeholfen da und schaute sich um.

»Hi«, sagte Allie leise. »Du siehst viel besser aus. Letztes Mal warst du echt blass, und du hast richtig geglüht.« Sie fasste mir unter den Pony und fühlte meine Stirn. Sie war hier gewesen, als ich krank war? Wann war das? Wieso hatte mir das niemand erzählt? Ich dachte an Olivia – sie musste es wissen, sie kriegte es immer mit, wenn ich Besuch bekam. Und sie hatte es mir nicht erzählt.

»Kommt, setzen wir uns. Ich hab Brote mitgebracht, und die Schwestern haben gesagt, wir können das Fernsehzimmer eine Weile für uns haben.« Mom drehte meinen Rollstuhl herum und ging den anderen voraus in Richtung Fernsehzimmer. Wir kamen an meinem

Zimmer vorbei, dann an Olivias. Ich versuchte hineinzuschauen, konnte aber nur das Fußende ihres Betts sehen. Ich sah nicht, ob jemand da war oder nicht. Vielleicht kam sie in den Fernsehraum, um meine Eltern kennenzulernen. Einerseits hoffte ich es, andererseits war Allie dabei, und das wäre dann vielleicht komisch.

Mom schob mich in den Fernsehraum und dann hinüber zu dem langen Tisch. Alle holten sich einen Stuhl und setzten sich. »Ach, ich hab die Brote in seinem Zimmer vergessen. Ich hole sie schnell«, sagte Mom.

Dad und Mike redeten über ein Footballspiel, das gerade im Fernsehen lief. »Ob wir wohl lauter stellen dürfen?«, fragte Mike. »Wenn ich mal Musik mitbringe, kriegen die Schwestern immer gleich einen Schlaganfall …« Mike merkte, was er da gerade gesagt hatte. »Das ist jetzt nicht böse gemeint, aber gibt es hier im Krankenhaus auch Patienten, die einen Schlaganfall hatten?«

Allie warf ihm einen Blick zu. »Mensch, Mike.«

»Wieso? Was soll's? Kann mich doch keiner von denen HÖREN!« Das letzte Wort brüllte er.

»Das ist nicht witzig«, sagte Allie leise.

»Ich war ein bisschen öfter hier als du, und ich glaub, ich weiß besser, was hier abgeht, klar?«

Dann wusste Mike vielleicht doch, dass wir nicht mehr zusammen waren. Ich wollte ihm sagen, dass es für mich in Ordnung war, aber er schaute mich nicht an. Er legte den Kopf kurz auf den Tisch.

»Es ist ganz normal, dass du nervös bist, Mike«, sagte Dad und klopfte ihm unbeholfen auf den Rücken.

Mike hielt den Kopf gesenkt, aber ich konnte ihn trotzdem verstehen. »Es ist dieses Krankenhaus, das ist so ätzend!« Mike schlug so fest mit der Hand auf den Tisch, dass die Puzzlespiele wackelten. »Das ist alles so eine Scheiße!«

Allie guckte erschrocken weg. Ich wusste, dass die Situation ihr peinlich war.

»Ich geh mal eine Runde.« Mike schob seinen Stuhl zurück und stürmte mit gesenktem Kopf hinaus, ohne ein Wort zu mir zu sagen.

»Wir haben nicht vergessen, wie hart das für euch war«, sagte Dad und setzte sich neben Allie. »Es ist für uns alle hart, und ich bin euch sehr dankbar dafür, dass ihr West besuchen kommt. Es bedeutet uns unheimlich viel.«

Allie schaute auf die Tischplatte und schniefte. Mein Gott, fing sie jetzt an zu heulen? Was für eine bescheuerte Überraschung war das hier? Sie hob den Kopf, als Mom mit einer Tüte mit belegten Broten hereinkam. Sie rochen köstlich.

»Wo ist Mike?« Sie sah Dad an, der langsam den Kopf schüttelte.

»Der kommt schon wieder«, sagte Allie. »Warten Sie, ich helfe Ihnen.« Sie nahm die Tüte und verteilte die Brote. Ich schaute ihr zu, wie sie um den Tisch herumging und sorgfältig Servietten und Getränke verteilte. Nach der langen Zeit mit Olivia hatte ich ganz vergessen, wie rosa und strahlend Allie aussah – ihre Wangen waren rosig von der Kälte, ihre blonden Locken glänzten golden in der Sonne. Sie sah hinreißend aus, das ließ sich nicht leugnen, aber Olivia hatte auch etwas – eine kühlere, dunklere Schönheit.

»So.« Mom packte ihr Brot aus und schaute mich an. »Wir haben Mike und Allie von deiner Operation erzählt, und sie wollten vorbeikommen und dir alles Gute wünschen, stimmt's, Allie?« Mir fiel auf, dass sie die Stimme erhob, wenn sie mich ansprach.

»Ja.« Allie wich meinem Blick aus und konzentrierte sich stattdessen darauf, ihr Getränk zu öffnen. Dann schaute sie kurz zu mir. »Es läuft bestimmt super, Mrs Spencer, und … und dann …« Allie hielt inne und riss sich zusammen. Sie wollte vor meinen Eltern nicht weinen. »Alles wird wieder so, wie es war, alles wird … gut.« Sie packte ihr Brot aus und legte es vor sich hin, aber ich wusste, dass sie es nicht essen würde.

Mike kam schnell zurück ins Zimmer und setzte sich, als wäre nichts geschehen. »Wow, danke, Mrs S., das sieht toll aus.« Er biss in sein Brot und aß die Hälfte mit zwei Bissen auf. »Wer liegt denn im Zimmer neben West? Die Mutter sieht aus wie ein Model oder so.«

»Bitte sprich nicht mit vollem Mund«, sagte Allie wütend. Offenbar hatten Mike und sie – die schon keine sehr guten Freunde waren, als ich noch den Prellbock spielen konnte – sich in meiner Abwesenheit nicht besonders gut verstanden.

»Ich glaub, es ist eine junge Frau, ich weiß nicht viel über sie«, sagte Mom. »Ich meine, die Mutter hätte gesagt, sie sei Tänzerin – eine Ballerina, wenn ich mich nicht irre.« Mom schüttelte den Kopf. »Aber ich weiß nicht mehr genau.«

»Gibt es auch einen Mr Ballerina?«, fragte Mike und zog ein paarmal die Augenbrauen hoch wie ein Aufreißer.

»Mensch, Mike«, zischte Allie. »Wie wär's mal mit ein bisschen Respekt? Ihre Tochter liegt im Krankenhaus.«

Mike zuckte die Achseln und verputzte den Rest von seinem Brot. »Ich bin ja nur neugierig, mit wem der gute West seine Zeit hier verbringt«, sagte Mike und zwinkerte mir zu. »Mehr nicht.« Er sah Allies skeptischen Blick und wischte sich grinsend die Hände an seiner Serviette ab. »Danke noch mal für das Brot, sehr lecker«, sagte er zu meiner Mutter. »Wenn ich West das nächste Mal sehe, futtert er eins mit, stimmt's, Alter? Nicht immer dieses Essen durch den Schlauch.« Mike schob seinen Stuhl zurück und stellte sich hinter mich. »Kann ich ihn auf eine kleine Tour mitnehmen? Nur den Flur runter, nichts Verrücktes.«

»Oh, lieber nicht«, sagte Mom schnell.

»Lass ihn doch, ist doch nur hier im Flur«, sagte Dad.

Mom warf ihm einen bösen Blick zu, sagte dann aber: »Na gut, fünf Minuten, Michael.«

Mike schob meinen Rollstuhl vom Tisch zurück und ging dann langsam mit mir durch den breiten Ausgang. »In fünf Minuten sind wir wieder da«, sagte er über die Schulter.

Kaum waren wir zur Tür hinaus, ging er schneller. »Verdammt, hoffentlich ist die Puppe noch da, die *musst* du sehen.« Vor Olivias Tür blieb er stehen und spähte ins Zimmer. »Los, wir checken mal, ob sie hier lang ist.« Er raste durch den Flur und schob mich viel zu schnell in Richtung Schwesternzimmer. Sobald wir um die Ecke waren, verlangsamte er das Tempo deutlich. »Hallo, die Damen!«, rief er den Schwestern zu, die kaum aufblickten. Er schob mich zu der Doppeltür, zu der wir auch hereingekommen waren.

»Da ist sie«, flüsterte er nah an meinem Ohr. Draußen stand eine große dünne Frau in einem dunklen Mantel, den sie eng um die Taille gebunden hatte. Ich schaute auf ihre Beine. Trotz der Kälte trug sie modische Stiefel – schwarz, mit hohen Absätzen. Dann sah ich ihr Gesicht. Es war Olivias Gesicht. Sie hätte Olivia sein können, nur älter, mit kürzeren Haaren, dunklem Lippenstift und geschminkten Augen. Wie sie die Zigarette an die Lippen führte, tief inhalierte und den Rauch in die kalte Luft blies, sah sie aus wie in einem Film.

»Hammer, von der Puppe hast du mir gar nichts erzählt, hast das Beste für dich behalten. Sieht die Tochter ihr irgendwie ähnlich?«

Ehe ich mich zurückhalten konnte, hatte ich schon Ja geblinzelt. Ein Fehler. Ich wollte nicht, dass Mike Olivia nervte und zu ihr ins Zimmer ging. Und ich wollte auch nicht, dass Olivia Mike kennenlernte, noch nicht, erst musste ich sie schonend darauf vorbereiten, was für ein Typ er war. Aber dann fiel mir etwas auf. Olivia war nicht wie Allie. Sie würde mit Mike klarkommen. Sie würde ihn zum Mittagessen verspeisen. Bei der Vorstellung musste ich lachen.

»Hast du grad was gesagt?« Mike beugte sich um den Rollstuhl herum und schaute mir ins Gesicht. »Verrückt, ich dachte, du hättest was gesagt.« Mike lachte, aber es klang gezwungen. »Nein, im Ernst.« Er schaute mir eine Weile in die Augen, und ich blinzelte Nein.

Olivias Mutter hatte gemerkt, dass wir sie angeschaut hatten, und winkte uns gönnerhaft zu, wie man kleinen Kindern zuwinkt. »Au, erwischt. Gut gemacht, Rolli.« Mike lächelte und winkte zurück.

»Ich drück dir die Daumen, dass du die später mal flachlegen kannst«, murmelte Mike und schob mich zurück in den Fernsehraum. »Weißt du was?« Er beugte sich vor und sprach nah an meinem Ohr, während er mich durch den Flur schob. »Wenn du erst mal aus dem Stuhl hier raus bist, kannst du bestimmt die eine oder andere auf die Mitleidstour rumkriegen. Oder vielleicht denke ich das bloß, weil ich es so machen würde.« Wir gingen um die Ecke in den Fernsehraum und Mike machte einen auf gute Laune. »Hi, wir sind von unserem Abenteuer zurück. Ich bringe euch West wieder, wie ihr ihn kennt, nur dass er ein neues Tattoo hat.«

Mir fiel auf, dass Mom und Dad näher zusammengerückt waren und dass Allie direkt neben ihnen saß. Worüber hatten sie geredet, während ich draußen war? Die Stimmung war befangen, als hätten wir ein Gespräch unterbrochen. Vielleicht hatte Allie ihnen gerade erzählt, dass sie mit mir Schluss gemacht hatte.

»Wir sollten dem Jungen jetzt wohl mal seine Ruhe gönnen, aber vielen Dank euch beiden, dass ihr gekommen seid.« Mom stand auf und umarmte erst Mike, dann Allie. Dad stand auch auf und räumte den Tisch ab. »Ich rufe dich heute Abend an«, sagte er zu Mom und zog sie an sich. Mir war es immer noch unangenehm, meine Eltern so zu sehen – als ob sie sich noch gern hätten.

»War schön, dich zu sehen, West«, sagte Allie und schaute mich endlich an. Sie schien nach etwas zu suchen, vielleicht nach einem Zeichen, dass ich sie immer noch mochte.

»Nächstes Mal zwei Beine statt vier Räder«, sagte Mike. Er gab mir einen festen Kuss auf den Kopf und ging mit Allie zur Tür hinaus, ohne sich noch einmal umzudrehen.

»Nächste Woche an deinem großen Tag bin ich hier, Kumpel.« Dad hockte sich hin und schaute mir ins Gesicht. »Bleib gesund, klar?« Er und Mom tauschten einen wortlosen Blick, dann ging er zur Tür hinaus, und sie setzte sich wieder.

»Dein Vater ist extra für einen Tag hergeflogen und hat die beiden im Wagen mitgenommen.« Sie trank ihre Limonade aus und stellte die leere Dose auf den Tisch. »Ehrlich gesagt glaube ich, dass Mike es von all deinen Freunden am schwersten nimmt. Dieser Junge.« Langsam schüttelte sie den Kopf und schaute aus dem Fenster. Sie starrte auf dieselben Winterbäume, die ich tagein, tagaus sah. »Seine Mutter hat erzählt, dass er in der Schule eine schlimme Zeit durchmacht – Prügeleien, Nachsitzen, das volle Programm.«

Nachsitzen war für Mike nichts Neues, Prügeleien dagegen schon. Mit wem prügelte er sich? Und weshalb? Mir kam der Verdacht, dass er mir bei seinen Besuchen nichts Richtiges erzählte, er hielt alles an der Oberfläche.

»Irgendwie glaub ich, dass du ihn erdest; er braucht deine Freundschaft.« Mom schaute mir in die Augen. »Noch ein Grund, wieder gesund zu werden.«

Als ob ich noch einen Grund brauchte.

# 16. Kapitel

Ich friere. Ich stecke die Hände tief in die Taschen, aber meine Finger bleiben gefühllos. Meine Zehen sind so kalt, dass ich sie nicht mehr spüre, und es wird dunkel. Im Schein der Straßenlaterne über mir sehe ich Schneeflocken herabrieseln. Ich gehe schneller, mit größeren Schritten, und schaue meinen Stiefeln zu, wie sie auf den Gehweg treffen. Aber als ich aufblicke, sehe ich, dass ich falsch gegangen bin. Auf einmal bin ich im Stadtzentrum. Ich kenne die Ecke, aber sie ist weit weg von meinem Viertel. In der Ferne sehe ich Scheinwerfer näher kommen – ein Bus. Der Fahrer hält und öffnet die Tür. »Willst du mit?«, fragt er. Er ist dick, seine Schenkel quellen über den Fahrersitz, fleischige Hände liegen auf dem Lenkrad. Da sehe ich Olivia. Sie sitzt vorn im Bus und schaut aus dem Fenster auf mich herab. Sie sieht so blass und traurig aus. Ich freue mich, sie zu sehen, aber sie freut sich nicht. Sie sucht meinen Blick und schüttelt stumm den Kopf. Einen kurzen Augenblick denke ich, dass es vielleicht Olivias Mutter ist, die im Bus sitzt. Aber nein, als der Bus weiterfährt, sehe ich die langen dunklen Haare, die ihr über den Rücken fallen. Ich weiß, dass sie es war.

»Hast du Kippen?«, fragt mich jemand. Ich drehe mich um und sehe einen Typ neben mir. Er ist älter als ich, aber kleiner. Er sieht aus, als ob er friert, in der alten braunen Lederjacke, dem schäbigen T-Shirt und schmutzigen, verschlissenen Jeans. »Kippen?«, fragt er noch mal. Ich schüttle den Kopf und er geht weiter. Aber dann bleibt er stehen, dreht sich um und sagt: »Kennen wir uns nicht?« Als der Schein der

Straßenlaterne auf sein Gesicht fällt, sehe ich, dass ich ihn tatsächlich von irgendwoher kenne. »Mann, ich würd jetzt so gern eine rauchen.« Er klopft auf die obere Tasche seiner Jacke, und da sehe ich das Blut. Auf seinen Händen, den Tattoos auf seinen Fingern. An den Manschetten seiner Jacke. Auch im Gesicht hat er Blutspritzer. »Hast du echt keine Kippen?« Er kommt zurück, und da höre ich etwas, das Weinen eines Mädchens. Erst leise, dann lauter. Sie schluchzt und ringt nach Luft. Und da sehe ich sie zusammengekrümmt auf dem Boden liegen, direkt an der Bushaltestelle. »Mach dir deswegen bloß keine Gedanken«, sagt der Typ und stellt sich so vor sie, dass ich sie nicht sehen kann. »Mach dir wegen der keine Gedanken, die ist bloß Zeitverschwendung.«

»Ich wollte dich nicht wecken«, sagte Olivia und wischte sich über die Augen, dann putzte sie sich die Nase. »Ich wollte gerade nach dir sehen. Manchmal komme ich vorbei, wenn du schläfst, und gucke, ob alles okay ist. Als du krank warst, hab ich das auch gemacht. Ich wollte nur … sichergehen, dass alles in Ordnung ist.« Sie nahm sich noch ein Papiertaschentuch und putzte sich geräuschvoll die Nase. Ich wartete darauf, dass sie einen Witz machte, darüber, dass sie mich im Schlaf stalkte, oder über ihr undamenhaftes Geschnäuze, aber da kam nichts. Sie sah ernst und traurig aus.

Es war dunkel und kalt im Zimmer, als wäre die Heizung heruntergestellt worden. »Ich weiß, dass deine Eltern heute hier waren«, sagte sie, zog sich den Bademantel um die Knie und schniefte. »Und ich weiß, dass Mike hier war. Und *sie*.«

Sie schwieg einen Moment und schaute zu Boden. »Tut mir leid, dass ich so durcheinander bin. Ich … Meine Mom war heute auch hier, und der Besuch war nicht so gelungen. Sie hat dich übrigens gesehen.« Olivia verzog das Gesicht und schaute mich an. »Sie hat gesagt: ›Was macht denn dieser gutaussehende Junge hier?‹« Olivia konnte den französischen Akzent ziemlich gut nachahmen. Sie holte tief Luft und wandte das Gesicht ab, und in diesem Moment erinnerte sie mich an ihre Mutter, wie sie draußen geraucht hatte. Die Art, sich zu bewegen, die verhaltene Schönheit. »Gehen wir ein Stück?« Sie stellte die Rückenlehne meines Betts hoch und ließ das Fußende nach unten kippen. »Ich wusste nicht, dass du erst ein paar Minuten sitzen sollst, bevor man dich in den Stuhl hebt«, erklärte sie. »Hab ich erst heute gelernt.«

Ich fragte mich, was sie sonst noch von dem Besuch meiner Eltern mitbekommen hatte, wie viel sie gehört und gesehen hatte.

»Während du dich an die Position gewöhnst, geh ich schnell was holen. Bin gleich wieder da.« Sie verschwand durch die Zwischentür und ließ mich allein im dunklen Zimmer sitzen. Ich spürte, dass meine Zehen kalt waren, meine ganzen Füße waren kalt. Das war neu, ein leichtes Prickeln, das ich lange nicht gespürt hatte.

Kurz darauf kam sie zurück, sie hatte eine Mappe in der Hand, wie man sie auch in der Schule benutzt. »Weißt du noch, als wir über deine Albträume gesprochen haben und dass dein Vorgänger in diesem Zimmer etwas damit zu tun haben könnte?« Sie schlug die Mappe auf und blätterte ein paar bedruckte Seiten durch. »Ich hab ein Foto von ihm. Mehrere Fotos. Aber ich warne dich, es ist kein schöner Anblick. Willst du sie sehen?« Ich blinzelte Ja, und sie warf einen kurzen Blick auf das Foto, bevor sie meine Nachttischlampe einschaltete und das Foto so hielt, dass ich es sehen konnte.

Es war schwer zu schätzen, wie alt der Mann auf dem Foto war. Vielleicht zwanzig, vielleicht älter. Oder auch jünger. Seine spärlichen Haare waren blond. Er sah aus wie aus einem Horrorfilm, starrende Augen in einem Totenkopf. Ich brauchte einen Moment, um zu begreifen, dass er für das Starren nichts konnte – er hatte keine Lider. Ein Teil seiner Nase fehlte, nur ein fleischiges Loch klaffte in seinem Gesicht. Wo seine Lippen hätten sein sollen, waren bloß Zähne mit schwarzem Zahnfleisch. Er hatte nur ein Ohr, darüber ein paar blonde Haare. An der anderen Seite des Kopfes saß anstelle des Ohrs nur ein Fleischklumpen. Ich wusste sofort, dass das nicht der Mann aus meinen Träumen war. Das war nicht der dunkelhaarige Mann mit den blutigen Händen. Trotzdem konnte ich den Blick nicht von dem Foto wenden.

»Ist er es?«, fragte Olivia. Ich riss mich los und blinzelte Nein.

Sie drehte das Foto um und schaute einen Moment darauf, dann steckte sie es zurück in den Ordner. »Ehrlich gesagt, bin ich froh, dass er es nicht ist«, gestand sie. »Es war keine schöne Vorstellung, dass er dich oder dieses Zimmer heimsucht.« Sie holte den Rollstuhl aus der Ecke. »Ich hab wohl immer noch ein schlechtes Gewissen, weil ich vielleicht mehr für ihn hätte tun können. Hätte sich herausgestellt, dass er hier rumspukt, wäre das ein Zeichen dafür gewesen, dass ich recht habe. Verstehst du?« Sie legte mir einen Arm um den Rücken, um mich in den Rollstuhl zu setzen. Diesmal ging es schon besser als beim ersten Mal. »Der Krankenpfleger hatte recht, das würde deine Mutter auch schaffen. Es geht mit jedem Mal leichter.« Sie hakte den Infusionsbeutel los und befestigte ihn an der Stange am Rollstuhl. »Mal gucken, ob ich das hier hinkriege.« Sie schaltete das Beatmungsgerät aus, schloss den Schlauch an das mobile Beatmungsgerät an und schaltete es ein. Ich musste keinen Atemzug auslassen. »Okay?« Sie kam um den Rollstuhl herum und schaute mir kurz ins Gesicht. Ich blinzelte Ja und wartete auf ein Lächeln, aber ich bekam keins. Ich hatte das Gefühl, dass Olivia sauer auf mich war oder auf ihre Mutter oder auf wen auch immer. Vielleicht hatte es mit dem deprimierenden Foto von dem verbrannten jungen Mann zu tun. Ich wollte sie gern aufheitern, wie sie mich auch schon so oft aufgeheitert hatte.

»Ich hätte mich mit diesem Typ anfreunden sollen, mit diesem …« – sie schaute in die Akte, die auf meinem Bett lag – »Paul. Vielleicht hätte ich irgendwas machen können, ich hätte etwas merken und den Schwestern sagen können.«

Ich dachte an den Tag, als ich Fieber hatte und Olivia es als Erste bemerkt und eine Schwester geholt hatte. Vielleicht hätte sie wirklich etwas für den Mann tun können, aber wer weiß, vielleicht auch nicht. Er war ja wohl ziemlich schlimm dran gewesen.

Ich blinzelte Nein. Sie sollte sich deswegen nicht quälen. »Ich hab einen Misttag«, erklärte Olivia. »Viele Zweifel, viele Gedanken.« Sie schaltete die Nachttischlampe aus, trat hinter den Rollstuhl und schob mich zur Tür hinaus. Draußen blieb sie kurz stehen, um sicherzugehen, dass wir allein waren. Im Flur kam es mir wärmer vor als im Zimmer, und es war angenehm, im Hellen zu sein. Mein Zimmer fand ich gruselig, seit ich das Foto von dem Mann gesehen hatte, der vor mir dort gelegen hatte.

»Ich würde ja einen Nachtspaziergang vorschlagen, aber draußen sind es minus fünf Grad oder so, also …« Langsam schob sie mich durch den Flur, bog dann in den Fernsehraum ein und schloss die Tür hinter uns, bevor sie mich zum Computertisch schob und einen Sessel herbeiholte.

Es war dunkel im Raum, aber nicht so unheimlich wie in meinem Zimmer, und ich war dankbar für den Ortswechsel. »Dann hast du mich wahrscheinlich schon mal weinen hören, wenn du geschlafen hast?« Ich wollte schon Ja blinzeln, denn ich hatte so eine Ahnung gehabt, stattdessen blinzelte ich Nein. Ich wollte es von ihr hören.

Sie kauerte sich in den Sessel und zog sich den Bademantel über die Beine. »Ich hab dir ja von dem Typ erzählt, Paul, dass er am Anfang immer Besuch bekam. Nach einer Weile kam niemand mehr.« Sie schaute mir im Dunkeln ins Gesicht, um zu sehen, wie ich reagierte. »Wann hatte ich das letzte Mal Besuch? Ich meine nicht meine Mutter, ich meine Freunde. Irgendwer. Weißt du das?«

Ich überlegte, aber ich konnte mich nicht erinnern, dass sie je Freunde zu Besuch gehabt hatte. Ihre Mutter war die Einzige, die kam. Ich hoffte nicht, dass unsere kleine Party heute sie auf solche trüben Gedanken gebracht hatte, aber vermutlich war genau das der Fall. »Weißt du, warum ich keinen Besuch von Freunden kriege? Sie kommen nicht mehr. Sie kommen nicht mehr, weil sie *dieses* Mädchen sehen wollen.« Olivia stand auf und warf sich in Ballerinapose, sie stand auf den Zehenspitzen, den Kopf zur Seite geneigt. Plötzlich vollführte sie eine perfekte Drehung, dann blieb sie stehen und schaute mir geradewegs in die Augen. »Dieses Mädchen wollen sie sehen.« Mühelos tanzte sie durch den Raum, ihr Bademantel flatterte hinter ihr her wie ein weißes Kleid. Sie wirbelte herum und tanzte zu mir zurück, nah beim Sessel blieb sie stehen. Ich hörte sie schwer atmen.

»Die hier wollen sie nicht.« Sie riss einen Ärmel hoch, zeigte mir ihren Kurzschluss, das wütende Stück Plastik unter ihrer Haut, das mit Pflaster festgehalten wurde. »Sie wollen nicht das Mädchen sehen, dem die Haare ausfallen« – sie fasste sich in den Pferdeschwanz und hatte ein Büschel dunkler Haare in der Hand –, »das bleich ist und nicht lächelt.« Sie beugte sich zu mir, so nah, dass ich ihren Atem auf dem Gesicht spürte, und sah mich hasserfüllt an. »Keiner will dieses Mädchen«, sagte sie langsam. So wütend hatte ich sie noch nie gesehen. Es machte mir Angst.

Sie ließ sich wieder in den Sessel fallen und legte den Kopf in die Hände. Dann schaute sie mich an. »Weißt du, was mir heute komisch vorkam? Nachdem sie vor Wochen mit dir Schluss gemacht hat, kommt deine kleine blonde Freundin hier reinspaziert, als ob das Krankenhaus ihr gehört, und hält schnell mal Familienrat mit deinen Eltern, während dein Kumpel dich ein bisschen spazieren fährt. Die perfekte Freundin. Findest du das nicht auch merkwürdig?« Olivia kniff die Augen zusammen und starrte mich an.

Dann wandte sie sich zum Computer und schaltete ihn ein. Der Gedanke daran, was sie mir zeigen wollte, machte mich nervös. Hatte Allie einen neuen Freund? Wollte Olivia mir etwas über meine Freunde zeigen, was ich nicht sehen wollte? Sie ging auf eine Videosite und ich sah, wie sie »BMX racing« eintippte. Als eine Liste mit Videos angezeigt wurde, klickte sie das erste an und lehnte sich zurück. Ich hatte keine Lust, das zu gucken. Ich fand es nicht sehr spaßig, anderen bei ihren Tricks und Sprüngen zuzuschauen, während ich im Rollstuhl festsaß. Weshalb zeigte sie mir das?

»Weißt du, warum Allie heute hier war?« Sie sprach Allies Namen aus, als würde er ihr in den Mund schneiden. »Sie war hier, weil sie diesen Jungen hier will.« Olivia zeigte mit dem Finger auf den Bildschirm, genauer gesagt auf den Jungen an der Spitze. Er war in voller Montur mit Lederkombi und coolem Race-Helm. »Diesen Jungen will sie, genau wie Mike und deine Eltern. Und jetzt glauben sie, die Operation bringt ihn zurück.« Olivia hielt das Video an. Ein Junge ballerte in Großaufnahme durch die Kurve, Matsch spritzte von seinen Reifen und auf die Kameralinse.

Olivia rückte mit ihrem Sessel näher zu mir heran und legte die Hände auf die Armlehnen. »Es ist ihnen egal, wie riskant es für dich ist und dass du sogar dabei sterben könntest, anstatt wieder gesund zu werden. Es ist ihnen egal, weil sie das hier auf keinen Fall wollen.« Sie stach mir mit dem Finger in die Brust.

»Allie hat dich abgeschossen, weil sie den Biker will, den gut aussehenden Jungen, der bei allen angesagt ist.« Sie zeigte wieder auf den Bildschirm. »Mit ihm will sie den Flur entlanggehen, nicht mit dem hier.« Sie schlug mir fest auf die Brust, und ich zuckte zusammen. »Hast du das gespürt?«, fragte sie überrascht. »Du hast es gespürt, stimmt's? Siehst du?« Sie sprang auf und wirbelte herum, plötzlich bester Dinge. »Die Ärzte haben gesagt, das Gefühl in deinem Körper kommt von selbst zurück, wenn du nur Geduld hast. Du brauchst diese OP nächste Woche gar nicht. Du brauchst sie nicht! Du kannst langsam wieder gesund werden, ohne Risiko – wir können gemeinsam gesund werden. Du und ich. Hier.« Zum ersten Mal in dieser Nacht lächelte sie mich an. Sie kniete sich vor mich, nahm meine Hand und legte sie auf ihre Wange. Ich hätte so gern etwas gespürt, hätte gefühlt, wie weich und warm sie war, aber ich fühlte nichts.

»Mir ist es egal, wie lange es dauert, weil ich dich liebe, West. Ich liebe *dich*«, sagte sie mit Betonung auf dem letzten Wort, damit ich kapierte, dass es ihr nicht darauf ankam, in welchem Zustand mein Körper war. Gerade jetzt, wo ich sie für mein Leben gern in die Arme genommen hätte, war es so frustrierend, in diesem Körper gefangen zu sein – die reine Folter. Ich hätte ihr so gern erzählt, dass ich auch für sie gesund werden wollte, nicht nur, um wieder in mein altes Leben zurückzukehren. Ich wollte ihr helfen, gesund zu werden und hier rauszukommen. Wollte sie das nicht auch? Dass wir beide frei waren und hier rauskamen?

Ich schaute ihr in die Augen. Gerade noch hatte sie mir gesagt, dass sie mich liebte. Das war nicht untergegangen. Ich hatte es gehört. Und ich liebte sie auch. So verrückt und kompliziert sie auch war und so irrsinnig es sein mochte, sich in ein Mädchen zu verlieben, mit dem man noch nie richtig gesprochen hatte, wir liebten uns. So einfach war das. Und sie machte sich Sorgen um mich. Aber das brauchte sie nicht. Ich wusste, dass es gutgehen würde. Ich musste sie nur überzeugen.

»Und die Träume – deine Träume, meine Träume – von diesem Zimmer und von dem Mann. Das kann kein Zufall sein. Es hat etwas zu bedeuten. Bestimmt würdest du das am liebsten beiseitewischen und vergessen, aber du weißt genau, dass es miteinander zusammenhängt. Wir hängen zusammen.« Sie ließ meine Hand wieder sinken und legte seufzend den Kopf in meinen Schoß.

Auf einmal hob sie den Kopf und schaute mich wieder an. »Ich hab eine Idee. Ich könnte mit deiner Mutter sprechen. Sie kommt doch morgen. Lass mich zwei Minuten mit ihr reden. Ich glaube, in deiner Akte stehen Sachen, die sie ihr nicht erzählen. Ich hab das alles im Internet recherchiert. Vielleicht weiß sie nichts davon.«

Wollte ich, dass Olivia mit meiner Mutter sprach? Mom war von Anfang an hin- und hergerissen gewesen, was die Operation anging. Wenn nun eine besorgte Patientin ihr erzählte, sie habe in meiner Akte etwas gelesen … Es brauchte nicht viel, dann würde meine Mutter ihre Meinung ändern und das Ganze abblasen. Ein paar Worte von Olivia, und meine Chancen, operiert zu werden und hier rauszukommen, wären dahin.

Ich blinzelte Nein.

»Nein, du willst nicht, dass ich mit deiner Mutter spreche? Willst du ihr lieber selbst sagen, dass du dich nicht operieren lassen willst?«

Ich wartete einen Augenblick, ich fürchtete mich vor Olivias Reaktion.

Ich blinzelte Nein.

»Was soll das heißen, nein? Du willst die das einfach machen lassen – du willst dich aufschnippeln lassen?«

Wie sie das sagte, klang es richtig brutal, aber ich konnte nicht anders, als Ja zu blinzeln. Ich wollte mich operieren lassen, komme, was da wolle.

»Nach alldem? Nach allem, was ich dir erzählt habe, nach allem, was ich für dich getan habe. Ich hätte eine Menge Ärger kriegen können, wenn sie mich mit der Akte erwischt hätten. Ich könnte schon Ärger kriegen, wenn ich bloß in deinem Zimmer bin, und erst recht, wenn sie uns bei unserem Ausflug erwischt hätten.« Sie machte eine Handbewegung, die das ganze Zimmer einschloss. »Nach alldem erzählst du mir, du willst das durchziehen? Du willst dein Leben aufs Spiel setzen, um wieder so zu werden, wie die anderen dich haben wollen?«

Olivia irrte sich. Ich würde nicht sterben, und ich machte es auch nicht für die anderen. Ich konnte nicht für immer in diesem Zustand bei ihr bleiben. Ich wollte hier raus, ganz egal, wie.

Kopfschüttelnd sah sie mich an. Sie stand auf, ging zum Fenster und legte eine Hand an die Scheibe. »Und was wird aus mir? Ich bleibe hier, und jemand Neues zieht in dein Zimmer ein, wieder einer, der einen Unfall hatte und einen Freund braucht. Und dann habe ich nichts mehr zu geben, weil du mir das Herz gebrochen hast.« Sie schniefte, und ich hörte, dass sie wieder weinte, ganz leise. »Ich glaube, ich bedeute dir überhaupt nichts. Dir ist es egal, wie es mir geht, du machst einfach, was du willst – was sie wollen. Und ich hänge dann wieder ganz allein hier fest.«

Ich blinzelte Nein, aber sie schaute mich nicht an. Eine Erinnerung zog durch meine Gedanken. Ein weinendes Mädchen, das eine Schublade in meinem Zimmer ausräumte. War das Olivia gewesen? Weinte sie und räumte meine Sachen aus, nachdem ich … nachdem ich gestorben war? Nein, das war nur ein Traum, ein Albtraum. Das Mädchen war ein Kind gewesen, kleiner und jünger als Olivia. Es hatte nichts zu bedeuten.

Ich würde die Operation überleben, wieder gesund werden und dann zu ihr zurückkehren. Egal, wie es ausging, ich würde zu Olivia zurückkehren. Auch wenn sie das jetzt vielleicht nicht glaubte.

»Ich dachte, du wärst anders als die anderen, aber du bist ganz genauso.« Sie trat hinter meinen Rollstuhl und drehte mich zur Tür. »Hätte ich mir ja denken können«, sagte sie leise, als spräche sie zu sich selbst.

Von wem redete sie? Von ihren Freunden, die sie nie besuchten? So war ich aber nicht. Nur weil ich mich für die Operation entschied, war ich noch lange kein Egoist. Ich musste das tun. Aber in einem Punkt hatte sie recht. Ich hatte sie für selbstverständlich genommen. Ihre vielen Besuche, das Vorlesen, die weiße Tafel, ihre Geduld, dass sie heimlich in meine Akte schaute, sich meine Träume anhörte und mich auf einen Nachtspaziergang mitnahm. Ich sah sie vor mir, wie sie mir die Haare aus dem Gesicht strich – wie unendlich oft hatte sie das gemacht. Wie sie sich im Bett an mich geschmiegt hatte, auf die Gefahr hin, dass die Schwestern uns erwischten. Wie sie mir sagte, dass ich es schaffte – dass ich schreiben konnte, etwas spüren konnte, dass ich immer noch West war. Ich war wichtig, ich war immer noch am Leben. Das war Olivias Werk. Sie war meine Verbindung zur Welt der Lebenden. Nur mit ihr fühlte ich mich echt.

Stumm schob Olivia mich zurück in mein Zimmer und legte mich langsam und leise wieder in mein Bett. Sie bewegte sich wie in Trance, ein gefühlloser Roboter. Nachdem sie den Rollstuhl weggebracht hatte, senkte sie das Kopfteil des Betts wieder ab, sodass ich flach liegen konnte, und legte meine Hände an die Seiten. Dann beugte sie sich über mich, strich mir die Haare aus den Augen und fuhr mir ganz leicht mit der Hand über die Wange, eine Berührung wie von einem Schmetterling.

»Leb wohl, West«, flüsterte sie, als wäre ich schon tot. Ich blinzelte Nein, aber sie sah es nicht, oder es interessierte sie nicht mehr.

## 17. Kapitel

Als ich am nächsten Morgen aufwachte, war es ein heller Wintertag – so ein Tag, an dem das Sonnenlicht zu weiß ist, zu grell und man sich beinahe auf einem anderen Planeten wähnt, science-fiction-mäßig. Der Wecker zeigte erst 9.30 Uhr. Hatten wir Sonntag oder Montag? Im ersten Moment wusste ich es nicht. Dann fiel es mir ein. Es war Sonntag. Gestern war Samstag gewesen. Mom und Dad und Allie und Mike. Und Olivia. Ihr Gesicht letzte Nacht, dieser Kuss, wie sie mir Lebwohl gesagt hatte. Aber das hatte sie nicht so gemeint. Ich kannte sie, genau wie sie mich kannte. Und ich wusste, dass jeden Augenblick die Ziehharmonikatür aufgehen und sie mit ihrem Infusionsständer dastehen würde, bestimmt schaute sie auf ihre Füße, weil sie sich für ihr Benehmen und ihre Worte letzte Nacht schämte. Sie hatte mir gesagt, dass sie mich liebte. Das war zwar keine große Überraschung – es war eine von vielen unausgesprochenen Tatsachen zwischen uns –, aber sie hatte es doch gesagt, und das bedeutete etwas. Ich wusste sehr gut, wie viel dazu gehört, diesen Satz zu jemandem zu sagen, der Erste zu sein, der es ausspricht. Bei Allie war ich es gewesen.

Eines Nachmittags waren wir nach der Schule zusammen zur Bushaltestelle gegangen. Ich hätte an dem Tag eigentlich nicht so lange in der Schule bleiben müssen, weil meine Arbeit an den Bühnenbildern so gut wie erledigt war, aber ich war trotzdem geblieben. Ich ließ mir eine Ausrede einfallen, um Allie auf der Bühne zuzuschauen. Sie war gut, das war mir schon vorher aufgefallen, aber jetzt, wo wir zusammen waren, machte es mich so wahnsinnig stolz zu sehen, wie sie sich auf der Bühne bewegte und ihren Text sprach. Sie schlüpfte mühelos in ihre Rolle – eben hatte sie noch hinter der Bühne rumgealbert, und im nächsten Moment war sie ganz und gar das Mädchen, das sie darstellen sollte. Eines Tages könnte sie berühmt sein, warum nicht, sie war begabt und sehr hübsch. Und sie hatte etwas Besonderes, man wollte ihr einfach näherkommen, bestimmt war ich nicht der Einzige, dem es so ging.

Als wir zwei Stunden später die Schule verließen, war es draußen eiskalt, fast dunkel, und wir gingen eng beieinander. Allie trug ihre aufgeplusterte blaue Jacke. Sie sah aus wie ein blaues Marshmallow mit weißer Mütze, süß, obwohl ich wusste, dass sie das selbst nicht fand. Ich hob sie immer wieder hoch und drückte sie, sodass die Luft aus ihrer Daunenjacke gepresst wurde, aber sie plusterte sich jedes Mal sofort wieder auf. »Hör auf!« Sie lachte. »Lass mich runter!« Aber ich machte immer weiter, bis sie beinahe wirklich ärgerlich wurde.

Als wir an der Bushaltestelle standen und warteten, stellte ich mich hinter sie und legte ihr die Arme um die Taille. Sie lehnte sich an mich und wir sagten nichts. Obwohl es eiskalt war, war ich wunschlos glücklich, wie ich da mit Allie stand und dem herabrieselnden Schnee lauschte. Wenn ich jetzt daran zurückdenke, verstehe ich, warum: Wir waren allein. Es gab keine Ablenkung, und deshalb gehörte sie in diesem Moment nur mir. Ich dachte an die Allie auf der Bühne und die Allie in meinen Armen. Was für ein riesengroßes Glück ich hatte – unfassbar. Ich sah den Bus kommen, langsam wälzte er sich die mit Schneematsch bedeckte Straße hoch, und ich beugte mich hinab und flüsterte ihr ins Ohr: »Ich liebe dich.«

Sie fuhr herum und sah mich erschrocken an. »Ich küsse dich jetzt, okay?« Das war ein alter Witz von dem Abend, an dem wir uns kennengelernt hatten. Wir hatten auf der Party Stunden und Stunden geredet, und dann, mitten im Gespräch – vielleicht sogar mitten in einem Satz, den sie gerade sagte –, hielt ich es plötzlich nicht mehr aus. »Ich küsse dich jetzt, okay?«, platzte es aus mir heraus. Sie verstummte und saß erschrocken da, während ich mich vorbeugte und sie auf den Mund küsste. Später sagte sie, das sei eine der süßesten Sachen gewesen, die je ein Junge bei ihr gemacht hätte. Ich wollte nicht an die anderen denken und wie viele sie geküsst hatte, aber das Kompliment nahm ich an.

Der Bus bremste quietschend, die Türen gingen auf, und wir stiegen Händchen haltend ein. Erst als ich zu Hause war, an meinem Schreibtisch Hausaufgaben machte und von Allie träumte, fiel mir auf, dass sie mir nicht geantwortet hatte. Sie antwortete lange Zeit nicht.

Es dauerte eine Weile, bis mir auffiel, dass Allie sich mir in gewisser Weise widersetzte. Sie schien zu wollen, dass ich ihr hinterherlaufe, oder vielleicht wollte sie, dass ich mir ihrer nicht sicher war. Mike witzelte manchmal, sie würde mich an der Leine führen wie ein Haustier. Wenn sie mit dem Finger schnippte, kam ich angerannt. Wenn ihr Klingelton auf meinem Handy ertönte, machte Mike manchmal das Geräusch einer Peitsche nach, während ich in meiner Tasche kramte, um dranzugehen, bevor sie auflegte. Allie war nicht der Typ, der eine Nachricht hinterließ, wenn man ihren Anruf verpasste.

Das machte es wohl besonders spannend und aufregend, wenn sie mir dann doch etwas gab ... irgendein noch so kleines Zeichen dafür, dass sie mich tatsächlich gern hatte. Aber oft und ganz besonders in der letzten Zeit, kurz vor meinem Unfall, hatte ich das Gefühl, dass wir nicht richtig fest zusammen waren. Dass sie mich, wenn ich es auch nur ein bisschen vermasselte, sie zum Beispiel nicht schnell genug zurückrief oder zu viel mit Mike Bike fuhr oder sonst irgendeinen Fehler machte, fallen lassen und zurück zu diesem Dichterarschloch oder einem anderen Typ gehen würde. Es war immer so, als würde ein anderer in den Kulissen warten. Ich wusste nicht, wer das sein könnte oder ob es überhaupt jemanden gab. Es war bloß so eine Ahnung. Sie gab mir das Gefühl, austauschbar zu sein. Als müsste ich mir das Zusammensein mit ihr immer erst verdienen.

»Wie geht es uns heute?« Die zickige Schwester riss mich aus meinen Gedanken, als sie sich über mich beugte und mir den Puls fühlte. Kaum zu glauben, aber sie hatte etwas zu mir gesagt. Sonst redete sie nie mit mir. Anscheinend hatte sie gute Laune. Sie prüfte den Schlauch am Infusionsgerät und richtete irgendwas, dann schrieb sie ein paar

Zahlen auf meine Karte. Als sie fertig war, ging sie ohne ein Lächeln. Aber wenigstens hatte sie etwas gesagt.

Die Schwester war die Erste, die heute in mein Zimmer gekommen war. Ich wusste, dass sie als Nächstes in Olivias Zimmer ging. Falls sie noch schlief, würde die Schwester sie wecken. Also konnte ich jeden Moment mit ihr rechnen. Ich hörte Stimmen im Nachbarzimmer, zu leise jedoch, um sie auszumachen oder etwas zu verstehen. Als die Stimmen verstummten, starrte ich die Wand an und wartete auf das Geräusch der Ziehharmonikatür. Aber ich sah nur die Schatten länger werden und die Sonne am Fenster vorüberziehen. Am Nachmittag war Olivia immer noch nicht aufgetaucht, die Tür blieb zu, und ich hörte keinen Laut aus dem Nebenzimmer.

Das Geräusch eines Rollwagens mit ratternden Rädern im Flur, mein Beatmungsgerät, das Luft hinein und heraus pumpte. Ich lauschte auf alle Geräusche, ich wollte etwas von ihr hören, irgendetwas. Wie sie sich im Bett bewegte oder etwas zu einer Schwester sagte. Doch es blieb still. Ich stellte mir vor, wie sie in ihrem Bett lag, eine Wange auf dem Kopfkissen, eine Hand daruntergesteckt, Blick aus dem Fenster, die langen dunklen Haare hinter dem Kopf ausgebreitet. Sie war sicher bleich, wie so manches Mal, wenn sie das Infusionsgerät zu oft ausgestöpselt hatte. Die Lippen blassrosa, wodurch die Augen noch dunkler wirkten.

Ich wusste, dass sie in diesem Moment, während ich an sie dachte, auch an mich dachte. Wenn ich die Augen zumachte, sah ich ihr Gesicht genau vor mir, sah ihren Ausdruck, kurz bevor sie lächelte, wie zuerst die Augen aufleuchteten. Ich konnte ihre Gedanken spüren, und ich wusste, dass sie mir galten. Olivia hatte recht, wir waren auf einer anderen Ebene miteinander verbunden. Wir brauchten nicht immer zu reden. Manchmal wussten wir einfach Bescheid. Es war etwas ganz anderes als diese ständige Jagd und die verpassten Telefongespräche mit Allie. Mit Olivia hatte ich das Gefühl, angekommen zu sein. Da war so eine Ruhe. Es war Liebe, wahre Liebe. Endlich begriff ich, was die Leute meinten, wenn sie sagten, sie seien in jemanden verliebt. Ich hatte es kapiert. Das war es. Mit Olivia hatte ich es gefunden. Oder vielleicht hatte sie mich gefunden. Was auch immer uns zusammengebracht hatte, ich war dankbar dafür. Das hörte sich verrückt an, denn natürlich war ich nicht froh über meinen Unfall und darüber, was ich alles durchmachen musste, aber auf eine gewisse Art empfand ich doch Dankbarkeit. Wie sonst hätte ich diesem Mädchen begegnen und lange genug hier sein sollen, um sie kennenzulernen? Es war Schicksal.

Als die goldene Abenddämmerung in Dunkelheit überging, war ich nicht aufgeregt. Ich ließ das Gefühl los. Ich wartete, aber mit der Gewissheit, dass sie kommen würde. Und wenn sie heute nicht kam, dann eben morgen. Das wusste ich, weil ich sie kannte und liebte, so wie sie mich liebte. Es war nicht nur ein Wort, wie bei Allie. Nicht nur ein gelegentliches Gefühl.

Ich hörte Norris' Stimme im Flur, aus dem Schwesternzimmer, und ich wusste, dass es Nacht war. Ein ganzer Tag war ohne Olivia vergangen. Ich machte die Augen zu und stellte mir vor, dass sie an meinem Bett stand und meine Wange berührte. Es war nur eine Frage der Zeit.

# 18. Kapitel

Ich höre sie atmen. Sie ist hier bei mir und schläft. Dunkel und weiß, die blasse Haut mit den wirren Haaren um die Schultern und auf dem Kissen. Sie ist in das Betttuch eingewickelt. Es ist kalt im Zimmer. Ich möchte ihr vom Fußende eine Decke hochziehen, doch ich komme nicht dran. Ich kann den Arm nicht bewegen, er ist taub. Ich versuche die Hand zum Gesicht zu heben, aber es geht nicht – sie ist festgebunden. An beiden Seiten sind mir die Hände gebunden. »Olivia«, flüstere ich. »Olivia.« In einer Zimmerecke verändert sich etwas – etwas bewegt sich. Eine Silhouette löst sich aus der Dunkelheit, ein Mann. Ich sehe seine Zigarette aufleuchten, als er daran zieht, und ich rieche den Rauch. Sein Profil sieht merkwürdig aus – das Gesicht ist verzerrt, schwarz von verbrannter Haut. Er hat keine Nase, Augen ohne Lider treten aus den Höhlen hervor und starren uns an. Seine Lippen sind zurückgezogen, zu einem bedrohlichen Grinsen verbrannt.

Jetzt ist es heiß im Bett. Viel zu heiß, es brennt, schwarzer Rauch quillt unter uns hervor. Was ich da rieche, ist nicht seine Zigarette, das sind wir. Wir brennen. Das Zimmer brennt, das Bett. Olivia rührt sich immer noch nicht, sie schläft tief und fest. Er steht nur da und sieht uns an, während die Flammen über den Fußboden kriechen, wie Schlangen schießen sie unter dem Bett hervor. »Olivia!« Ich versuche sie umzudrehen, sie zu rütteln, doch sie rührt sich nicht. Jetzt höre ich das Feuer, es ist unter dem Bett und leckt an den Laken. Über die Geräusche der Flammen hinweg höre ich Lachen.

»Hier ist Rauchen verboten! Das wissen Sie doch.« Die Stimme kam von nebenan, aus Olivias Zimmer.

»Oh, *pardon moi*, das tut mir wirklich leid«, sagte Olivias Mutter.

»Können Sie sich vorstellen, wie gefährlich das ist, mit den vielen Sauerstoffflaschen hier drin? Das schreit ja nach einem Unglück.« Es war die zickige Schwester.

»Ich komme gerade aus Europa, hier ist alles so anders. Verzeihen Sie …«

»Ich glaube, nicht mal in Frankreich ist Rauchen im Krankenhaus erlaubt«, sagte die Schwester barsch, als sie ihren Wagen in den Flur schob.

Ich wartete darauf, dass Olivias Mutter noch etwas sagte, aber nachdem die Schwester weg war, hörte ich nur noch leises Weinen. War etwas mit Olivia passiert? Hatte sie mich deshalb gestern nicht besucht?

Kurz darauf hörte ich, wie ein Stuhl verrückt und ein Fenster geschlossen wurde. Dann wurde geredet. Ich konnte nichts verstehen, aber bestimmt war Olivia sauer, weil ihre Mutter verreist war. Wahrscheinlich hatte sie geschlafen, als ihre Mutter kam, oder so getan als ob. Und ihre Mutter hatte sich aus Gewohnheit eine Zigarette angezündet, während sie darauf wartete, dass Olivia aufwachte. So musste es gewesen sein. Ich stellte mir vor, wie ihre Mutter am Fenster stand und auf das winterliche Gelände hinausschaute, die Zigarette elegant zwischen den Fingern.

Während ich immer noch angestrengt auf Geräusche aus dem Nebenzimmer lauschte, kam Kim ins Zimmer. »Hey, Fremder«, sagte sie gut gelaunt. »Unser letzter gemeinsamer Tag.« Sie nahm meine Karte vom Fußende des Betts und korrigierte sich. »Damit meine ich nichts Schlimmes! Nur dass du Mittwoch operiert wirst, und wenn alles gut geht, und da bin ich mir sicher« – sie zwinkerte mir zu –, »machst du irgendwo anders mit Physiotherapie weiter, wahrscheinlich im …« Sie hielt inne und schaute auf meine Karte. »Im McArthur Medical Center. Oh, das ist eine hervorragende Klinik.« Einen Augenblick schaute sie mich betrübt an, und ich war mir nicht sicher, ob sie mich wirklich vermissen würde oder ob sie dasselbe dachte wie Olivia – dass ich die

Operation nicht überleben würde und sie mich heute zum letzten Mal sah.

»Also«, sagte sie schließlich verlegen, »glaub nicht, dass ich dich heute schone, wir machen das volle Programm. Nicht, dass du uns beide nächste Woche im McArthur blamierst.« Sie zog das Betttuch am Fußende hoch, sodass meine Beine und Füße freilagen. »Das sieht ja schon viel besser aus, hier sind die Wunden fast verheilt.« Sie strich mit der Hand über mein Bein, wo die riesigen Schürfwunden gewesen waren. Es fühlte sich nicht ganz normal an, aber ich spürte einen leichten Druck, endlich kamen die Empfindungen zurück. Sie beugte mein rechtes Bein und streckte es wieder. Dann beugte sie es noch einmal. Ich befahl meinen Muskeln, dieselbe Bewegung zu machen.

»Super!«, rief sie. Sie sah beinahe verblüfft aus, als sie mich anschaute. »Du machst Fortschritte, das ist ein echter Erfolg.« Sie beugte und streckte mein Bein wieder, und ich machte mit. »Das spürst du, stimmt's? Du machst die Bewegung, hab ich recht?«, flüsterte sie und beugte sich näher zu mir heran. Sie schaute mir in die Augen. »West, kannst du das Bein ganz allein strecken?« Sie beugte das Bein wieder und ließ es so. »Na komm, jetzt strecken«, befahl sie. Ich versuchte es, aber es fühlte sich fast so an, als klebte mein Fuß am Laken und könnte nicht rutschen. »Na los«, flüsterte sie, und schließlich schaffte ich es, ihn ein kleines bisschen zu bewegen, aber ganz gerade bekam ich das Bein nicht.

»Immerhin«, sagte sie. »Ich hole jetzt den Arzt, du bleibst, wo du bist.« Als sie merkte, was sie da gesagt hatte, lachte sie. »Ich meine … du weißt schon, was ich meine.« Sie ging aus dem Zimmer, und ich versuchte wieder zu hören, was nebenan vor sich ging. Aber ich hörte nichts, und das bedeutete wohl, dass Olivias Mutter bereits gegangen war. Jetzt konnte Olivia alles hören, was in meinem Zimmer passierte.

Ein junger Arzt kam herein, dicht gefolgt von Kim. Er begrüßte mich nicht, kam nur an mein Bett und schaute auf meine Beine.

»Es sieht vielleicht nicht spektakulär aus, aber dieser Patient war von der Brust an abwärts völlig bewegungsunfähig, deshalb …«

»Um halb elf habe ich einen Termin«, sagte der Arzt knapp.

»Natürlich, okay.« Kim wirkte total nervös, als sie mein linkes Bein beugte. »West«, sagte sie laut, »versuch jetzt mal das Bein zu strecken, wie du es vorhin mit dem rechten Bein gemacht hast. Nur so weit du kannst.«

Erst versuchte ich wirklich das Bein zu bewegen. Aber dann hielt ich inne. Wenn ich es schaffte und der Arzt das sah, wurde die Operation dann abgeblasen? Warteten sie dann ab, bis meine Bewegungsfähigkeit von selbst zurückkehrte – in diesem Schneckentempo? Und was würde Olivia denken? Ich wusste, dass sie im Nebenzimmer lauschte und darauf wartete, was sie sagten.

Ich beschloss, es nicht zu versuchen. Ich schaffte es sowieso nicht. Ich musste operiert werden. Ich wollte operiert werden.

»Na ja«, sagte Kim schnell. »Vielleicht schafft er es nur mit dem rechten Bein. Ich führe es Ihnen vor.« Sie streckte mein linkes Bein wieder und ging auf die andere Seite des Betts.

»Ich muss jetzt dringend los, ich komme wieder und untersuche ihn, wenn ich mehr Zeit habe«, sagte der Arzt, als Kim mein rechtes Bein aufstellte.

»Nein, schauen Sie, es dauert gar nicht lange«, sagte Kim. »West, jetzt mach dasselbe wie vorhin. Streck das Bein, schieb den Fuß nach vorn. Komm, du schaffst das.« Ihr Blick brach mir das Herz, aber ich machte nichts. Nach ein paar Sekunden schaute der Arzt auf die Uhr. »Aber vorhin hat er es geschafft, wirklich«, sagte Kim traurig.

»Wie gesagt, ich komme später noch mal vorbei. Vielen Dank, Ms Lassig. Machen Sie weiter so, ausgezeichnete Arbeit.« Der Arzt wandte sich um und ging. Kim und ich schauten uns an.

»Weißt du was? Das ist halb so schlimm«, sagte sie nach einer Weile. »Ich hab's gesehen. Du hast jetzt nicht die Kraft, es zu wiederholen, aber ich hab's gesehen, und ich finde, du machst dich prima.« Sie lächelte schwach, dann beugte und streckte sie mehrmals mein Bein. Ich entspannte die Muskeln und überließ ihren Händen die Arbeit. Ich hoffte bloß, dass Olivia nicht zu viel gehört hatte.

Nach den Beinen waren die Arme dran, und ich schloss die Augen. Ich wollte mit dem, was mit meinem Körper geschah, nichts zu tun haben. Ich wollte mich nicht fragen, was ich spürte und was nicht. Ich wollte nicht, dass Olivia recht behielt. Aber allmählich dachte ich, dass sie vielleicht tatsächlich recht hatte. Als Kim fertig war, nahm sie leise meine Karte und schrieb etwas darauf, dann kam sie an mein Bett. Sie dachte wohl, ich schliefe, denn sie beugte sich zu mir herab und nahm meine Hand. »Ich werde Mittwoch an dich denken. Hoffentlich klappt alles. Garantiert klappt es«, flüsterte sie, dann war sie weg.

Jetzt drehten die Schwestern gleich ihre Runde, aber danach kam Olivia mich bestimmt besuchen. Sie musste gehört haben, was Kim zu dem Arzt gesagt hatte, und bestimmt freute sie sich diebisch und wollte es mir unter die Nase reiben. Die Rollwagen fuhren hin und her durch die Flure und wurden am Schwesternzimmer geparkt, doch die Trennwand blieb geschlossen. Keine Olivia.

Der Nachmittag ging in den Abend über, und ich musste wohl eingedöst sein, denn Mom weckte mich mit der Frage: »Riecht es hier nach Zigaretten, oder bilde ich mir das nur ein?« Sie schnupperte in die Luft, dann beugte sie sich zu mir und schnupperte um meinen Kopf herum. Als ob ich rauchen könnte. »Na ja, solange du es nicht warst«, sagte sie und grinste mich an. »Dass mein Sohn rauchen könnte, ist im Moment wohl meine geringste Sorge, was?« Sie seufzte und zog den Stuhl näher ans Bett. »Der Plan sieht so aus, dass ich dich morgen Abend besuche und dann noch mal Mittwochmorgen. Ich bin dabei, wenn du verlegt wirst. Ich weiß noch nicht, ob ich mit dir im Krankenwagen fahren darf oder ob Dad und ich einfach hinterherfahren. Der Krankenwagen wird übrigens nicht mit heulenden Sirenen rasen, sondern ganz normal fahren, du brauchst dir also keine Sorgen zu machen, ob ich auch hinterherkomme.«

Ich sah sie in ihrem alten Volvo Kombi vor mir, über das Lenkrad gebeugt und das Gaspedal voll durchgetreten. Es war eine witzige Vorstellung, zugleich aber auch traurig, denn ich wusste, dass sie das für mich sogar tun würde. So war sie bestimmt gefahren, als ich den Unfall hatte. War zum Krankenhaus gerast mit der bangen Frage, ob ich überhaupt noch am Leben war. Ich fühlte mich mies, weil sie das meinetwegen hatte durchmachen müssen. Ich wollte einfach nur hier raus und alles wiedergutmachen. Als könnte sie meine Gedanken lesen, beugte sie sich zu mir und flüsterte: »Jetzt ist es so weit, was? Wir ziehen das wirklich durch.«

Während sie sprach, hatte ich die schreckliche Vision, dass Olivia hinter der Trennwand stand und lauschte und bei der erstbesten Gelegenheit die Tür öffnen könnte, meine Krankenakte unterm Arm, um mit Mom zu sprechen und ihr die Operation in letzter Minute auszureden.

Mom redete weiter, aber ich bekam das Bild nicht aus dem Kopf. »Heute Abend hab ich nicht so viel Zeit. Ich nehme mir Mittwoch und den Rest der Woche frei, deshalb muss ich das Angebot heute fertig kriegen und morgen einstellen.« Mom schaute aus dem Fenster, als spräche sie eigentlich mit sich selbst. »Ich wollte nur vorbeischauen und meinem Süßen Hallo sagen.« Sie lächelte mich an und legte mir kurz die Hand auf die Stirn.

»Morgen nehmen sie dir Blut ab, um sicherzugehen, dass alles in Ordnung ist, aber das ist es ganz bestimmt, also mach dir keine Sorgen.« Sie nahm meine Hand und hielt sie eine Ewigkeit. »Oje, ich bin ganz in Gedanken versunken, ich muss jetzt mal los«, sagte sie schließlich, steckte meine Hand wieder unter das Betttuch und zog die Decke bis zu meinen Schultern hoch. »Bis morgen«, sagte sie und küsste mich auf die Stirn. »Nach der Operation lassen wir dir als Erstes die Haare schneiden!«, scherzte sie und strich mir den Pony wieder zurück. Als sie aus dem Zimmer ging, horchte ich angestrengt, ob Olivia ihr Zimmer verließ und Mom in den Flur folgte. Ich hatte so ein schreckliches Gefühl, sie könnte versuchen, meine Mutter abzufangen und zu überzeugen. Aber ich hörte nur Moms Stimme, wie sie beim Hinausgehen am Schwesternzimmer mit Norris sprach, dann ein Lachen, dann Stille.

Als ich wusste, dass sie weg war, konnte ich mich entspannen. Vielleicht ließ Olivia es bleiben, vielleicht konnte sie meinen Standpunkt jetzt verstehen. Vielleicht hatte sie mir doch zugehört und begriffen, worum es mir ging.

Dennoch wartete ich auf sie, nachdem Mom weg war, wartete darauf, dass sie ins Zimmer kam und mir vorhielt, was sie vorhin gehört hatte. Dass Kim einen Fortschritt bemerkt hatte und was das bedeuten könnte. Doch als Norris mit meiner Nachtmedizin hereinkam, war sie immer noch nicht da gewesen. Heute Abend musste sie kommen, unbedingt. Morgen war mein letzter Tag hier. Sie musste kommen.

# 19. Kapitel

Mein letzter Tag im Krankenhaus verging wie alle anderen, nur Olivia kam wieder nicht. Am Morgen wusch mich die blonde Krankenschwester mit dem Schwamm, zog mir einen frischen Bademantel an und verpasste mir eine unglaublich spießige Frisur mit strengem Seitenscheitel. Der junge Arzt, den Kim am Tag zuvor dazugeholt hatte, hielt Wort und sah noch mal nach mir. Er guckte ungefähr fünf Minuten auf meine Karte, beugte einmal schnell mein Bein unter der Bettdecke und streckte es ein paarmal, dann legte er es wieder ab. Er leuchtete mir mit einer Stiftlampe in die Augen. »Sieht gut aus«, sagte er, kritzelte etwas auf die Karte und ging. Ich hätte rasend gern gesehen, was er geschrieben hatte. Was bedeutete »Sieht gut aus«? Aber die Einzige, die ich hätte fragen können, war Olivia.

Seit drei Tagen hatte ich sie jetzt nicht gesehen, aber es kam mir länger vor. Es war, als könnte ich durch die Wand hindurch ihren Ärger spüren, wie es in ihr brodelte. Ich hätte gedacht, dass sie nach ein oder zwei Tagen wiederkommen würde. Aber sie konnte nachtragend sein, das hatte sie schon ihrer Mutter gegenüber bewiesen. Manchmal, wenn ihre Mutter sie besuchen kam und Olivia sauer war, redete sie kein Wort mit ihr. Ich wusste nicht, ob sie sich schlafend stellte oder nur trotzig im Bett lag. Auch die Schwestern und sogar die Ärzte schwieg sie manchmal an. Ganz am Anfang meiner Zeit hier hatte eine der Schwestern Olivias schreckliches Benehmen erwähnt und gesagt, sie sei »anstrengend«. Oder war es da um ihre Mutter gegangen?

Ich wusste es nicht mehr, aber es beschrieb sie sehr treffend. Anstrengend.

Ich versuchte mich nicht verrückt zu machen, aber sie fehlte mir, und ich hatte das dringende Bedürfnis, sie vor der Operation noch mal zu sehen. Mit der Gewissheit, dass sie zu mir hielt, könnte ich alles leichter durchstehen. Ich versuchte mir einzureden, dass ich das nicht brauchte und es auch so schaffen würde. Es würde alles gutgehen. Hinterher würde ich auf meinen eigenen zwei Beinen hierher zurückkommen, und sie würde baff sein. Dann wären all ihre Bedenken – dass die Operation schiefgehen, dass ich sie verlassen oder vergessen würde – hinfällig, und sie wäre nicht mehr böse auf mich.

Anstatt die ganze Zeit daran zu denken, dass sie sauer war, nutzte ich meine heimliche Technik des positiven Denkens, die ich auch beim Biken einsetzte. Im Psychologieunterricht in der zehnten Klasse hatten wir über die Technik des positiven Denkens gesprochen. Die Lehrerin, Ms Lunn, war total durchgeknallt, aber irgendetwas an diesem Thema traf bei mir einen Nerv. Ms Lunn erwähnte den Spruch: »Wenn man glaubt, dass man etwas nicht kann, dann kann man es auch nicht.« Das bedeutet, wenn man sich einredet, dass man etwas nicht schafft, kann es natürlich auch nicht klappen. Das Kapitel mit der Überschrift »Aus Denken wird Sein« in unserem Lehrbuch las ich zweimal; es handelte davon, wie man mit der Kraft des Geistes tatsächlich Ereignisse beeinflussen kann. In dem Buch wurde auch eine Visualisierungstechnik beschrieben, die ich mir zu eigen machte. Immer wenn ich vor einem Wettbewerb einen neuen Trick einübte, spielte ich ihn im Kopf wieder und wieder durch.

Ich setzte mich dann irgendwo ganz still hin, machte die Augen zu und stellte mir jeden einzelnen Schritt vor – wo ich schnell treten musste, wo ich die Fahrt verlangsamen und wie ich den Körper halten musste – und schaute mir das Ganze an wie einen Film in meinem Kopf. Ich achtete immer darauf, dass ich mir auch den Endspurt vorstellte – diesen letzten Moment, wenn es durchs Ziel geht. Es ist wichtig, sich das vorzustellen, sich in dem Gefühl zu sonnen, das man hat, wenn einem etwas perfekt gelungen ist. Manchmal ging ich so weit, mir sogar die

Bewertungen der Punktrichter vorzustellen, die Zahlen, die ich sehen würde – die ich sehen wollte.

Mike erzählte ich nie von dieser Technik, aber auf dem Track bemerkte ich Veränderungen. Je mehr ich mich auf das konzentrierte, was ich mir wünschte, desto häufiger kam es auch so. Das war keine Hexerei – eher Vertrauensbildung. Je öfter man einen Trick übt, desto sicherer wird man, aber man kann nur eine begrenzte Zeit auf dem Track verbringen. Wenn ich mir die Tricks jeden Tag vorstellte, auch an den Tagen, an denen ich nicht übte, hatte ich sozusagen mehr Trainingszeit. Wenn es einen richtig schwierigen Trick gab, an dem ich fast verzweifelte, konzentrierte ich mich genau darauf und ging ihn im Kopf immer wieder durch, bis ich ihn in Wirklichkeit auch konnte. Beim letzten Wettbewerb merkte ich, dass ich mehr Zutrauen hatte, wenn ich fuhr: *Ich hab das schon mal gemacht, und es läuft super.* Ich hatte mein Gehirn sozusagen überlistet.

In den letzten Tagen hatte ich mir vorzustellen versucht, wie Olivia die Ziehhamonikatür öffnete, mit schüchtern gesenktem Blick in mein Zimmer kam und mich anlächelte. Aber sooft ich es mir auch vorstellte, es passierte einfach nicht. Da wurde mir klar, dass man mit der Kraft der Gedanken nur sich selbst beeinflussen kann, nicht die anderen. Daher beschloss ich, an etwas anderes zu denken und mich auf die Zeit nach der Operation zu konzentrieren. Ich versuchte alles durchzugehen, jeden einzelnen Schritt von dem Moment an, in dem ich die Augen öffnete. Wie ich die Hand heben und mein Gesicht berühren könnte. Wie ich die Beine bewegen könnte. Ich wusste nicht, was für eine Physiotherapie ich nach der OP bekam, das konnte ich mir also nicht vorstellen. Stattdessen sah ich mich, wie ich ging. Ich sah mich mit Olivia, wie ich sie hier besuchte und sie in den Arm nahm. Ich sah mich, wie ich ins Krankenhaus ging, dann durch die Schiebetür ins Schwesternzimmer und wie Schwester Norris sich freuen würde, wenn sie sah, dass ich gehen konnte und gesund war.

Der Film, den ich in meinem Kopf abspulte, wurde nur ein paarmal unterbrochen. Eine Schwester kam rein und band mir den Arm ab. Ich wusste, was auf mich zukam, und jetzt, da ich es ein bisschen spüren konnte, hatte ich Angst davor. Aber vielleicht war es ja das letzte Mal. »Nur ein kleiner Piks«, murmelte sie, als sie ein paar Ampullen Blut abnahm. Später kam die fiese Schwester, schaute auf meine Karte und maß meinen Puls. Sie sagte kein Wort. Am Abend tauchte Mom auf wie versprochen, ungefähr zur selben Zeit, als die Nachtschwestern ihre Runde machten. »Ich hab dir was Schönes mitgebracht«, sagte sie und kramte in ihrer Tasche.

Sie hatte vier oder fünf Grußkarten dabei, die erste von Onkel John und Tante Kate und den Zwillingen. Auf der Karte war ein Bär in einem Krankenhausbett abgebildet, der überall verbunden war und traurig guckte. »Wenn ich zauBÄRn könnte, wärst du ganz bald wieder gesund und munter. Bärige Besserung!«, las Mom vor. »Süß, oder? Die haben bestimmt Benjamin und Felix ausgesucht.« Die nächste Karte war von Dad. Er würde morgen kommen. Dann eine Karte mit einer sexy Schwester vorne drauf. Die war von Mike.

»Hm«, machte Mom und wurde rot. »Er meint es wohl gut.« Und eine Karte von Allie. Sie hatte die Karte selbst gebastelt und mit einem Aquarell bemalt. »Und die hier fand ich ganz unglaublich, sie ist gestern angekommen.« Mom hielt eine riesige Karte hoch. Vorn stand ganz normal »Gute Besserung« oder so was drauf, aber innen waren lauter Unterschriften – bestimmt hundert. Auch die Rückseite war vollgekritzelt.

»Die ist von deiner Jahrgangsstufe. Wahnsinn, oder?«, sagte Mom. »Manche haben etwas Kleines dazugeschrieben: ›Du fehlst uns‹, und: ›Gute Besserung, Süßer‹ – wer hat das geschrieben?« Mom hielt sich die Karte näher vor die Augen und versuchte die kleine Unterschrift zu entziffern.

Mom stellte die Karten neben meinem Bett auf, sodass ich sie sehen konnte. »Die darf ich morgen nicht vergessen, wenn du entlassen wirst. Apropos …« Sie schaute auf die Uhr. »Ich muss los, morgen muss ich früh raus. Die Operation ist um acht, also …« Sie beugte sich vor und gab mir einen Kuss. »Bis morgen früh dann. Und vergiss nicht« – sie zeigte auf die Karten –, »die sind alle in Gedanken bei dir. Wir haben dich alle lieb.« Sie nahm ihren Mantel und wandte sich ab, damit ich ihre Tränen nicht sah.

»Ach, Mrs Spencer, wie schön, dass ich Sie heute Abend noch mal sehe!« Das war Norris vor meinem Zimmer. Sie und Mom redeten ein paar Minuten im Flur miteinander. Ich konnte nicht alles verstehen, aber am Ende rief Mom: »Vielen, vielen Dank für alles!« Dann ging sie.

Kurz darauf kam Norris mit meiner Nachtmedizin. »Na, Hübscher, es geht das Gerücht, dass du mich verlassen willst.« Sie lächelte und zwinkerte mir zu. Sie gab den Inhalt der Spritze in den Infusionsschlauch und setzte sich neben mich. Kalt und schnell spürte ich die Medizin in meinen Arm strömen. Ich war schon ganz benommen, als sie sich zu mir aufs Bett setzte und meine Hände nahm. »Du wirst mir fehlen, Mr West, und das sage ich nicht nur so dahin. Aber ich freue mich für dich. Sieh zu, dass du hier verschwindest und wieder nach da draußen kommst«, sagte sie leise und schaute zum Fenster hinaus in die Dunkelheit. »Das hier ist kein Ort für die Lebenden.«

Den letzten Satz hörte ich wie in Zeitlupe, und ihre Worte hallten in meinem Kopf nach, während ich wegdöste. Ich wollte meinen Film noch mal abspulen und beim Einschlafen positive Gedanken denken, aber ich konnte mich nicht konzentrieren. Ich spürte nur ihre Hand und hörte das Wort »Lebenden«, als ob sie es immer wieder sagte.

## 20. Kapitel

Ich bin am See und sitze auf einer Decke an den Klippen. Ein Mädchen ist bei mir, aber es ist weder Olivia noch Allie. Es ist ein Mädchen, das ich mal in einem Film gesehen habe, aber ich weiß nicht mehr, wie sie heißt. Sie ist hübsch; sie trägt einen altmodischen Badeanzug, der ihr gut steht. Es kommt mir vor, als wären wir zusammen in einem Film und als würde uns jemand zuschauen. Um uns herum sind Kameras. »Erzähl mir noch mal, was passiert ist«, sagt sie, streicht mir mit den Fingern über den Rücken und berührt meine Narben. Neben uns steht ein Mann im Arztkittel. Ehe ich ihn fragen kann, was er hier macht, sagt er: »Jetzt los.« Da sehe ich einen weiteren Mann auf der anderen Seite der Decke, und zusammen heben sie die Decke an, auf der wir sitzen. Wir purzeln gegeneinander, und das Mädchen lacht. »Was soll das?«, rufe ich. »Lassen Sie uns runter!« Das Mädchen lacht immer noch, sie findet das total witzig. Ich schreie, aber sie tragen uns weiter bis zum Rand der Klippen. Gleich werfen sie uns runter, ich weiß es genau. Aber ich bin bereit. Als sie die Decke loslassen, öffnet sie sich, und ich taumle schwerelos nach unten. Das Mädchen ist weg, aber ich bin bereit. Ich strecke die Arme vor zum Kopfsprung – wenn ich es richtig mache, werde ich mir nichts brechen. Aber ich falle und falle, endlos lange, es ist zu weit. Ich mache die Augen auf und weiß, dass ich weit unter mir das Wasser und die Felsen sehen werde.

»Das rumpelt ganz schön dahinten, was?«, sagte Mom. Es war dunkel, und wir bewegten uns ruckartig vorwärts. »Gleich sind wir da, sie haben gesagt, es dauert nur zwanzig Minuten.« Sie sah besorgt aus, ihr Gesicht war müde und faltig. An der Heckscheibe erkannte ich, dass wir im Krankenwagen fuhren. Der Sonnenuntergang war rosarot und leuchtend, die Sonne sah aus wie eine Pampelmuse. *Morgenrot bringt Schiff in Not.* Aber ich fuhr nicht mit dem Schiff, ich hatte eine Operation vor mir. Was sollte der rote Himmel bedeuten?

Da fiel mir plötzlich der Traum wieder ein und das Gefühl, hochgehoben zu werden. Als die Pflegehelfer mich heute Morgen abgeholt hatten, war ich immer noch bedröhnt, doch jetzt erinnerte ich mich wieder daran, dass die beiden Männer mich in den Krankenwagen geschoben haben. Mom stieg ein, und Dad war auch da. Er fuhr bestimmt hinter uns her, deshalb schaute Mom bei jeder Kurve durch die Heckscheibe. »Gleich sind wir da«, flüsterte sie.

Und Olivia. Hatte ich das auch nur geträumt? Nein, das war wirklich passiert. Sie war bei mir gewesen, letzte Nacht. Ich hatte ja gewusst, dass sie kommen würde. Als ich aufwachte, lag sie plötzlich neben mir und bewachte meinen Schlaf. Sie war an mich geschmiegt, die langen Haare wirr um das blasse Gesicht. Immer wieder sagte sie meinen Namen und berührte mein Gesicht, bis ich so wach war, dass ich sie sehen konnte. Nein, es war kein Traum. Die Erinnerung zog über mich hinweg, während ich im Krankenwagen eindöste.

»Ich weiß, dass es deine Entscheidung ist und dein Leben. Das hab ich jetzt kapiert, aber eine Bitte hab ich noch«, flüsterte sie. »Was auch passiert, komm zu mir zurück.« Schnell blinzelte ich Ja und schaute sie an. »Was auch passiert«, sagte sie streng. Ihre Augen wirkten in meinem dunklen Zimmer fast beängstigend; keine Regung war in ihrem Gesicht zu erkennen. Wieder blinzelte ich. Sie schmiegte sich an mich und hielt meine Hand. »Du lässt mich hier nicht allein. Lass mich hier nicht allein, West. Versprich es mir.« An ihrer Stimme hörte ich, dass sie weinte. »Manchmal glaube ich, ich komme hier nie mehr raus. Bitte komm zu mir zurück, komm zu mir zurück.«

Die meisten Leute, die ich kannte, selbst Erwachsene, hätten nie zugegeben, dass sie Angst hatten. Oder dass sie jemanden vermissten. Oder jemanden wirklich liebten. Warum hatten die Menschen Angst davor, so etwas auszusprechen? Warum hatte ich Angst davor? Weil es uncool war und man Schwäche zeigte. Aber das war Unsinn. Eigentlich zeigte man damit, dass man stark und echt war. Ich liebte Olivia dafür, dass sie mir das beigebracht hatte. Und es war undenkbar, dass ich sie vergessen oder nach der Operation nicht zu ihr zurückkommen könnte, was auch geschah.

»Ich weiß, dass du wiederkommst, ich kenne dich«, murmelte sie, als wir zusammen einschliefen. Ich machte mir nicht mal Gedanken darüber, dass Mom oder die Schwestern am nächsten Morgen, wenn sie ins Zimmer kamen, Olivia in meinem Bett finden würden. Das spielte jetzt keine Rolle mehr. Was konnten sie uns schon tun?

Der Wagen fuhr rückwärts auf den Parkplatz für Krankentransporte vor dem Krankenhaus. Fröhlich rief Mom: »Da wären wir!« Sie fuhr sich über das Gesicht und schaute auf die Uhr. »Halb acht, wir liegen gut in der Zeit.«

Die Pflegehelfer kamen um den Wagen herum und öffneten die Türen. Zuerst ließen sie Mom heraus, dann zogen sie mich mit den Füßen zuerst raus. Sie fuhren die Räder aus und schoben mich durch zwei große Doppeltüren. Die Männer gingen zur Anmeldung, Mom blieb an meinem Bett stehen. Das mobile Beatmungsgerät musste auch irgendwo sein – ich spürte, wie in einem regelmäßigen Rhythmus Luft in meine Lunge gepumpt wurde. Als die Männer mich gerade in den Aufzug schieben wollten, kam Dad dazu. »Sie können sich oben verabschieden«, sagte der Rothaarige. »Aber er kann sofort aufgenommen werden.«

»Gut«, sagte Mom. Im Aufzug hielt sie Dads Hand. Als die Tür aufging, wurde ich hinausgeschoben, dann ging es durch einen langen Flur. Dort kam uns Dr. Louis entgegen.

»Guten Morgen, na, wie geht's uns?«, sagte er.

»Wir sind aufgeregt, aber wir sind bereit«, sagte Dad. Ich hörte, wie Mom einen Schluchzer ausstieß. Dad nahm sie schnell in die Arme, und sie weinte heftig an seiner Schulter. »Sie ist nur …«

»Es ist schwer, ich weiß«, sagte Dr. Louis. »Aber denken Sie daran, wie viel einfacher alles bald werden wird. Wenn wir Fortschritte erzielen wollen, haben wir keine Wahl, und Sie wollen ja nicht, dass West ewig in diesem Zustand bleibt.« Er schaute mich an, als wäre ich ein misslungenes Steak, das er zurückgehen lassen wollte. »Wir wollen ihm alle helfen, stimmt's?«

Mom hörte einen Augenblick auf zu weinen. Sie nickte und putzte sich die Nase.

»Und das tun wir auch«, sagte Dr. Louis mit einem knappen Lächeln. »Die Schwestern zeigen Ihnen das Wartezimmer. Gehen Sie einfach den Flur runter. Von ihnen bekommen Sie auch einen Pieper, damit wir Sie kontaktieren können, falls Sie in einem anderen Stockwerk sind. Sie werden Ihnen alles erklären. In wenigen Stunden wissen wir mehr.« Damit wandte er sich zu jemandem hinter ihm. »Bringen Sie ihn bitte in den OP, danke.«

»Moment!«, sagte Mom. »Ich muss ihm erst noch was sagen.« Sie beugte sich über mich und schaute mich an. »Wir sind die ganze Zeit hier. Ich kann es gar nicht erwarten, dich danach zu sehen. Wir sind hier und gehen nicht weg, okay, West?« Ich blinzelte Ja und sah die Erleichterung in ihrem Gesicht. Ich sah ihr an, dass sie jetzt die nötige Kraft hatte. Vielleicht hatten die Worte von Dr. Louis sie aufgebaut.

»Du schaffst das, West«, sagte Dad unbeholfen, als ich weggeschoben wurde.

Als wir erst mal in dem großen weißen Operationsraum waren, ging alles ganz schnell. Sechs oder sieben Leute waren da, und alle arbeiteten effizient; manchmal wusste ich gar nicht, wessen Hände gerade wo an meinem Körper waren. Der eine wischte meinen Arm für eine Spritze ab, der nächste überprüfte meine Trachealkanüle, jemand spritzte etwas in meinen Infusionsschlauch. Alle redeten miteinander, als wäre ich gar nicht da, als würde ich schon schlafen oder als wäre ich unsichtbar.

»Haben Sie so einen Eingriff schon mal gesehen?«, fragte eine Frau.

»Echt beeindruckend.« Der Mann, der neben mir stand, nickte. »Dr. Louis ist wirklich ein Genie. Schade, dass er nicht mehr angehende Fachärzte annimmt.«

Die Frau zuckte die Achseln. »Manchen gefällt es nicht, von einem Haufen Studenten ausgequetscht zu werden, die wollen nur ihr Ding machen.«

»So«, sagte der Mann zu meiner Linken, als er meinen Infusionsschlauch herauszog. »Der wacht nicht so schnell wieder auf.« Gleich darauf wusste ich, wovon er sprach, denn das, was er mir injiziert hatte, übermannte mich – es war eiskalt in den Venen und vernebelte mein Denken.

»Guck mal bitte, ob wir einen geraden Rongeur auf dem Tablett haben«, sagte jemand, und im ersten Moment fühlte ich mich angesprochen. Ich wandte den Kopf, um zu gucken, aber auf einmal war der Raum ganz leer. Auch auf der anderen Seite waren alle verschwunden. Ich war allein. Wo waren sie hin? Klassische Musik spielte leise, und es war ein gutes, warmes Gefühl, einfach dazuliegen. Als ich die Augen zumachte, sah ich ein verschwommenes blaues Licht, als läge ich am Strand. Frankie, mein alter goldener Labrador, lag zu meinen Füßen, hielt mir die Beine warm und leistete mir Gesellschaft. Seit ich acht war und wir ihn einschläfern lassen mussten, hatte ich ihn nicht mehr gesehen. »Frankie«, sagte ich. »So ist's brav, guter Hund.«

## 21. Kapitel

Ich fahre mit der Rolltreppe im Einkaufszentrum abwärts. Von hier oben kann ich alles überblicken. Die Leute da unten sehen aus wie Figuren in einem Computerspiel, wie Ameisen bewegen sie sich emsig hin und her. Es macht mich glücklich, still zu stehen und den anderen dabei zuzuschauen, wie sie herumlaufen; ein wunderbares Gefühl der Ruhe durchströmt mich. Keiner sieht mich. Ich fahre lange nach unten und wünsche mir, dass es noch viel länger dauert. Ich schließe die Augen.

Das Sonnenlicht auf dem See ist so strahlend, dass es sogar durch meine geschlossenen Lider dringt. Es sprüht Funken auf dem Wasser wie Minifeuerwerke. Ihre Hand liegt auf meinem Rücken. »Erzähl mir noch mal, was passiert ist«, sagt sie und streicht mit der Hand über meine Narben. Als ich mich umdrehe, kann ich ihr Gesicht nicht sehen. Ich legte schützend eine Hand über die Augen, aber ich sehe nur den Schatten eines Mädchens neben mir – ihre Silhouette, einen schwarzen Scherenschnitt.

Jemand weint. »Nein, nein.« Ein Mädchen weint und schluchzt. »Nicht, nicht …«

Olivia.

Das Telefon klingelt. »Wie kann man das abschalten?«, fragt jemand. »Wieso ist das überhaupt hier drin?«

Mom.

Ich konnte nichts sehen, konnte die Augen nicht öffnen. Ich hörte ein Schlurfen – da war jemand. Ich fasste mir mit der Hand an das eine Auge und spürte … einen Verband. Ein dicker Verband vom Auge bis weit über die Wange. Ich wollte ihn abreißen, aber dann hielt ich inne. *Ich bin tot, ich bin tot, und wenn ich die Augen aufmache, liege ich in einem Sarg, in einer Leichenhalle.*

»Oh, sollen wir das abmachen?«, fragte eine Stimme. Vorsichtig wurde der Verband abgezogen, und ich sah in das Gesicht einer Frau, die ich nicht kannte. »Hi. Ich bin Schwester Tracy.« Sie sprach ganz langsam und deutlich. »Du bist im Krankenhaus, du bist gerade operiert worden.« Sie zog den Verband vom anderen Auge ab, und jetzt sah ich das ganze Zimmer. »Du hattest einen Unfall. Versuch nicht zu sprechen, du hast eine Trachealkanüle im Hals. Du atmest jetzt selbstständig, wir können sie also morgen entfernen, okay? Wenn du mich hören kannst, heb bitte die Hand.« Als meine Hand hochging, lächelte sie. »Bleib ganz ruhig, ich hole jetzt deine Eltern. Entspann dich einfach.« Wieder hob ich die Hand.

Meine Hand.

Ich schaute sie an. Es war meine Hand.

Ich wackelte mit den Zehen. Beugte die Knie. Irgendwas stieß mir heftig in den Bauch. Ich tastete herum und fand einen großen Schlauch, wie von einem Staubsauger, der an meiner Seite befestigt war und in meinen Unterleib führte. Wenn ich ihn berührte, tat es höllisch weh.

Mein Kopf hämmerte vor Schmerzen. Es war ein Gefühl, als läge ein Band um meinen Kopf, wie ein viel zu enger Hut. Aber als ich hinfasste, um ihn abzusetzen, war da nichts.

»West!« Mom kam ins Zimmer gestürmt. »Wie geht es dir, mein Schatz?« Sie sah fürchterlich aus, als hätte sie nächtelang nicht geschlafen. »Wie geht es dir, oh, du bewegst dich ja! Guck mal« – sie wandte sich zu Dad –, »er bewegt sich! Er bewegt sich!«

Ein Grinsen breitete sich auf Dads Gesicht aus. »Sie haben ja schon gesagt, dass alles super gelaufen ist, aber wenn man es mit eigenen Augen sieht, ist das noch mal was anderes«, sagte er. Mom hüpfte herum und jubelte wie ein Cheerleader. Dann riss sie sich zusammen. »Wie geht es dir, geht es dir gut?«, fragte sie.

Ich hob die Hand zum Kopf und berührte meine Stirn.

»Hast du Kopfschmerzen?«, fragte sie.

Wieder fasste ich mir an die Stirn und zeigte mit dem Daumen nach unten.

»Okay, ich verstehe«, sagte Mom schnell, aber komischerweise hatte sie ein breites Grinsen im Gesicht, als wären meine Kopfschmerzen die beste Nachricht seit Jahren. Sie legte die Hände vors Gesicht und fing an zu weinen.

Die Schwester ging um meine Eltern herum und fasste mein Handgelenk. »Ich muss dich nur untersuchen, West«, sagte sie. Dann wandte sie sich zu meinen Eltern. »Kopfschmerzen kommen nach einem solchen Eingriff häufig vor; es ist eine Art Migräne als Folge der Lumbalpunktion. Ich habe etwas, das ihm wahrscheinlich helfen wird, aber bestimmt will der Arzt ihn vorher sehen.« Dann wandte sie sich wieder zu mir und sagte laut: »Hast du das verstanden, West?« Ich hob die Hand, aber die Kopfschmerzen waren so schlimm, dass ich die Augen schließen musste.

»Wir geben ihm das Medikament jetzt gleich, denn es dauert eine Weile, bis das Mittel wirkt, und er soll ja nicht länger als nötig solche Schmerzen haben. Das wird ihn einige Stunden benommen machen«, erklärte sie.

»Aber er kann doch nicht wieder ins Koma fallen, oder?«, fragte Mom.

Als sie das sagte, riss ich die Augen auf. War ich im Koma gewesen? Wie lange war die Operation her?

»Nein, es geht ihm gut«, versicherte die Schwester ihr. »Sein Zustand ist sogar ganz ausgezeichnet, das Medikament lindert nur den Kopfschmerz, sonst nichts. Ich hole es schnell. Sie können noch ein paar Minuten bleiben, bis Dr. Louis kommt.«

Mom zog einen Stuhl ans Bett, und Dad stellte sich neben sie. »Spürst du deine Zehen?«, fragte sie, und ich zog zum Beweis die Beine an. Der Schlauch im Unterleib tat verdammt weh, und ich zeigte darauf.

»Das ist die Ernährungssonde, damit du auch genug Kalorien bekommst«, sagte Dad schnell. »Haben sie gesagt, dass sie die morgen zusammen mit der Trachealkanüle entfernen?«, fragte er Mom.

»Oh, das weiß ich nicht mehr.« Mom sah verwirrt aus. »Dr. Louis hat irgendwas davon gesagt, dass er erst schlucken können muss. Am besten fragen wir ihn gleich, wenn er kommt. West, du bist jetzt schon so dünn. Bevor sie den Schlauch rausnehmen, musst du erst wieder richtig essen können.« Als sie zu mir sprach, wurde ihre Stimme lauter. Warum mussten mich alle so anschreien?

Mein Kopf tat so weh, dass es mir vorkam, als könnte ich die Geräusche sehen. Mit geschlossenen Augen sah ich Funken, als ein Wagen laut durch den Flur geschoben wurde. Kurz darauf kam die Schwester mit einer Spritze zurück. »Das hier wird dir helfen«, sagte sie und gab die Flüssigkeit in den Infusionsbeutel.

Mom plapperte aufgeregt weiter. »Sie können sich nicht vorstellen, wie schön es ist, dass er uns jetzt sagen kann, wie es ihm geht – es waren ja drei Monate! Ich bin so unbeschreiblich froh. Was hat Dr. Louis gesagt, wann er kommt?«

»Er ist auf dem Weg; ich guck mal, ob er sich inzwischen gemeldet hat«, sagte die Schwester und ging aus dem Zimmer.

Ich hatte das Gefühl, dass sie ganz froh war, von Mom wegzukommen, die sich aufführte wie eine Irre. Wieso redete sie von drei Monaten – so lange war es doch gar nicht gewesen. Ein Monat vielleicht. Oder doch länger? Ich war verwirrt, mein Gehirn fühlte sich matschig an.

Mom und Dad setzten sich nebeneinander, steckten die Köpfe zusammen und unterhielten sich murmelnd. Ich schnappte nur einzelne Fetzen auf, ich wollte gar nichts hören. Mein Kopf tat immer noch höllisch weh. Endlich schien die Medizin zu wirken, das stramme Band um meinen Kopf lockerte sich ganz langsam ein wenig. Gleichzeitig hatte ich das Gefühl wegzudämmern. Dr. Louis kam ins Zimmer und sprach mit Mom, dann bat er mich, die Hände zu heben und mir an die Nase zu fassen, aber all das geschah wie im Traum. Ich gab mein Bestes, und er schien zufrieden zu sein. »Jetzt ruh dich erst mal aus, West. Es dauert noch eine Weile, bis wir abschätzen können, wie es weitergeht.«

Ich döste wieder ein und hörte, wie Mom mit dem Arzt redete und wie Dad einige Fragen stellte. Es ging mir gut, ich hatte es warm und war schläfrig, und ich wusste, dass ich wieder gesund wurde.

Als ich aufwachte, war das Zimmer verdunkelt, und ich war allein. Jetzt, da es meinem Kopf besser ging, dachte ich sofort an Olivia. Sie würde sich so freuen, wenn sie erfuhr, dass ich alles gut überstanden hatte. Ich musste dafür sorgen, dass Mom oder Mike sie gleich anriefen. Während ich mich fragte, wann ich sie sehen konnte und was sie wohl sagen würde, döste ich wieder ein.

Als ich am nächsten Morgen aufwachte, war Mom wieder da. »Hallo, mein Schatz«, sagte sie, als ich die Augen aufschlug. »Du wirst gleich zu einer kleinen Operation abgeholt, bei der sie die Trachealkanüle und die Ernährungssonde entfernen. Der Arzt sagte, es dauert höchstens eine Viertelstunde. Schaffst du das?«

Ich hob den Daumen. Dann machte ich Schreibbewegungen in die Luft.

»Ach so, du willst etwas aufschreiben? Okay …« Mom kramte in ihrer Handtasche und fand einen Stift, dann nahm sie eine Karte vom Nachttisch und hielt sie mir so hin, dass ich auf die Rückseite schreiben konnte. Meine Hand war ziemlich wackelig, aber schon viel besser als vorher. Ich schrieb *Olivia.*

»Wer ist das?«

Dann schrieb ich: *Sag ihr, mir geht es gut.*

»Kennt Mike sie? Oder Allie?«

Ich schrieb: *Mike. Er weiß Bescheid. Krankenhaus.* Mike erinnerte sich todsicher an das hübsche Mädchen aus dem Nebenzimmer. *Mike soll ihr sagen, es geht mir gut.*

Jetzt war ich erschöpft, und die Karte war voll mit meinen riesigen Krakeln. Mom nahm sie und steckte sie in die Handtasche. »Ich rufe ihn an, wenn sie dich operieren«, sagte sie. »Was macht dein Kopf? Sind die Schmerzen besser?«

Ich hob den Daumen, als zwei Pflegehelfer ins Zimmer kamen, um mich in den Operationsraum zu schieben.

»Das geht ganz fix«, sagte einer der beiden. »Wir bringen ihn gleich wieder zurück.« Mom nahm schnell meine Hand, ehe sie mich hinausschoben.

»Ich bin hier, mein Schatz«, sagte sie.

Die Pflegehelfer schoben mich durch den Flur in einen Operationsraum, der so ähnlich aussah wie der letzte, nur mit weniger Leuten darin. Ein Mann mit einer OP-Maske beugte sich über mich. »Hallo West«, sagte er laut. »Heute entfernen wir die Trachealkanüle. Es dauert nicht lange, kann jedoch schmerzhaft sein, deshalb geben wir dir eine Narkose. Wenn du aufwachst, solltest du nicht gleich versuchen zu sprechen. Warte damit ein bis zwei Tage, ja?«

Ich hob den Daumen zum Zeichen, dass ich verstanden hatte. Er nickte einer Frau zu, die an meinem Infusionsständer stand. Keine Sekunde später schlief ich auch schon, und gleich darauf wachte ich in meinem Zimmer wieder auf. Ich dachte schon, sie hätten vergessen, mich zu operieren oder es wäre irgendwas schiefgegangen, weil fast überhaupt keine Zeit verstrichen war. Es war mir vorgekommen wie eine Minute. Aber als ich mir an den Hals fasste, waren die Halsstütze und der Schlauch verschwunden – ich fühlte nur meinen Hals, Haut und einen dicken Verband über meiner Kehle. Auch dort, wo die Ernährungssonde gesessen hatte, war nur noch ein kleiner Verband.

Mom war nicht im Zimmer, als ich aufwachte, deshalb beschloss ich, meine Stimme auszuprobieren. »Hallo«, sagte ich in das leere Zimmer. Es klang sehr nach Frosch im Hals, ganz und gar nicht wie meine Stimme. »Hallo«, versuchte ich es noch mal, aber durch den Verband pfiff Luft, sodass es fast unmöglich war zu sprechen. Bevor ich es noch mal versuchen konnte, kam Mom herein, Dad im Schlepptau.

»Das ging ja schnell, und du bist sogar schon wach.« Mom schaute auf den Verband an meiner Kehle. Sie schob die Decke hinunter und betrachtete den Verband an meinem Bauch. »Drei Stiche, hat er gesagt.« Sie wandte sich zu Dad. »Und nächste Woche darf er raus.«

»Siehst gut aus«, sagte Dad und setzte sich neben mich. »Wie geht's dir?«

Ich hob die Hand zum Zeichen, beschloss dann aber, es mit Sprechen zu versuchen. »Gut«, sagte ich. Meine Stimme war tief und rau, ich hörte mich an wie ein gruseliger Typ aus einem Horrorfilm.

Dads Grinsen sagte alles. Mom wandte das Gesicht ab, damit ich ihre Tränen nicht sah. »Der Arzt hat uns erklärt, wenn du deine Finger hierhin legst« – Dad nahm meine Hand und legte zwei Finger auf den Verband an meiner Kehle –, »dann kommt nicht so viel Luft durch und du kannst etwas mehr sprechen.«

Ich versuchte es und drückte leicht auf den Verband. »Hallo.« Das war eindeutig besser und lauter.

»Genau so.« Dad lächelte. Ich wusste, dass er mich kaum anschauen konnte mit all den Verbänden, abgemagert und mit langen fettigen Haaren, die mir an der Stirn klebten. Ich sah ihm an, dass es ihm wehtat.

»Aber er hat auch gesagt, du sollst dich ein bis zwei Tage gedulden, bis sich die Wunde geschlossen hat; sie haben nicht genäht«, sagte Mom.

»Olivia«, sagte ich und drückte den Verband wieder runter.

»Ach ja, ich habe ihr von Mike ausrichten lassen, dass es dir gut geht«, sagte Mom. »Und sie hat sich sehr gefreut.« Sie lächelte ein wenig. »Bestimmt erzählt er dir mehr, wenn er heute Nachmittag kommt. Ich glaube, er war etwas überrascht, dass du sie überhaupt kennst. Und du weißt, wie wir alle zu Allie stehen …«

»Ich hole dann mal den Arzt, okay?«, sagte Dad nervös. Bestimmt wollte er jetzt nicht in ein Gespräch über meine Mädchengeschichten verwickelt werden – wenn überhaupt je. Mom nickte, und er ging hinaus.

Mom nahm meine Hand und rückte näher heran. »Du glaubst ja gar nicht, wie froh ich bin. Ich war mir nicht sicher, ob es klappt und ob wir dich nach so langer Zeit zurückbekommen«, sagte sie.

Der Arzt kam mit Dad herein, er strahlte. »Genau so hatte ich mir das vorgestellt, mein Freund«, sagte er und stellte das Bett höher. »Das Sprechen wird dir noch etwas schwerfallen, bis die Wunde verheilt ist.« Er zog den Verband von meiner Kehle ab. »Das sieht sehr gut aus. Es kann eine Woche oder auch etwas mehr dauern. Die Stimmbänder sind Muskeln, und wie alle anderen Muskeln in deinem Körper brauchen sie Zeit, um wieder stark zu werden. Du hast so lange gelegen, dass du Physiotherapie brauchen wirst, um wieder auf die Spur zu kommen. Klar?«

Ohne die Halsstütze und die Trachealkanüle fiel mir das Nicken nicht schwer.

»Ausgezeichnet. Meine Kollegen und deine Eltern werden mit dir besprechen, wie der weitere Plan aussieht und wohin du verlegt wirst. Die Erfahrung zeigt, dass Patienten, die sofort mit der Therapie beginnen, mit weit größerer Wahrscheinlichkeit wieder ganz gesund werden, und das sollst du ja.«

Wieder nickte ich.

»Gut, dann« – er wandte sich an Mom und Dad – »können wir ihn Donnerstag verlegen. Bis dahin ist Ruhe angezeigt, und wir werden seine Fortschritte überwachen.«

»Tausend Dank, Herr Doktor«, sagte Mom, nahm seine Hand in ihre Hände und schüttelte sie. »Tausend Dank.«

»Sollen wir?« Er deutete in den Flur, und sie folgten ihm nach draußen. Ich machte die Augen zu, aber ich hörte ein bisschen von dem, worüber sie sprachen. Über die Gefahr einer Entzündung, über meine Medikamente. Dann sagte der Arzt etwas davon, dass man mich nicht »überfordern« dürfe. Erst dachte ich, er meinte körperliche Überanstrengung, aber dann begriff ich, dass er eine Art psychischer Überforderung meinte. »Wenn er Sie nicht konkret fragt …«, hörte ich ihn sagen. Dann etwas wie: »… wird er sich langsam wieder dran erinnern, wenn er so weit ist.« Sprachen sie von dem Unfall? Daran erinnerte ich mich deutlich: die Bikes auf dem Steinbruch. Mikes Gesicht über meinem, wie er mich anschaute und mir Fragen stellte. Seine Augen so nah, die Pupillen wie winzige Pünktchen in einem leuchtend grünen Ozean. »Es wird alles gut«, sagte er immer wieder. »Alles wird wieder gut.« Ich fiel in einen medikamentenverschleierten Dämmerzustand und dachte weiter über den Unfall nach. War noch irgendwas passiert, woran ich mich nicht erinnern konnte? Etwas, worüber sie sich Sorgen machten? Ich ging im Kopf alles durch, betrachtete es wie einen Film. Wie ich gestürzt war. Mike. Allie, die weinte und weinte. Ich sah alles ganz deutlich vor mir. Aber was danach geschah, wusste ich nicht mehr. Wie war ich überhaupt ins Krankenhaus gekommen? Hatte Mike mich mit dem Wagen hingefahren? Hatten sie einen Krankenwagen gerufen? Ich versuchte mich zu erinnern, aber da war nichts. Nur Dunkelheit. Nicht mal so etwas wie ein Traum. Bis ich im Wilson Hospital aufwachte und Olivia kennenlernte. Alles davor war weg.

## 22. Kapitel

Mikes Augen, jetzt mit großen Pupillen, waren genau über mir, als ich mit einem Ruck wach wurde. Er zuckte zurück, als wäre ich Frankensteins Monster, das zum Leben erwacht war.

»Meine Scheiße, dann war das also kein Joke. Du bist echt kein Gemüse mehr. Kannst du sprechen?«

Ich legte die Finger über den Verband. »Wie hört sich das an?«, krächzte ich.

Mike grinste. »Fast schon wie Sprechen«, sagte er. »Gut, dass du wieder da bist, Alter!« Er zog einen Stuhl heran und setzte sich zu mir. »Ich fass es nicht. Du bist echt wieder fit, kannst dich bewegen und so?«

Wie ein braver Schüler hob ich erst das eine Bein, dann das andere, dann zeigte ich ihm den Mittelfinger. Von wegen Gemüse.

»Nicht schlecht.« Er grinste. »Scheinst ja wieder ganz der Alte zu sein.« Eine Weile saß er nur da, starrte mich an und nickte, als wisse er nicht, was er sagen sollte. Mir fiel auch nichts ein.

»Also, ich weiß nicht, wie ich das fragen soll, also frag ich einfach: Ist bei dir da oben alles okay?«, sagte er schließlich.

Als Antwort zeigte ich ihm wieder den Mittelfinger.

»Okay.« Mike lächelte schüchtern. Es war komisch, als müssten wir uns neu kennenlernen. Als Mike mich im Wilson besucht hatte, war er mehr er selbst gewesen. Was hatte sich verändert? Wieso war er jetzt so ernst?

»Ich frage deshalb.« Mike senkte den Blick. »Deine Mom hat mir gesagt, ich soll Ollie Hudson ausrichten, dass es dir gut geht. Das hab ich auch gemacht, aber hey, ist das dein Ernst? Seit wann das? Nichts für ungut, Alter, aber die Schnecke ist doch gruselig. Sie hat einen Schnurrbart! Außerdem soll sie Herpes haben, da unten.« Er zeigte auf seinen Schritt.

Jetzt kapierte ich, dass er dachte, ich meinte Olivia aus unserer Schule.

Ich legte die Finger auf den Verband. »Doch nicht die.« Ich schüttelte den Kopf und zeigte auf den Block und den Stift, die Mom neben dem Bett liegen gelassen hatte. Ich sollte ja noch nicht so viel sprechen, aber es war schwer, das, was ich sagen wollte, in ein oder zwei Worten auszudrücken. Schnell schrieb ich: *Olivia Kemple, aus dem anderen Krankenhaus. Lange schwarze Haare, Nachbarzimmer.*

Mike nahm den Block, schaute einen Augenblick darauf und sah mich dann an. »Das Mädchen im Zimmer nebenan, im Wilson?«

Ich nickte und nahm den Block, um noch mehr zu schreiben. Ich hatte gedacht, er wüsste, dass ich sie meinte – keine Ahnung, warum. Dumm von mir.

»Dann haben deine Eltern dir also erzählt, dass ich dich besucht hab«, sagte er, während ich schrieb.

Ich legte die Finger auf den Verband. »Ich weiß es.« Ich musste mich räuspern, um zu sprechen, es war nicht einfach. Ich gab ihm den Block, auf den ich noch mehr über Olivia geschrieben hatte, und was er ihr sagen sollte.

»West …« Mike wollte etwas sagen, dann sah er mich an. Seine Miene war todernst. »Hör mal, das ist es, was ich meine. Du kannst dieses Mädchen aus dem Krankenhaus gar nicht kennen. Es ist unmöglich. Du musst jemand anders meinen.«

Mit einem traurigen Blick gab er mir den Block zurück, als wäre ich verrückt geworden oder hätte zumindest einen mittleren Hirnschaden.

Ich hielt die Finger auf die Kehle. »Kannst du sie anrufen? Jetzt?«

Mike schüttelte den Kopf. »Hör mal, da ist kein Mädchen. Du musst das, ich weiß nicht, geträumt haben oder so. Alle auf dem Flur waren Gemüse, genau wie du.«

*Nein*, schrieb ich, mit tausend Ausrufezeichen dahinter. Ich begriff nicht, warum er sich so dämlich anstellte. *Olivia im Zimmer nebenan, Zimmer 203. Ruf sie an.*

Mike nahm den Block, las, was ich geschrieben hatte, schloss die Augen und senkte wieder den Kopf. »West, in dem Krankenhaus waren lauter Menschen, die an Apparate angeschlossen waren. Ich weiß es, weil ich da war. Es war ziemlich witzig, einmal wollte ich dir nämlich ein bisschen Musik mitbringen, und diese Schwester …«

»Norris«, unterbrach ich ihn.

»Egal. Also sie so: ›Kannst du das bitte leiser stellen?‹, und ich so: ›Hat sich jemand beschwert?‹ – Kapierst du? Es war ja völlig unmöglich, dass sich einer von den Gemüsen an der Musik störte … Sag mal, woher weißt du, wie die Schwester heißt? So ein dicke?«

»Norris«, sagte ich wieder. »Das weiß ich noch.« Ich nahm den Block und schrieb: *Du hast das Water-Gun-Album gespielt und von einem neuen Mädchen erzählt, das du gut findest, Erin, die einen Rock anhatte.* Ich gab ihm den Block.

»Das … das gibt's doch gar nicht.«

Mom kam um die Ecke, gerade als Mike aussah, als ob er gleich ausflippen würde. »Hallo! Ist ja schön, euch zwei wieder zusammen zu sehen, wie in den alten Zeiten.« Sie lächelte.

Mike stand auf, er war ganz blass.

»Da geht was total Komisches ab. West erinnert sich an alles Mögliche. Er weiß noch, dass ich ihn besucht hab und welche Musik ich gespielt hab, und sogar an Erins Rock … das ist unheimlich.« Er sprach so schnell, dass Mom ihm kaum folgen konnte.

»Woran erinnert er sich?«

»An alles! Er erinnert sich an meinen Besuch, als er im Koma lag, er kennt die Schwester, die reinkam! Wie sie aussah und wie sie hieß!«

Während Mike redete, schrieb ich noch mehr auf den Block, aber als ich das Wort *Koma* hörte, hielt ich inne. Wieso hatte er das gesagt? Hatte ich wirklich im Koma gelegen, vielleicht nach der Operation? Das war doch unlogisch. *Ich erinnere mich an jeden Besuch, als ihr alle da wart und mich in den Rollstuhl gesetzt und durch den Flur gefahren habt …*

*Ich war kein Gemüse.* Ich schob Mom den Block zu und zeigte auf den letzten Satz. »Sag es ihm«, sagte ich.

Mike las über Moms Schulter, was ich geschrieben hatte, dann schauten sie mich beide an. »Erinnerst du dich daran, dass ich dich besucht habe?«, fragte Mom.

Ich nickte und legte die Finger auf den Verband. »*Harry Potter*«, krächzte ich. »*Ein anderer Frieden.*«

»Du meine Güte.« Tränen stiegen ihr in die Augen. »Warte, ich hole Dr. Louis, falls er noch da ist. Das ist ja unglaublich!«

Mike setzte sich wieder und schüttelte den Kopf. »Ich sag dir was, du warst, du warst … völlig hinüber. Du warst an einen Haufen Apparate angeschlossen. Ich war mir nicht sicher, ob du je zu den Lebenden zurückkehrst.«

Ich nahm ihm den Block aus der Hand und schrieb: *Nein, ich war wach. Ich habe Ja und Nein geblinzelt – das hast du doch gesehen! Ich will jetzt Olivia anrufen.*

Mike las, was ich geschrieben hatte, und atmete tief durch. »Ich weiß nicht …«

Ich zeigte aufs Telefon und sagte: »Ruf jetzt im Wilson Hospital an.«

Bevor Mike zum Hörer greifen konnte, kam Mom mit Dr. Louis zurück. »Wie ich höre, kannst du dich an einiges aus der Zeit im Wilson Hospital erinnern«, sagte er. Er beugte sich über mich und leuchtete mir mit einer Stiftlampe in die Pupillen. »Keine Kopfschmerzen mehr?«

Ich schüttelte den Kopf.

»Du kannst dich also daran erinnern, dass deine Eltern und deine Freunde dich besucht haben?« Ich nickte, und er redete weiter. »Und an das, was gesprochen wurde?« Wieder nickte ich. Er wandte sich an Mom. »Das ist nicht ungewöhnlich, und es passt zu dem, was ich vorhin sagte. Er wird jetzt häufiger solche Erinnerungen haben, so ähnlich, wie wenn man morgens aufwacht und einem ein Traum langsam wieder einfällt. Es kann vorkommen, dass er sich an ein Ereignis oder einen Tag ganz detailliert erinnert, während mehrere Tage oder Wochen völlig fehlen. So ist das bei einem Koma ersten Grades. Wir wissen nicht viel darüber, wann diese Patienten etwas wahrnehmen und wann nicht. Aber es klingt so, als hätte bei Ihrem Sohn eine Menge Hirnaktivität stattgefunden, was mich angesichts seines Alters und seines guten Allgemeinzustandes nicht überrascht.« Er lächelte mich an und klopfte mir auf die Schulter. »Du wirst dich wundern, woran du dich alles erinnern kannst, aber vor allem werden deine Familie und deine Freunde sich wundern, die gedacht haben, sie führen Selbstgespräche.« Er lachte. Mom und Mike lachten auch, aber ich verstand nicht, was daran witzig sein sollte. Offenbar glaubten sie, ich wäre im Koma gewesen oder so – dass ich geschlafen hätte. Aber das stimmte nicht. Ich konnte mich an alles erinnern.

»Weißt du noch, als Allie und ich uns gezankt haben? Sie hat über meinen Fahrstil gemeckert, und dann hab ich sie einfach stehen lassen und sie musste auf eine Mitfahrgelegenheit warten – weißt du das noch?«, fragte Mike.

Allie und Mike sollten sich in meinem Zimmer gestritten haben? Ich durchforstete mein Gehirn, aber nein …

»Und dann kam diese Schwester rein, die zickige, und meinte: ›Besuchszeit ist vorbei‹, und Allie so: ›Das ist nur deine Schuld‹, weil wir zu spät waren.« Mike schaute mich an, als wartete er darauf, dass ich mich erinnerte. »Und dann hat sie versucht es so hinzustellen, als wäre ich schuld an deinem Unfall, als hätte ich dich angestachelt oder so, und danach hab ich einen Monat nicht mit ihr gesprochen, nur dass du es weißt.«

Daran erinnerte ich mich überhaupt nicht.

Ich wusste nicht, wovon er redete.

»Weißt du noch, Onkel John und die Jungs?«, sagte Mom schnell. »Sie sind hergeflogen, nur um dich zu sehen; es würde sie so freuen, wenn sie wüssten, dass du sie gehört hast und wusstest, dass sie da waren.« Sie sah so hoffnungsvoll aus, dass ich am liebsten Ja gesagt hätte, aber ich konnte nicht.

Ich erinnerte mich nicht daran, dass sie da gewesen waren.

Ich hatte nicht mal davon gehört.

Wieso wusste ich das nicht mehr?

»Na ja, drei Monate sind eine lange Zeit«, sagte der Arzt. »Manche Erinnerungen werden nach und nach zurückkommen, andere nicht. Das Gehirn ist ein interessantes Organ, und wie sich die Heilungsprozesse darin vollziehen, ist uns in weiten Teilen immer noch ein Rätsel.«

Mike und Mom nickten, fasziniert von dem, was der Arzt sagte, während ich nur an eins denken konnte: Ich hatte im Koma gelegen. Die ganze Zeit in dem anderen Krankenhaus. Sie sprachen von drei Monaten. Aber ich erinnerte mich so genau an alles. Oder? Manche Tage verschwammen miteinander, das wohl. Die Medikamente und die Albträume und die nebelhaften Morgen, an denen ich das Gefühl hatte, nicht aufwachen zu können. Aber dann war da Olivia gewesen, und sie hatte mir immer geholfen, es wieder auf die Reihe zu kriegen und mich lebendig zu fühlen.

»Olivia«, sagte ich und riss Mike und Mom aus ihrem Gespräch mit dem Arzt. »Ich will Olivia anrufen.« Ich zeigte auf das Telefon.

»Okay, Schatz«, sagte Mom ruhig und fasste nach ihrem Handy. Mike schüttelte den Kopf. »Hast du ihre Nummer nicht?«, fragte sie ihn.

»Er sagt, er meint eine andere Olivia. Eine aus dem Krankenhaus. Sie lag im Zimmer neben ihm.« Mike zuckte die Achseln und schaute dann den Arzt an.

»Ich dachte, Olivia geht mit euch zur Schule«, sagte Mom.

Ich schüttelte den Kopf. »Ruf sie an«, sagte ich. »Ruf im Wilson an. Olivia Kemple.«

Mom schaute den Arzt an, dann holte sie ihr Handy heraus und wählte die Nummer des Krankenhauses. Im Zimmer war es eine Weile still, bis Mom sagte: »Hallo, hier ist Cathy Spencer. Mein Sohn war als Patient bei Ihnen … Hallo? Ja, es geht ihm sehr gut, vielen Dank. Er möchte gern eine Mitpatientin sprechen« – Mom warf mir einen Blick zu –, »eine Olivia Kemple.« Mom hörte ein paar Sekunden konzentriert zu, dann sagte sie: »Und Sie sind sicher, dass das Olivia Kemple ist?«

»Zimmer 203«, sagte ich.

»Er sagt, sie liegt in Zimmer 203«, fügte Mom hinzu, dann sagte sie: »Gut, dann haben Sie vielen Dank.«

Sie beendete das Gespräch und sah wieder den Arzt an. »Also, es gibt eine Patientin namens Olivia Kemple, und du hast recht, sie liegt in Zimmer 203, aber woher du das weißt, ist mir ein Rätsel.« Sie schüttelte den Kopf.

»Wenn sie im Nachbarzimmer lag, kann er ihren Namen gehört haben und sich daran erinnern, oder er erinnert sich an Stimmen von Besuchern in ihrem Zimmer, die mit ihr gesprochen haben. Da gibt es viele Möglichkeiten«, sagte der Arzt.

Ich legte die Finger auf den Verband. »Ich will mit ihr sprechen.«

»Es wäre wirklich besser, wenn du vorerst den Notizblock benutzt und mit dem Sprechen noch ein bis zwei Tage wartest«, erinnerte der Arzt mich.

»Schon gut«, schaltete Mom sich ein. »Er kann gar nicht mit ihr sprechen. West, sie ist eine Komapatientin. Sie können sie nicht ans Telefon holen.«

»Nein«, stöhnte ich. »Nein.« Mir war ganz elend. Was hatte sie getan? Sie musste sich den Infusionsschlauch rausgezogen, sich irgendetwas angetan haben. Was machte sie bloß? Plötzlich fiel es mir wieder ein: Sie hatte ja nicht geglaubt, dass ich es schaffen würde. Sie musste irgendwas angestellt haben – womöglich hatte sie versucht sich umzubringen. Ich hatte nicht gewusst, dass es ihr so ernst war.

»West.« Mom nahm meine Hand. »Sie liegt im Koma, so wie du bis vor Kurzem. Sie ist schon seit zwei Jahren als Patientin dort.«

»Nein«, sagte ich. »Ich kenne sie.« Ich musste mich gleich übergeben. Irgendwas stimmte nicht. Was erzählten sie mir da alle? Jemand erlaubte sich einen Scherz. Ich hatte nicht im Koma gelegen. Ich konnte mich nur nicht bewegen. Und Olivia lag auch nicht im Koma. Ich hatte sie gesehen, wie sie herumlief, mit mir und mit anderen redete. Schwester Norris würde sich erinnern, sie konnte alles bestätigen. Ich versuchte mir Situationen ins Gedächtnis zu rufen, in denen Norris uns zusammen gesehen oder mit Olivia gesprochen hatte. Ich erinnerte mich an die Nacht, als ich meinen ersten Albtraum hatte. Da hatte sie Olivia im Flur erwischt. Aber war das auch wirklich Olivia gewesen? Ich hatte nicht gesehen, mit wem Norris sprach. Ich überlegte angestrengt, konnte mich jedoch nicht erinnern, dass irgendwer Olivia je in meinem Zimmer gesehen hatte. Sie war immer rausgeflitzt, wenn die Schwestern kamen, damit es keinen Ärger gab. Und wenn sie Besuch hatte … dann sprach sie nie. Aber nur weil sie wütend war. Sie war wütend auf ihre Mutter und auf die Ärzte. Hatte sie manchmal nicht doch geredet? Ich wusste es nicht mehr. Das passte alles nicht zusammen. Aber ich kannte sie. Ich kannte ihre Stimme, ihr Gesicht, ihre Berührungen, den Duft ihrer Haare.

»Sie liegt nicht im Koma«, sagte ich, und der Arzt beugte sich über mich und reichte mir den Block und den Stift.

»Jetzt wird geschrieben, okay?«, sagte er, als wäre ich ein kleines Kind. »Wir wollen doch, dass die Wunde schön verheilt.«

Ich schleuderte den Block durchs Zimmer, der Stift flog gegen die Wand. »Nein, ich will mit Olivia sprechen!«, krächzte ich. »Ruf noch mal an.«

»Ach Schätzchen«, sagte Mom, dann wandte sie sich an den Arzt. »Was können wir tun?«

»Es ist normal, dass du frustriert bist, West«, sagte er zu mir. »Nach und nach werden sich deine Erinnerungen zu einem Ganzen fügen, und dann wirst du sie verstehen. Aber jetzt, wo sie nur bruchstückhaft sind, ist das bestimmt verwirrend und …«

Ich drückte die Hand auf den Verband und schrie: »Ruf sie sofort an!« Ich spürte, wie etwas in meiner Kehle aufriss. Ich versuchte mich aufzusetzen und zerrte so heftig an dem Infusionsschlauch, dass ich fast den Beutel heruntergerissen hätte. Ich merkte kaum, wie der Schlauch aus meinem Handrücken gerissen wurde. Ich konnte nicht einfach daliegen und mitanhören, wie sie über Sachen redeten, von denen sie keine Ahnung hatten. Ich wollte mit Olivia sprechen.

»So, jetzt beruhigen wir uns mal«, sagte der Arzt und drückte meine Schultern runter, sodass ich wieder im Bett liegen musste. Ich sah glänzendes warmes Blut dort, wo ich den Infusionsschlauch herausgerissen hatte. »West, du musst dich jetzt beruhigen, es ist alles gut.«

Da erschien plötzlich eine Schwester in der Tür. »Ich brauche fünf Milligramm Dormicum, sofort«, sagte der Arzt. Mit ihr sprach er in einem anderen Ton, und sie verschwand schnell wieder.

Mom sah geschockt aus. Mike stand neben ihr, er war aschfahl. »Tief durchatmen«, sagte der Arzt.

»Du sollst sie jetzt anrufen!«, schrie ich. »Einfach nur anrufen!« Ich fing an zu weinen und konnte nicht mehr aufhören. Alles war zerstört. Alles, worauf ich hingelebt hatte. Ich hatte die Operation doch nur gewollt, um mit Olivia zusammen zu sein – ich wollte mein altes Leben zurück, aber mit ihr dabei. Und jetzt hatte sie irgendwas Schreckliches angestellt. Ich musste sie unbedingt sehen. »Ruf sie an«, sagte ich wieder. Die Schwester kam mit zwei Helfern zurück. Sie hielten mich fest, während der Arzt mir eine Nadel in den Oberschenkel jagte.

»Das wird dich beruhigen, West. Wenn du wieder aufwachst, geht es dir schon viel besser.« Er wandte sich an Mom. »So ein Erregungszustand ist normal. Das zentrale Nervensystem versucht sich nach Monaten der Untätigkeit wieder zu sortieren. Es kann eine Weile dauern, bis das alles wieder im Lot ist. Jetzt brauchen Sie ihn nicht mehr festzuhalten«, sagte er zu den beiden Männern. Als sie mich losließen, verspürte ich keinerlei Drang mehr zu kämpfen, ich konnte nicht einmal Worte formen. Meine Zunge fühlte sich an wie Knete, mein Kopf sank zurück, und ich glitt in die Dunkelheit.

## 23. Kapitel

Die folgenden zwei Wochen waren schrecklich, vielleicht die schlimmsten meines Lebens. Ich hatte mir so sehr gewünscht, wieder gesund zu werden, ich wollte wieder alles spüren und mich bewegen können, ich hatte mich danach gesehnt und meine ganze Kraft darauf verwendet. Als ich noch im Krankenhaus war, konnte ich an nichts anderes denken. Gesund werden, rauskommen, zurück in mein altes Leben. Die Warnungen von Olivia und meiner Mutter schrieb ich in den Wind. Ich hatte dafür gekämpft, ohne Rücksicht auf Verluste. Und jetzt, da ich hier war, wollte ich nur noch zurück. Zurück dorthin, wo Olivia meine einzige Freundin gewesen war, wo es meinen Tag rettete, ihr Gesicht zu sehen, wo einzig ihre Stimme mich vor dem Wahnsinn bewahrte. Dorthin, wo ich sie spüren konnte, wenn sie bei mir war und sich an mich schmiegte. All das war jetzt unmöglich. Und wenn ich glauben sollte, was alle mir erzählten, dann war es auch nie passiert. Aber ich wusste, dass es passiert war.

Ein paar Tage nach Mikes Besuch wurde ich in das Rehazentrum verlegt, wo Spezialisten an meinen Bewegungen arbeiteten – Gehen, Armbewegungen, Feinmotorik und auch Sprechen. Alle anderen Patienten waren älter als ich. Manche hatten einen Unfall hinter sich – ein Mann hatte vor einem Jahr einen schrecklichen Autounfall gehabt und lernte erst jetzt wieder zu gehen. Eine Frau in Moms Alter hatte einen schweren Schlaganfall erlitten, und eine Körperhälfte funktionierte nicht mehr richtig. Es war interessant, die Geschichten der anderen zu hören und zu erfahren, wie sie hierher geraten waren. Für die meisten schien ich der Star zu sein – ich war der Jüngste, und ich war aus einem langen Koma wieder erwacht. Das fanden sie wohl faszinierend. Etwa die Hälfte der Patienten wohnte in dem Rehazentrum, die anderen waren zu Hause und kamen regelmäßig zu den Behandlungen vorbei. »Das wird bei dir auch bald so sein«, versprach mir einer der Therapeuten. »Wenn du gut mitarbeitest, kannst du schon bald ambulant behandelt werden.«

Meine Tage waren voll, morgens Bildkärtchen anschauen mit einer Neuropsychologin, dann ein Gang auf dem Laufband, Gewichte heben, Proteindrinks, kalorienreiche Mahlzeiten, Epsomsalzbäder und Tiefenmassagen. Mom scherzte, ich hätte jetzt das Leben eines Profisportlers – mein Körper hatte höchste Priorität. Oberstes Ziel war, dass er wieder normal funktionierte. Auch an meinem Gehirn arbeiteten die Ärzte, aber das, was da nicht stimmte, war viel schwieriger zu reparieren. Ich hatte Probleme mit dem Gedächtnis – da gab es große Erinnerungslücken, die wie Löcher waren, teils dem Koma geschuldet (das behaupteten die Ärzte jedenfalls), teils dem Schaden an meinem zentralen Nervensystem. Beim Einschlafen hatte ich manchmal verstörende Visionen: ein Mädchen, das blutend auf einem Gehweg lag, das verbrannte Gesicht eines Mannes. Ich hatte auf diese Bilder, die nichts mit meinem Leben oder meinem Unfall zu tun hatten, keinen Einfluss. Die Psychotherapeutin, die zu Rate gezogen wurde, sagte zu Mom, ich sei »depressiv«.

Es sah so aus, als würde mein Körper wieder genesen. »Du bist noch jung«, sagten die Physiotherapeuten. »Das kommt alles wieder, die Muskeln erinnern sich.« Weil einzelne Wirbelkörper miteinander verschraubt worden waren, würde ich nie wieder im Stehen meine Zehen berühren oder meine Schuhe zubinden können. So weit würde ich mich nicht mehr vorbeugen können. Eines Tages konnte ich aber hoffentlich wieder ohne die ruckartigen Bewegungen gehen, die ich jetzt noch machte, und bestimmt konnte ich irgendwann wieder einen Stift halten. Ich würde nie wieder mit dem Bike in einem Wettkampf fahren. Das wusste ich, doch es war mir egal. Meine Garage voller Bikes und sonstigem Zeug – die Ausrüstung, auf die ich monatelang gespart hatte, die Trophäen und Titel – all das schien zu jemand anderem zu gehören. Zu einem kleinen dummen Jungen. Ich sagte meiner Mutter, sie könne alles Mike geben, wenn er es haben wollte. Oder spenden. Ich interessierte mich für nichts mehr, am allerwenigsten für das Bike.

»Ich verstehe nicht, warum er sich nicht richtig freut, wo wir uns doch alle so für ihn freuen«, klagte Mom dem Arzt einmal, als sie dachte, ich könnte sie nicht hören. »Es ist, als ob er gar nicht sieht, was für ein Glück er hatte.«

»Er ist in der Pubertät. So ein Unfall ist schwer zu verarbeiten, selbst für einen Erwachsenen. Sein Leben war sowieso schon im Übergang, und jetzt kommt das noch obendrauf. Aber er schafft das schon, Sie werden sehen.«

Die ersten Tage redete ich noch von Olivia und stellte Fragen. War sie vielleicht noch gesund gewesen, als ich dort lag, und erst später, nach meiner Verlegung ins Koma gefallen? Die Antwort lautete Nein. Lag sie vielleicht, genau wie ich, nur in einem leichten Koma, Grad eins, und unser Bewusstsein war stärker, als die anderen dachten? Wieder Nein. Je mehr ich nach ihr fragte, desto verrückter erschien ich den anderen. Schließlich rief Mom im Krankenhaus an und bekam die Antworten, die ich haben wollte. Sie erfuhr, dass Olivia Kemple seit zwei Jahren im Koma vierten Grades lag. Es war ausgeschlossen, dass ich sie gekannt oder gar mit ihr gesprochen haben könnte. Es war unmöglich, und doch wusste ich, dass es passiert war. Und ich musste eine Möglichkeit finden, mit ihr Kontakt aufzunehmen, wo auch immer sie war. So einfach war das.

Als sie die Psychotherapeutin anschleppten, wusste ich, dass ich ein Problem hatte. Für den Termin mit ihr musste ich sogar mein Training auf dem Laufband unterbrechen. In der ersten Sitzung stellte sie konkrete Fragen nach meiner Zeit im Krankenhaus und woran ich mich erinnerte. Über Olivia wollte ich eigentlich gar nichts erzählen. Ich wusste, dass alle dachten, ich hätte mir die Beziehung zu ihr nur eingebildet. Dass es nur ein Traum gewesen war. Und solange ich nicht das Gegenteil beweisen konnte, musste ich allen wie ein Verrückter vorkommen, wenn ich von ihr sprach. Vielleicht war ich das ja auch. Aber dann gab ich auf. Denn wenn ich nicht mit einer Therapeutin darüber reden konnte, mit wem dann? Vielleicht wusste sie etwas, was ich nicht wusste. Vielleicht hatte sie eine Erklärung dafür, wie das passiert sein konnte. Wie ich mich in ein Mädchen hatte verlieben können, dem ich nie begegnet war.

»Im Zimmer neben dir lag ein Mädchen«, sagte die Therapeutin. »Wie hieß sie?«

»Olivia.« In dem Moment, als ich ihren Namen aussprach, konnte ich mich nicht mehr zurückhalten, also spulte ich die ganze Geschichte ab. Alles. Wie wir uns kennengelernt hatten, wie gemein Olivia am Anfang zu mir gewesen war, wie sie mir beigebracht hatte, mit Blinzeln zu kommunizieren und zu schreiben. Die Nachtspaziergänge, das Fernsehzimmer, was sie mir am Computer gezeigt hatte. Wie wütend sie gewesen war, als ich mich für die Operation entschied. Die Therapeutin hörte aufmerksam zu, ohne mich zu unterbrechen oder Fragen zu stellen. Kein einziges Mal sagte sie: »Das kann gar nicht sein.«

Als ich fertig war, schaute ich auf meine Füße und auf die albernen Schienen, die sie an meinen Beinen befestigt hatten, damit ich besser gehen konnte. »Ich will hier nicht sein. Ich will wieder zu ihr, auch wenn sich das verrückt anhört.«

»Das ist nicht verrückt, West. Es ist ganz verständlich. Das hier ist harte Arbeit, von dir wird viel verlangt. Es ist die Wirklichkeit. Du hattest ein schreckliches und traumatisches Erlebnis, und du hast Glück gehabt, dass du am Leben bist. Jetzt steht dir die Arbeit bevor, dein Leben neu aufzubauen. Es wird nie wieder so sein wie vorher, stimmt's?«

Tränen traten mir in die Augen. Sie hatte recht. Ich hatte bekommen, was ich wollte – was ich zu wollen glaubte –, aber jetzt wollte ich es doch nicht, oder es hatte sich nicht so erfüllt wie erhofft. Ich hatte mir gewünscht, dass alles wieder so wurde wie vorher. Aber das ging nicht. Mein altes Leben war weg. Das hier war jetzt mein Leben.

»Ich erzähle dir jetzt, wie es meiner Meinung nach gewesen sein könnte, und dann versuchen wir die beiden Versionen in Einklang zu bringen, einverstanden? Ich glaube, als du im Krankenhaus warst, hast du dich in einer so schrecklichen Lage wiedergefunden, dass du dir eine andere Wirklichkeit erschaffen hast, eine Fantasiewelt, in die du dich flüchten konntest. Du hast einen Freund gebraucht, jemanden, der dich verstehen konnte. Und dann ist Olivia aufgetaucht.« Sie schwieg eine Weile und schaute mich an, um sicherzugehen, dass ich ihr folgte. »Olivias Gegenwart hat dir geholfen, nicht wahr? Olivia hat dir geholfen.« Die Therapeutin schaute auf den Notizblock in ihrem Schoß. »Du hast gesagt, sie war deine einzige richtige Freundin, die einzige, die verstand, wie dir zumute war. Stimmt das?«

Ich nickte. Was sie sagte, klang einleuchtend – und gleichzeitig absurd. Denn das würde ja bedeuten, dass ich Olivia erfunden hatte. Dass sie gar nicht echt war. Dass alles, was zwischen uns gewesen war, nur Einbildung war, pure Fantasie. Und das konnte ich nicht glauben.

»West, hattest du im Krankenhaus irgendwelche Träume – unabhängig von der Zeit, die du mit Olivia verbracht hast? Träume, die du hattest, als du deiner Meinung nach schliefst und von denen du sagen würdest, dass sie *nicht* Wirklichkeit waren?«

Ich musste kurz überlegen, ehe es mir plötzlich wieder einfiel. Der Traum von dem Mann und dem Mädchen. Ich erzählte der Therapeutin von der Traumserie über das Mädchen und den Mann, der sie misshandelte. Und wie ich mich in ihn verwandelt hatte. »Dieser Traum kam immer wieder – es war immer derselbe Mann. Sein Gesicht sehe ich jetzt noch vor mir.«

Sie nickte. »Es würde mich nicht wundern, wenn es den Mann aus deinem Traum wirklich gäbe – vielleicht ein Pfleger oder ein Arzt aus dem Krankenhaus. Jemand, den du gesehen und in deine Gedanken einbezogen hast.« Sie machte eine Pause, um mir Zeit zum Nachdenken zu geben, aber ich konnte mich nicht daran erinnern, diesen Mann je im Krankenhaus gesehen zu haben. »Denk über den Traum nach. Ein Mädchen wird überfallen. Was hat das zu bedeuten?«

Ich überlegte. »Er hat ihr wehgetan und sie festgehalten …« Ich wusste nicht, was die Therapeutin von mir hören wollte.

»Ja, sie wurde gewaltsam festgehalten. Sie kann sich nicht wehren. Sie ist machtlos. Viele Eingriffe, die an dir vorgenommen wurden, während du im Koma lagst, waren invasiv – sie taten weh und du konntest dich nicht wehren, stimmt's?«

Jetzt erinnerte ich mich wieder genauer an den Traum. »Ich war sogar immer als Zuschauer dabei, aber ich war gefesselt, ich konnte ihr nicht helfen. Meine Hände waren … Ich war machtlos. Während sie um Hilfe schrie und weinte …«

»Ich möchte, dass du über die Eingriffe nachdenkst, die an dir vorgenommen wurden, die Operation eingeschlossen. Wie sehr du das Gefühl hattest, keine Macht über deinen Körper zu haben, wie sehr andere Leute über dich bestimmt haben, ob du dich wehrlos gefühlt hast. Manchmal warst du dir dessen bewusst – wenn eine Schwester dir eine Spritze gab oder dich bewegt hat …«

Während sie redete, kamen die Bilder zurück. Jemand beugte sich über mich, prüfte meine Pupillen, schob mein Bett zur Seite, drehte mich um, wechselte meinen Infusionsbeutel aus. Ständig wurde ich angefasst, beobachtet, untersucht, überall steckten Schläuche in meinem Körper.

»Denk mal darüber nach, was das für deinen Traum bedeutet, und überleg dir, wer dieser Mann sein könnte. An der Stelle machen wir morgen weiter, okay?«

Nachdem sie gegangen war, schwirrte mir der Kopf. Ich ging wieder auf das Laufband und lief eineinhalb Kilometer, und währenddessen dachte ich die ganze Zeit darüber nach, was sie gesagt hatte. War das die Erklärung? War es so einfach – eine Traumwelt, die ich mir selbst ausgedacht hatte? Ein Mädchen, das es gab und das eine Patientin im Krankenhaus war, dem ich jedoch nie begegnet war. Ein Mädchen im Wachkoma. Ich hatte nur ihren Namen aus dem Nebenzimmer aufgeschnappt und mir zusammenfantasiert, sie wäre schön und meine Freundin. Hatte mir zu dem Namen ein Mädchen ausgedacht. Meine Fantasiefreundin.

Doch immer, wenn ich gerade meinte, so könnte es gewesen sein, sah ich Olivias Gesicht vor mir, ihren weißen Bademantel, den sie eng um die schmale Taille gebunden hatte, ihre großen dunklen Augen. Wie sie einmal Lipgloss aufgetragen hatte und die Haare offen trug.

Ich sah sie so deutlich, spürte ihren Atem auf meinem Gesicht, ihren Kuss auf meinen Lippen. Ich wusste, dass es sie wirklich gab. Ich konnte sie unmöglich erfunden haben.

Als die Therapeutin am nächsten Tag wiederkam, versuchte ich für ihre Theorien offen zu sein, vor allem was die Träume anging. Dafür musste es eine Erklärung geben. »Wir dachten, dass es in dem Zimmer spukt, aber Ihre Theorie klingt logischer«, sagte ich.

»Wer ist wir – du und Olivia?«, fragte die Therapeutin.

Ich nickte.

»Dann hast du also mit Olivia über die Träume gesprochen, und dabei hat sie dir auch geholfen?« Als ich bejahte, schrieb sie etwas auf ihren Notizblock. Ohne aufzublicken, sprach sie weiter. »Du sollst wissen, dass du mir weiter von Olivia erzählen kannst, das muss dir nicht unangenehm sein. Verstehst du das?«

»Ja«, sagte ich. »Ich will ehrlich zu Ihnen sein. Ich würde gern glauben, dass Sie recht haben. Auf der einen Seite denke ich, so könnte es gewesen sein. Auf der anderen Seite kann ich es einfach nicht glauben. Ich kann sie einfach nicht loslassen«, erklärte ich.

»Betrachten wir mal genauer, was du da gerade gesagt hast: ›Ich kann sie einfach nicht loslassen.‹ Das ist wichtig. Wenn es stimmt, dass Olivia eine Freundin war, die du dir ausgedacht hast, um eine schwere Zeit durchzustehen, warum ist es dann wohl so schwer, sie loszulassen – gerade jetzt, wo es dir so viel besser geht?«

Ich überlegte eine Weile, ehe ich antwortete. »Weil ich mich in sie verliebt habe? Weil ich ihr mein Wort gegeben habe?«

Die Therapeutin konnte ihre Enttäuschung über meine Antwort nicht verbergen. »Vielleicht weil du Angst hast, dass die schweren Zeiten noch nicht überstanden sind. Und dass es schwierig werden könnte, in dein altes Leben zurückzufinden. Du hast mir erzählt, dass du beinahe lieber wieder dort wärest, als dich dem Leben zu stellen, das vor dir liegt, nicht wahr?« Als ich nickte, fuhr sie fort: »Möglicherweise ist es leichter für dich, diese Freundin noch eine Weile zu behalten, für alle Fälle. Wenn du bereit bist, Olivia loszulassen, wirst du es wissen.«

Ich glaubte nicht, dass ich je bereit sein würde, Olivia oder die Vorstellung von ihr loszulassen, selbst wenn es so war, wie die Therapeutin sagte. Aber ich hoffte, dass bald etwas geschah, dass mir irgendeine Art von Erkenntnis kam – so oder so –, bevor alle in meiner Umgebung mich für geisteskrank hielten. Ich selbst eingeschlossen.

## 24. Kapitel

Nach zwei Wochen täglicher Übungen hatte ich endlich das Gefühl, Fortschritte zu machen. Mein Oberkörper war ziemlich kräftig, ich konnte Gewichte über fünf Kilo heben und einen Stift fünfzehn Minuten lang halten. Tippen fiel mir immer noch schwer, vor allem auf der kleinen Tastatur meines Handys – es dauerte lange, bis ich die richtigen Tasten fand, und wenn ich Mike oder Allie eine SMS schickte, war sie immer voller Fehler. Dadurch erschien der Schaden, den mein Gehirn genommen hatte, wahrscheinlich schlimmer, als er in Wirklichkeit war.

Mein Gedächtnis funktionierte auch allmählich wieder besser, aber die Ärzte hatten gesagt, ich müsse Geduld haben. Es brauchte Zeit, bis sich das Gewebe im Gehirn regenerierte, und bei dem Unfall war einiges beschädigt worden. Vor allem das Kurzzeitgedächtnis war betroffen – ich ging aus dem Zimmer in den Flur und hatte im nächsten Moment vergessen, wo ich hinwollte und warum.

»Dann haben wir jetzt etwas gemeinsam«, scherzte Mom. »Das passiert mir mindestens einmal am Tag. Manchmal nehme ich sogar den Hörer ab und hab gleich darauf vergessen, wen ich anrufen wollte.« Das half mir ein bisschen. Klar, solche Sachen passierten jedem. Aber mir waren sie früher nicht passiert, und das Gefühl, manches nicht richtig mitzukriegen, konnte ich nicht leiden. Ich versuchte, meine Suggestivkraft zu nutzen, um mich zu konzentrieren. Dann lag ich im Bett und versuchte mir vorzustellen, ich wäre zu Hause oder in der Schule – in einer freundlicheren, besseren Zukunft, wo alles Schwierige hinter mir lag. Aber die Gedanken an Olivia und das andere Krankenhaus kamen mir jedes Mal in die Quere.

Immer wenn ich an Olivia dachte oder mich etwas an sie erinnerte – was ungefähr zwanzigmal am Tag vorkam –, versuchte ich es auszublenden. »Wenn dir diese Gedanken in den Kopf kommen, versuch sie sanft durch etwas Positives zu ersetzen«, hatte die Therapeutin gesagt. »Etwas anderes. Was hast du zum Beispiel in deiner Freizeit gern unternommen?«

»Ich bin vor allem mit dem Bike gefahren«, sagte ich. »Aber das werde ich nicht mehr machen.«

»Irgendwas anderes, irgendwelche Hobbys …« Als ich den Kopf schüttelte, fragte sie: »Was ist mit Schwimmen?«

Bei dem Stichwort Schwimmen wanderten meine Gedanken zu den Klippen hoch über dem See. Letzten Sommer waren Allie und ich mit ein paar Leuten aus der Schule dort gewesen. Das könnte eine gute Vorstellung sein, aber ich müsste Allie ausblenden. Und dann fiel mir der Traum ein, in dem ich mit einem Mädchen auf den Klippen gesessen hatte. Wir sitzen auf einer Decke. Ihre Hand liegt auf meinem Rücken. »Erzähl mir noch mal, was passiert ist«, sagt sie …

Und schon war ich wieder bei Olivia.

»Ich glaube nicht, dass Schwimmen eine gute Idee ist«, sagte ich zu der Therapeutin.

»Na ja, irgendetwas wird dir schon einfallen, ein positiver Gedanke, mit dem du einen anderen Sender einschalten kannst – verstehst du? Es muss nicht jedes Mal dasselbe sein, es kann auch etwas Vages sein, eine Zukunftsvision – die Uni oder ein Beruf, der dir vorschwebt. Solche Gedanken können dir helfen, dich von der Vergangenheit zu lösen und nach vorn zu schauen.« Sie lächelte, also lächelte ich zurück zum Zeichen, dass ich verstanden hatte, was sie meinte, aber ich hatte schon abgeschaltet. Das machte ich in letzter Zeit häufig. Nichts konnte meine Aufmerksamkeit lange fesseln. Außer die Gedanken an Olivia. Sie war das Einzige, was ich nicht aus dem Kopf bekam.

Nach etwa zweieinhalb Wochen in der Rehaklinik war die Rede

davon, dass ich auf ambulante Therapie umstellen konnte. Ich sollte dann nur noch an vier Tagen pro Woche kommen, um meine Übungen fortzusetzen, könnte jedoch wieder zu Hause wohnen. Mit den Schienen und den speziellen Krücken, die mithilfe einer Manschette an den Oberarmen eingehakt wurden, kam ich ganz gut zurecht. Ich brauchte sie schon fast nicht mehr.

»Die Ärzte meinen, wir könnten schon mal einen kleinen Ausflug machen, vielleicht zum Mittagessen oder auf ein Eis«, sagte Mom eines Tages, als sie mich besuchte. »Was hältst du davon?«

Ich war seit fast vier Monaten nirgendwo gewesen und wusste nicht recht, ob ich mich als halber Krüppel in der Öffentlichkeit zeigen wollte. Aber ich sagte zu, und am nächsten Tag kam Mom, um mich zum Mittagessen in der Stadt auszuführen. Es war ziemlich komisch, mit den Schienen und Krücken ins Auto zu steigen, aber als wir erst mal beim Restaurant ankamen, war es halb so wild. Meine Mutter fuhr kaum zwanzig Stundenkilometer. »Mom, ich bin nicht zerbrechlich«, sagte ich.

»Ich weiß, ich weiß«, sagte sie, aber ich wusste, dass es sie nervös machte, mit mir außerhalb der Klinik zu sein.

Als wir im Restaurant auf die Bedienung zugingen, schien uns niemand groß zu beachten. »Wir hätten gern einen Tisch für zwei«, sagte Mom, und wir wurden an einen Tisch mit Blick auf die Berge geführt.

»Der Schnee fängt an zu schmelzen«, sagte Mom. Es stimmte – auf den Berggipfeln verschwanden die weißen Flecken. Wir hatten schon fast April. Bald kam der Sommer. Nachmittage am See mit Freunden. Ich mochte mir das noch nicht vorstellen.

»Ich dachte mir, wir könnten zurück einen kleinen Umweg machen«, sagte Mom verschmitzt. »Was hältst du davon, im Wilson vorbeizuschauen und den Ärzten und Schwestern guten Tag zu sagen? Bestimmt würden sie sich riesig freuen zu sehen, wie gut es dir geht.«

Als sie das Wilson erwähnte, hatte ich ein merkwürdiges Gefühl – nicht direkt Angst, aber eine gewisse innere Unruhe. »Geht das denn – ich meine, müssen wir nicht direkt wieder in die Reha?«

»Wir haben den ganzen Nachmittag. Ich hab denen gesagt, ich fahre mit dir zum Friseur, aber ich weiß ja, dass ich dich dazu nicht überreden kann!«

Da hatte sie recht.

Nach dem Essen blieb ich draußen stehen, während sie den Wagen wendete, und dann fuhren wir zum Wilson, das etwa zwanzig Minuten von der Rehaklinik entfernt lag. Mom redete die ganze Zeit davon, dass sie ein Unternehmen beauftragt hatte, im Haus einiges zu verändern, bevor ich nächste Woche entlassen wurde. Haltegriffe in der Dusche, Übungsgeräte im Hobbyraum, damit ich am Wochenende trainieren konnte. Sie war ganz aus dem Häuschen. Ich dachte an mein Zimmer und wie lange ich es nicht gesehen hatte. Bestimmt sah es genauso aus wie vorher, nur ich hatte mich total verändert. So viel war passiert, seit ich zuletzt in meinem Bett geschlafen hatte. Ich kam mir vor wie ein anderer Mensch. Eine andere Ausgabe von West.

Von außen hätte ich das Krankenhaus gar nicht wiedererkannt. Mir wurde bewusst, dass ich es ja noch nie gesehen hatte. Ich hatte es mir ganz anders vorgestellt. Es war ein flaches graues Gebäude im Vorgebirge mit einem unauffälligen Schild am Eingang.

Als wir hineingingen, fand sich zu unserer Linken ein langer Empfangstresen. Daran erinnerte ich mich von meinen Spazierfahrten mit dem Rollstuhl.

»Wir brauchen uns, glaub ich, nicht anzumelden, wir wollen ja niemanden besuchen«, sagte Mom zu dem Mann am Empfang. »Ach, hallo Cheryl!« Sie winkte jemandem im Schwesternzimmer zu. »Gehen Sie nur«, sagte der Mann.

Mom ging zum Schwesternzimmer. Ich lief mit meinen Krücken hinterher. »Meine Güte, ist er das wirklich?«

Ich erkannte die zickige Schwester, jetzt mit einem strahlenden Lächeln im Gesicht, als ob sie sich wahnsinnig freute, mich zu sehen. »So groß und hübsch! Wir vermissen dich hier. Schau ihn dir an.« Sie packte Mom am Arm. »Sie müssen ja so froh sein!«

Wenn sie lächelte, sah sie so anders aus, dass ich ganz verwirrt war. Fast wäre ich damit herausgeplatzt, dass sie immer so fies zu mir gewesen war, aber da sah ich um die Ecke zum Glück jemand anderen. Norris.

»Deine Mutter hat mir verraten, dass ihr heute vielleicht vorbeischaut. Ich hab extra meine Schicht getauscht, um dich zu sehen.« Sie strahlte wie die Sonne. »Komm mal her«, sagte sie und nahm mich in die Arme. Als sie mich losließ, standen ihr Tränen in den Augen. »Was sehe ich denn da? Sie haben dem Jungen ja immer noch nicht die Haare schneiden lassen«, scherzte sie. Sie strich mir die Haare aus dem Gesicht.

»Das haben Sie immer gemacht«, sagte ich. »Sie haben mir immer die Haare aus dem Gesicht gestrichen.«

»Deine Mutter hat mir erzählt, dass du dich an so vieles aus der Zeit hier erinnerst, und ich konnte es nicht glauben. Kannst du dich wirklich an mich erinnern?« Sie sah mich so ernst an, dass ich fast lachen musste.

»Ich weiß nicht«, spottete ich. »Zählen Sie immer noch diese Punkte?«

»Oh!« Sie hielt sich die Hand vor den Mund. »Habe ich …? Da hab ich wohl gejammert. Oje, wer weiß, was ich dir sonst noch alles erzählt habe! Du Ärmster!« Sie schlang mir den Arm um die Mitte und drückte mich. »Er ist ein richtiger Hingucker, was?«, sagte sie zu Mom und Schwester Cheryl.

»Er hat Riesenfortschritte gemacht, nächste Woche kommt er nach Hause«, sagte Mom.

»Da ist noch jemand, der Sie sehen möchte. Mrs Spencer, erinnern Sie sich noch an Dr. Yung?«, fragte Schwester Cheryl und kam um den Tresen herum.

»Oh ja, und ich würde ihn furchtbar gern sehen«, sagte Mom und folgte ihr durch den Flur. Bin gleich wieder da«, sagte sie über die Schulter zu Norris und mir.

Norris sagte nichts, sie stand nur da mit dem Arm um meine Taille und drückte mich.

»Kann ich mein altes Zimmer sehen?«

»Natürlich, Schätzchen. Es steht immer noch leer, komm.« Sie führte mich in die andere Richtung den Flur entlang und blieb vor der zweiten Tür auf der linken Seite stehen. »Hier ist es.« Sie schaltete das Licht an. Es war genau so, wie ich es in Erinnerung hatte. Die Fensterreihe an der Wand. Der grüne Plastikstuhl neben dem Bett. »Die Apparate sind alle weg«, bemerkte ich. Nur die beiden Betten und der Stuhl waren im Zimmer.

»Du erinnerst dich, stimmt's?«, sagte Norris und schaute mir ins Gesicht, als suchte sie dort etwas. »Es ist wie ein Wunder, weißt du, es ist ein Wunder.«

»Schwester Norris!«, rief eine Frau ein paar Türen weiter. »Könnten Sie mir mit dem Wagen hier helfen?« Ich sah die Schwester, kannte sie jedoch nicht, sie war wohl nicht für mich zuständig gewesen.

»Warte hier, Mister«, sagte Norris und ging zu der Kollegin. Sie zogen an dem Rollwagen und versuchten ein loses Rad wieder zu befestigen, ohne dass das Ding umkippte. Auf dem Wagen war lauter medizinisches Zubehör, das mir vertraut war – Schläuche und Spritzen, Verbände und Pillendosen. Es würde ein riesiges Durcheinander geben, wenn das alles runterfiele. Automatisch ging ich ein paar Schritte näher heran, um notfalls helfen zu können, aber als ich merkte, wo ich stand, hielt ich inne. Hier wollte ich nicht sein. Vor Zimmer 203. Ich stand direkt vor ihrem Zimmer. Aber es war nicht ihr Zimmer. Denn das Mädchen in meinem Kopf gab es ja gar nicht. Ich hatte sie bloß erfunden. Ganz kurz löste ich den Blick von Norris und schaute langsam nach links, voller Angst vor dem, was ich dort sehen könnte. Da lag jemand in einem Bett. Ich sah Apparate – Beatmungsgerät, Herzmonitor, Infusionsgerät – alles, was ich auch an meinem Bett hatte, als ich hier lag. Als ich das sah, wurde mir schlagartig übel. Ich wollte nie wieder in einem Krankenhaus sein.

Leise machte ich mit meinen Krücken einen Schritt in das Zimmer hinein, dann noch einen. Ich sah nur Beine, die sich unter einer ordentlich festgesteckten Decke abzeichneten. Der grüne Vorhang um das Bett herum war so weit zugezogen, dass ich nicht sehen konnte, wer dort lag. Sie konnte es ja nicht sein. Aber ich musste sichergehen.

Ich ging um den Vorhang herum und schaute hin. Da lag ein Mädchen. Ein junges Mädchen. Sie war blass und hatte kurze dunkle Haare.

Ich hörte mein Herz in den Ohren pochen. Ich vergaß zu atmen. Es war Olivia. Und doch wieder nicht. Ihre Haare waren abgeschnitten. Und irgendwas war mit ihrem Gesicht passiert. Es war weicher als in meiner Erinnerung, und quer über die eine Wange verlief eine lachsfarbene Narbe. Ihre Nase bildete keine gerade Linie mehr, sondern stand ein wenig schief. Aber das Mädchen war immer noch schön. Meine Olivia. Ich ging näher zu ihr heran und lauschte dem Herzmonitor, der piepsend den Rhythmus ihres Körpers wiedergab. Sie war echt und sie lebte. Ich berührte ihre kleine weiße Hand. Sie war warm.

»West, Schätzchen, ach, da bist du«, flüsterte Norris. »Komm mit, hier ist es nicht, es war dieses Zimmer, das leere.« Sie führte mich hinaus aus Olivias Zimmer und zurück in Zimmer 201.

»Was hat das Mädchen?«, fragte ich schnell.

»Ach, sie ist schon eine ganze Weile hier. Sie hat PVS, nicht wie du.«

»PVS?«

»Persistierender vegetativer Status. Wachkoma«, erklärte Norris und trug einen Stapel Betttücher zu dem leeren Bett in meinem alten Zimmer. »Bei dir wussten wir, dass du wieder gesund wirst – na ja, ich wusste es jedenfalls. Die meisten wie du wachen wieder auf. Manchen geht es hinterher nicht so gut wie dir, aber sie kommen fast immer zurück.«

»Und was ist mit ihr?«, fragte ich und fürchtete die Antwort bereits zu kennen.

Norris schüttelte den Kopf. »Sie hat keine Hirnaktivität. Traurig, oder? Deshalb bist du für mich auch so ein Wunder. Vergiss das nie, okay?«

Es gab Olivia wirklich. Was ich mit ihr erlebt hatte, war passiert. Aber sie würde nie mehr aufwachen. Das Mädchen, das ich kennengelernt, in das ich mich verliebt hatte, lebte nicht – sie war ein Geist. Ihr Körper lag im Zimmer nebenan, aber es war nicht wirklich sie. Olivia, meine Olivia, würde ich nie wiedersehen.

## 25. Kapitel

Als Mom mich sah, wie ich tränenüberströmt in meinem alten Zimmer stand, war sie erschrocken. »Was machst du denn hier?«, fragte sie mit einem Blick zu Norris.

»Ich wollte es sehen, Mom. Ich hab sie drum gebeten«, sagte ich schnell und wischte mir die Wangen ab, bevor sie Schwester Norris Vorwürfe machen konnte.

»Ich konnte nicht ahnen, dass es ihn so mitnimmt«, sagte Norris. »Ich glaube, er ist einfach glücklich, stimmt's?« Norris legte mir eine Hand auf den Rücken.

»Wir müssen jetzt los, sonst fragen sie sich, wo wir bleiben«, sagte Mom kurz angebunden. Sie fasste mich am Arm, aber ich riss mich los.

Norris merkte, dass Mom sauer war, blieb jedoch ganz ruhig. »West, du kannst immer herkommen, wenn du mich besuchen möchtest. Normalerweise fange ich um sechs Uhr abends an. Ich meine es ernst, jederzeit.« Sie zwinkerte mir zu, als Mom mich aus dem Zimmer führte.

»Was hast du da drin gemacht?«, fragte Mom wütend, sobald wir außer Hörweite waren.

»Was ist denn so schlimm daran?« Ich hatte das Gefühl, als wollten meine Gedanken übersprudeln und explodieren. Mom hatte keine Ahnung, was ich gerade gesehen hatte und was mir passiert war. Wie sehr mein Leben sich in den paar Minuten verändert hatte, in denen sie nicht bei mir gewesen war. Einerseits wäre ich gern umgekehrt und hätte ihr Zimmer 203 gezeigt. Olivia. Damit sie sah, dass es wirklich passiert war. Andererseits wusste ich, dass sie es trotzdem nicht glauben würde. Nur weil das Mädchen so aussah wie in meiner Vorstellung, wäre es für meine Mutter noch lange nicht Wirklichkeit. Ich wusste also, wie sie hieß und wie sie vorher ausgesehen hatte – na und? Mom würde auch dafür irgendeine Erklärung finden. Die Therapeutin würde mit irgendeiner neuen Theorie ankommen. Dass ich Olivia gesehen hatte, änderte für niemanden etwas außer für mich. Wie sollten sie das auch verstehen? Keiner würde es je verstehen. Keiner außer Olivia und mir.

Mom redete weiter: »Ich … ich wusste überhaupt nicht, wo du steckst.« Sie winkte dem Mann an der Rezeption zu, dann schimpfte sie weiter mit mir. »Du hast mir einen Schreck eingejagt, ich hab dich gesucht.«

»Mom, es ist alles in Ordnung!« Ich schrie fast. »Lass jetzt mal gut sein. Ich will nicht darüber reden.« Ich brauchte einen Moment Ruhe. Ich musste nachdenken. Wir gingen durch die Schiebetür hinaus, auf dem Gehweg vorm Krankenhaus stand eine Frau und rauchte.

»Na gut, ich hole den Wagen. Warte hier.« Mom sah mich scharf an.

»Ich rühre mich nicht vom Fleck«, sagte ich und schaute grimmig zurück. So weit unser erster Ausflug. Ich guckte rüber zu der Frau, um zu sehen, ob sie etwas von unserem peinlichen Streit mitbekommen hatte. Da fiel mir auf, dass ich sie schon mal gesehen hatte. Dunkle Haare, langer Mantel.

Es war Olivias Mutter.

»Hallo«, sagte sie, nachdem ich sie eine Weile angestarrt hatte. Ich hatte ganz vergessen, wie schön ihre Stimme war mit dem melodischen französischen Akzent.

»Tut mir leid, Sie … Sie kamen mir gerade bekannt vor.« Ich schüttelte den Kopf und überlegte, was ich noch sagen könnte.

»Besuchst du jemanden?« Sie ging zur Tür. Als ich nickte, sagte sie: »Ich auch. Wahrscheinlich komme ich dir deshalb bekannt vor.« Ihr Lächeln ähnelte Olivias so sehr, dass es mich durchzuckte. »Wie alt bist du?«, fragte sie und trat die Zigarette mit dem Absatz auf dem Gehweg aus.

»Siebzehn.«

Sie nickte. »Meine Tochter ist ungefähr in deinem Alter«, sagte sie mit traurigem Lächeln.

»Aha.« Es lag mir auf der Zunge zu sagen *Ich weiß. Ich kenne Ihre Tochter.* Ich sah, wie Mom in die Stichstraße fuhr, um zu wenden. Ich musste mich beeilen, und ich durfte nicht zu auffällig fragen. »Ist sie Patientin hier?«

»Seit zwei Jahren.« Ich hielt den Atem an und hoffte, sie würde noch mehr sagen. »Als man sie fand, hat sie nicht geatmet. Wir wissen nicht, wie lange nicht.« Sie schaute kurz auf ihre Handschuhe. »Zu lange.«

»Was ist mit ihr passiert?«, fragte ich, ehe ich mich bremsen konnte. Einerseits wollte ich die Antwort nicht hören, anderseits wusste ich schon, was sie sagen würde.

Sie räusperte sich. »Sie wurde … Wie sagt man? *Violée.* Überfallen.«

Olivia hatte gar keine Essstörung. Deshalb war sie nicht hier. Natürlich nicht. Sie hatte mir nie erzählt, was mit ihr passiert war. Und ich hatte nie so genau darüber nachdenken wollen.

Aber ich wusste es. Irgendwie hatte ich es immer schon gewusst.

Ich rief mir den Traum ins Gedächtnis. Diesmal schaute ich nicht auf den Mann und seine blutigen Hände. Ich schaute sie an. Zum ersten Mal schaute ich das Mädchen an, das am Boden lag. Ihr weißes Trikot, das vorn heruntergezerrt und zerrissen und über und über mit Blut bespritzt ist. Ein schmaler rosa Schal um ihren Hals, der eng sitzt und ihr in die Haut schneidet. Sie hustet, erstickt an ihrem eigenen Blut.

Mom hupte kurz.

»Ich glaub, du musst einsteigen«, sagte Olivias Mutter. »Es war nett, dich kennenzulernen.« Als sie sich vorbeugte, sah ich, dass sie genau die gleichen Augen hatte wie Olivia – die gleiche Farbe und die gleiche Form, nur mit kleinen Fältchen rundherum. »Ich bin Sophie.« Sie zog den Handschuh aus und hielt mir die Hand hin.

Ich zögerte und überlegte, ob ich ihr einen falschen Namen nennen sollte. »Ich bin West.« Ich nahm ihre Hand, sie hatte den gleichen kleinen, starken Griff wie ihre Tochter.

»Tja, West, auf Wiedersehen.« Ich wusste, dass Mom uns beobachtete, deshalb drehte ich mich schnell um und ging zum Auto. Mom stieg aus und legte meine Krücken auf die Rückbank. Sie schaute Olivias Mutter nach, als sie durch die Schiebetür zurück ins Krankenhaus ging.

»War das auch eine Schwester?«, fragte Mom beiläufig.

»Nein, nur so eine Frau.« Als wir wegfuhren, schaute ich aus dem Fenster, bis das Krankenhaus am Horizont verschwand. Es fühlte sich an, als hätte ich einen Teil von mir dort zurückgelassen, den ich nie mehr zurückbekommen konnte.

Mom redete während der ganzen Fahrt, doch ich bekam nur einen Teil davon mit. »Vielleicht war es nicht so eine gute Idee ... Sprich mal mit deiner Therapeutin darüber ...« Ihre Worte wurden zu einem Brei, es war mir egal, was sie sagte. Ich hatte ein elendes Gefühl im Bauch, weil mir etwas klar wurde. Niemand – weder Mom noch die Therapeutin, weder Norris noch Mike und nicht mal Olivias Mutter – konnte mir da raushelfen. Niemand konnte mich verstehen, und niemand würde mir glauben. Ich war ganz allein. Aber eins wusste ich: Ich war nicht verrückt. Es war passiert. Olivia gab es wirklich. Und keiner sollte sie mir noch mal wegnehmen.

## 26. Kapitel

Als ich am nächsten Tag wieder eine Sitzung bei der Therapeutin hatte, war ich bereit. Ich dachte mir, dass meine Mutter wahrscheinlich schon mit ihr oder den Ärzten gesprochen und ihnen von dem Besuch im Krankenhaus gestern erzählt hatte – wie ich ausgerastet war und in meinem alten Zimmer geheult hatte. Sie kannten nicht die ganze Geschichte, aber das war nicht so wichtig. Gestern hatte ich mich nicht verstellen können, aber jetzt würde ich einfach irgendwas erzählen.

An diesem Morgen hatte ich auf dem Laufband trainiert, ohne mich am Geländer abzustützen. Ich war zwar nur gegangen, und das mit Schienen, aber das war immerhin ein Fortschritt. Immer wieder dachte ich darüber nach, was ich gestern im Krankenhaus gesehen hatte. Und ich begriff, dass niemand wusste, wo ich all die Wochen gewesen war. Keiner – weder meine Eltern noch meine Freunde oder die Ärzte und Psychologen – wusste, was ich durchgemacht hatte. Wie es war, im Koma zu liegen. Was ich gesehen und empfunden hatte. Wer bei mir gewesen war. Sie hatten keine Ahnung. Und jeder Versuch, es ihnen zu erklären, hätte nur zur Folge, dass sie mich für verrückt hielten und dachten, ich bräuchte Hilfe. Dann würden sie mich noch länger hier behalten, weil sie glaubten, dass ich zu Hause und in der Schule nicht zurechtkommen würde. Also musste ich mich so benehmen, wie es von mir erwartet wurde. Aufhören, von Olivia zu reden. So tun, als hätte ich sie vergessen. Nur so kam ich hier raus und konnte an meinem Plan arbeiten. Ich hatte Olivia das Versprechen gegeben, zu ihr zurückzukommen, was auch geschehen mochte. Ich wusste nicht genau, was das bedeutete, aber ich musste es herausfinden. Und wenn ich hier festsaß oder, schlimmer noch, in der Klapse landete, konnte ich das vergessen. Ich nahm mir vor, der normalste, fröhlichste Exkomapatient zu sein, den die Welt je gesehen hatte. Ich würde ein Lächeln auf mein Gesicht zaubern und so tun, als wäre alles super. Etwas anderes blieb mir gar nicht übrig.

Vor der Sitzung mit der Therapeutin duschte ich und zog mich um. Mir war klar, dass ich nicht übertreiben und zu gut gelaunt wirken durfte, aber ich wollte das sagen, was sie hören wollte. Und es lief wie am Schnürchen.

»Deine Mutter hat mir erzählt, dass ihr gestern im Wilson Center wart. Möchtest du darüber sprechen?«

Ich erzählte, wie es gewesen war, wie überwältigend es sich angefühlt hatte, mein Zimmer wiederzusehen. Und wie froh und dankbar ich war, dass es mir jetzt besser ging.

»Es kann sehr bewegend sein, wenn man die anderen Patienten sieht, die in einem ähnlichen Zustand sind wie man selbst vorher. Hatte es damit zu tun, dass du so empfunden hast?«

»Ich habe eigentlich keine anderen Patienten gesehen«, sagte ich. »Es war nur die Erinnerung daran, dass ich dort war, so ohnmächtig und ohne Hoffnung, darüber haben wir ja gesprochen.«

»Und letzte Nacht – hattest du da irgendwelche Träume? Ist der Traum von dem Mann wiedergekommen?«

Ich schüttelte den Kopf. »Den Traum hatte ich schon nicht mehr, seit ich aus dem Wilson weg bin. Ich glaube, ich hatte ihn nur dort.« Das stimmte sogar, aber ich wusste jetzt, weshalb. Der Traum war mit Olivia verknüpft, mit dem Überfall auf sie. Er hatte nichts mit dem Wilson zu tun. Aber das würde ich der Therapeutin nicht auf die Nase binden.

»Ich glaube, du hast den Traum seit deiner Operation nicht mehr gehabt, weil du wieder selbst über deinen Körper bestimmen kannst. Als du das Gefühl der Ohnmacht überwunden hattest, ist auch der Traum verschwunden.«

Ich merkte ihr an, dass sie mit ihrer Theorie zufrieden war. Und bestimmt war sie auch psychologisch fundiert. Aber die Therapeutin kannte ja nicht die ganze Wahrheit. »Stimmt, so hab ich das noch gar nicht betrachtet«, sagte ich und setzte eine nachdenkliche Miene auf. »Das klingt einleuchtend.« Ich beobachtete sie, um zu sehen, ob ich nicht zu dick auftrug.

Wir sprachen noch ein wenig über meine Mutter und ihre Reaktion im Krankenhaus und auf unseren ersten Ausflug seit meinem Unfall, dann beendeten wir die Sitzung. Ich war erleichtert darüber, dass sie nicht nach Olivia gefragt hatte. »Ich habe gehört, dass du ab nächster Woche ambulant behandelt wirst, dann sehen wir uns nur noch einmal pro Woche, immer mittwochs.« Sie sah mich prüfend an.

»Ja, das hört sich gut an.«

»Aber West, du sollst wissen, dass du jederzeit zu mir kommen kannst, und wenn du meinst, dass du mehr Zeit brauchst, können wir auch zwei Sitzungen pro Woche vereinbaren. Du kannst mich auch anrufen, wenn dir der Übergang zum Zuhausewohnen schwerer fällt als erwartet. Deine Mutter hat meine Karte mit der Nummer, unter der du mich direkt erreichst. Wenn du das Bedürfnis hast, rufst du mich an, ja?«

Ich nickte mit ernster Miene, aber innerlich jubilierte ich. Nur einmal pro Woche, das war zu schaffen.

Immer wenn ich in den nächsten Tagen Zeit zum Nachdenken hatte – auf dem Laufband oder abends im Bett –, kehrten meine Gedanken zu dem Gespräch mit Olivias Mutter zurück. Wie einen Film ließ ich es immer wieder abspulen, jedes Wort, das wir gesprochen hatten, jede Winzigkeit. Dass Olivia überfallen worden war, überraschte mich nicht so sehr. Es schockierte mich nicht. Irgendwie hatte ich es gewusst; von dem Moment an, als ihre Mutter es sagte, durchströmte mich die Erinnerung des Traums, und ich wusste es. Es fühlte sich an wie eine alte Erinnerung – wie wenn man ein bestimmtes Essen riecht, das einen plötzlich an die Kindergartenzeit erinnert. Auf einmal ist man dort und erinnert sich wieder an alles – die Bodenfliesen, wie der kleine Tisch ausgesehen hat, das Milchpäckchen zum Frühstück. In dem Moment, als ihre Mutter »überfallen« gesagt hatte, war mir alles klar gewesen. Aber im Grunde hatte ich es schon vorher gewusst, ich hatte es nur nicht wahrhaben wollen. Olivia war verletzt worden, ihr war etwas Schreckliches zugestoßen, aber sie wollte nicht darüber sprechen. Und darüber war ich ganz froh gewesen. Ich wollte mir nicht vorstellen, dass ihr jemand so etwas angetan hatte. Aber sie hatte es mir auf andere Weise gezeigt, in meinen Träumen, auch wenn mein Gehirn es nicht begreifen wollte und sich weigerte, die Puzzleteilchen zusammenzusetzen. Doch jetzt konnte ich das Wissen nicht mehr wegwischen. In meinem Zimmer im Wilson spukte es, aber es war nicht der Geist eines früheren Patienten, der dort umging. Es war Olivia, die herumspukte, das Mädchen, das sie früher gewesen war und dem etwas Schreckliches zugestoßen war. Ich fragte mich, ob sie selbst es überhaupt wusste. Wusste sie, was passiert war, oder hatte sie es genauso verdrängt wie ich?

Ich wollte mehr über ihren Angreifer wissen – war er gefasst worden, sah er so aus wie der Mann in meinen Träumen? In der Rehaklinik hatte ich Zugang zu einem Computer, auf dem ich manchmal Tippen geübt hatte. Meine feinmotorischen Fähigkeiten waren immer noch etwas eingerostet. Aber ich wagte nicht, Olivias Fall zu recherchieren. Wenn sie nun nachverfolgen konnten, was ich an dem Computer in der Klinik machte? Das musste warten, bis ich wieder zu Hause war, wo ich wusste, wie man den Verlauf schnell und unkompliziert löschen konnte, damit meine Eltern nichts merkten.

Seit ich die Wahrheit wusste, kam ich mit dem Alltag in der Klinik besser zurecht. Selbstzweifel und Sorgen plagten mich jetzt nicht mehr so sehr. Ich fügte mich in meinen Stundenplan und machte größere Fortschritte. Es ging mir besser. Nachdem ich wochenlang versucht hatte, meine Gedanken zu bezwingen und mir einzureden, dass es Olivia nicht wirklich gab, wusste ich jetzt, dass sie echt war. Wenn ich an sie dachte, musste ich lächeln. Ich hatte ein Geheimnis, und das war irgendwie spannend. Wie wenn man in jemanden verknallt ist und sich dadurch lebendiger fühlt. So ein Gefühl war das. Ich hatte etwas zurückbekommen, was mir vorher genommen worden war. Nicht so, wie ich gehofft hatte, aber es war besser als nichts, besser als gesagt zu bekommen, dass es das Mädchen, in das ich verliebt war, gar nicht gab. Es gab sie, ich hatte sie gesehen. Das hielt mich erst mal am Leben.

Als Mike mich am Tag vor meiner Entlassung besuchte, merkte er, dass sich bei mir etwas verändert hatte. Er brachte neue Musik mit, und wir durften uns mit seinem iPod in eine Ecke des Trainingsraums setzen, obwohl ein paar Patienten da waren. Es schien keinen zu stören. Wir spielten ein paar Runden Karten, ein Spiel, das ich in der Therapie gelernt hatte. Der Therapeut sagte, es sei gut für die geistige Beweglichkeit, und tatsächlich schien es etwas zu bringen. »Mann, dafür, dass du einen Hirnschaden hast, ziehst du mich hier ganz schön ab«, sagte Mike, nachdem er zweimal hintereinander verloren hatte.

»Ich hab keinen richtigen Hirnschaden«, sagte ich. »Ich muss mich nur daran gewöhnen, meinen Kopf wieder zu gebrauchen.«

»So ist das wohl, wenn man ganze drei Monate verpennt hat.« Mike grinste.

»Tja, es ist schon ziemlich armselig, dass ich im Koma lag und immer noch besser Karten spiele als du«, sagte ich.

»Jetzt zieh dich mal lieber warm an«, sagte Mike und teilte die Karten für eine Revanche aus. Am Ende hatte ich neunmal gewonnen und er siebenmal, also fast Gleichstand, aber trotzdem … Ich war echt gut drauf, und das merkte man mir wohl an. Beim Abschied nahm Mike mich kurz in den Arm und ging zögernd zur Tür. »Hör mal, ich will ja nicht rumsülzen, aber ich bin echt froh, dass du wieder da bist. Cool, dass du wieder der Alte bist.« Mike sah verlegen aus.

»Ja, mir geht es wirklich gut. Merkt man das?«

Mike nickte. »Am Anfang, als du aufgewacht warst, hast du mir echt Angst eingejagt. Du sahst normal aus, aber du warst es nicht … Da hab ich mir Sorgen gemacht.« Er sah ernst aus. »Aber jetzt, ich meine, du wirst doch entlassen, oder?«

Er guckte, als ob er daran zweifelte, aber ich konnte ihn beruhigen. »Morgen. Ich glaube, ich bin jetzt so weit. Zum ersten Mal seit Langem fühle ich mich wieder normal. Danke, dass es dir aufgefallen ist.«

»Als echter Kumpel muss ich dich doch warnen, wenn du einen Hau hast, oder?« Er boxte mir gegen den Arm und wandte sich zum Gehen.

Ich war froh, dass er so war wie immer. Wenn er ernst wurde, war er mir unheimlich. »Ruf mich an, wenn du zu Hause bist, dann komm ich vorbei. Ich glaub, die Xbox wird dir endgültig bei diesem feinmotorischen Scheiß helfen, von dem du faselst.«

Ich musste lachen, aber wahrscheinlich hatte er recht. Die Bedienelemente für manche Spiele hatten es in sich. Als ich Mike nachschaute, wie er zu seinem Wagen ging, überlegte ich, dass ich zu Hause nicht so richtig viel zu tun haben würde. Zur Schule sollte ich vorerst nicht wieder gehen, das war beschlossene Sache. Nach den Sommerferien würde ich dann noch mal mit der Elf anfangen und das Jahr komplett wiederholen. Es deprimierte mich, dass Mike und Allie ohne mich in die Zwölf wechseln würden, aber vielleicht konnte ich auf diese Weise wenigstens meine Noten aufbessern. Ich hatte mich immer so im Dreierbereich gehalten, weil ich mehr Zeit auf dem Bike als über den Schulbüchern verbracht hatte. Das würde sich jetzt ändern.

Am nächsten Morgen kamen Mom und Dad, um mich abzuholen. Ich hatte meine Sachen schon gepackt, und wir gingen in den Trainingsraum, um uns von allen zu verabschieden. Morgen hatte ich schon wieder den ganzen Tag Termine, ein richtiger Abschied war es also nicht. Trotzdem war es ein besonderer Moment. Die Frau mit dem Schlaganfall nahm mich in den Arm, obwohl sie wusste, dass wir uns wahrscheinlich schon am nächsten Tag wiedersehen würden. »Ich freue mich so für dich«, sagte sie und lächelte ihr schiefes Lächeln. Ich freute mich auch für mich.

»Sollen wir unterwegs noch irgendwo zu Mittag essen?«, fragte Dad und setzte sich hinter das Steuer von Moms Wagen.

»Ehrlich gesagt, würde ich lieber einfach nach Hause fahren«, sagte ich, und meine Mutter lächelte mir zu.

»Ich kann uns zu Hause Brote machen«, sagte sie. Wir hatten meine Krücken im Kofferraum, aber eigentlich brauchte ich sie nicht mehr. Ich konnte mit den Schienen ganz gut laufen, wenn auch ein wenig steif. Sie hatten mir gesagt, dass eine gewisse Unbeweglichkeit wegen der Verblockung der Wirbelkörper immer bleiben würde.

Als wir zu Hause ankamen, war ich überrascht, wie wenig sich verändert hatte. Mein Zimmer war aufgeräumt, das Bett war gemacht, obwohl ich es ungemacht zurückgelassen hatte, aber sonst sah alles so aus, wie ich es in Erinnerung hatte. Ich schaute zu dem Laptop auf meinem Schreibtisch und freute mich schon darauf, ihn zu benutzen, sobald meine Eltern mich mal allein ließen.

Zum Mittagessen machte Mom Brote, und wir saßen am Tisch und redeten, bis Dad sagte, er müsse los zu einer Telefonkonferenz. »Ich muss nur zum Hotel, das dauert nicht lange. Ich dachte mir, wenn ihr Lust habt, können wir heute Abend zusammen essen gehen.«

Mom und ich fanden das eine gute Idee, und wir verabredeten uns bei unserem Lieblingsitaliener. Eine schöne Folge meines Unfalls war, dass meine Eltern sich so gut verstanden wie seit Jahren nicht. Sogar besser denn je. Ich musste zugeben, dass es ziemlich toll war, sie so zusammen zu sehen.

Als Dad weg war, zeigte Mom mir die neuen Geräte, die sie im Hobbyraum aufgestellt hatte. Viele davon kannte ich aus der Physiotherapie, und ich war beeindruckt. »Der muss ja einen Haufen Geld gekostet haben«, sagte ich und schaute den Pilates-Reformer an, der eine Seite des Raums einnahm.

»Ach, weißt du was?«, sagte Mom. »Ich werde mich auch mal an den Geräten versuchen. Warum nicht, oder? Ich könnte auch mal was für meine Fitness tun.« Ich fragte mich, wo sie zwischen Job und der Fahrerei zu meinen Terminen die Zeit hernehmen wollte, als mir aufging, dass sie das nur sagte, damit ich wegen der hohen Ausgaben kein schlechtes Gewissen hatte. »Willst du ein bisschen fernsehen oder dich ausruhen?«

»Wenn du nichts dagegen hast, leg ich mich mal ein bisschen hin«, sagte ich. »Mir geht's gut, aber wenn wir heute Abend ausgehen, schlafe ich jetzt lieber eine Runde.«

Mom lächelte. »Keine Kopfschmerzen oder so?«

Ich schüttelte den Kopf. Darauf sollten wir achten, hatte der Arzt gesagt, aber bis jetzt war alles in Ordnung. Ich ging in mein Zimmer und machte die Tür hinter mir zu. Es war ein unglaublich gutes Gefühl, wieder auf meinem eigenen Bett zu sitzen, in meinem Zimmer, mit meinem Laptop. Ich atmete tief durch und begann mit der Onlinerecherche. Damit meine Mutter nichts hörte, tippte ich so leise wie möglich.

Es dauerte eine Weile, bis ich den Bericht über den Überfall auf Olivia gefunden hatte. Ich hatte nicht gewusst, dass die Namen von Minderjährigen nicht veröffentlicht werden. Die Suche nach ihrem Namen lieferte also keine Treffer. Aber dann gab ich als Suchbegriffe »Koma« und den Namen unserer Stadt ein und fand etwas über ein fünfzehnjähriges weibliches Opfer. Der Überfall hatte sich vor zwei Jahren in der Innenstadt ereignet. »Das Opfer, ein fünfzehnjähriges Mädchen, liegt im St. Joseph's Hospital im Koma«, hieß es in einem Artikel. Dann war sie also erst später ins Wilson verlegt worden. Viele Einzelheiten fand ich nicht. Ein junges Mädchen war überfallen worden; als ein Busfahrer sie fand, atmete sie nicht. Am nächsten Tag wurde ein siebenundzwanzigjähriger Verdächtiger festgenommen, sein Name kam in dem Bericht nicht vor. In einem Artikel ein paar Tage später hieß es, das Opfer liege dauerhaft im Koma. In diesem Artikel wurde der Name des Täters genannt, weil er des Verbrechens angeklagt wurde: Thomas Mason. Als ich seinen Namen hatte, war es ein Leichtes, das Urteil und die Haftanstalt ausfindig zu machen.

Es gab ihn also wirklich. Er war nicht nur irgendjemand aus einem Traum. Ein lebendiger Mann, der in einem Gefängnis saß. Ich versuchte mir vorzustellen, was er wohl gerade machte.

»West, Schatz, alles okay bei dir?« Mom klopfte sacht an die Tür. Ich schaute auf den Wecker und stellte überrascht fest, dass ich schon seit zwei Stunden in meinem Zimmer war.

»Ja, alles klar, bin grad erst wach. Ich komme gleich.« Die Sonne ging allmählich unter, und bald trafen wir uns mit Dad im Restaurant. Aber ich hatte das, was ich haben wollte. Ich hatte keine Fotos von dem Kerl im Internet gefunden, doch ich wusste, wo er saß, und das war schon mal ein Anfang.

## 27. Kapitel

Meine Tage spielten sich so ein, dass Mom mich vor der Arbeit an der Rehaklinik absetzte und mich am Nachmittag wieder abholte. Sie hatte ihre Arbeitszeit entsprechend eingerichtet, aber das bedeutete, dass sie den ganzen Papierkram zu Hause erledigen musste und bis spätabends am Esstisch saß. Es war ein mieses Gefühl für mich, dass ich ihr Leben so durcheinanderbrachte. »Mike hat gesagt, er kann mich auch mal von der Klinik abholen, dann hättest du einen Weg gespart«, sagte ich.

Mom lachte. »Machst du Witze? Du steigst nicht zu Mike ins Auto, schon gar nicht, solange du Physiotherapie bekommst. Im Ernst …«

Ich durfte noch nicht wieder fahren, was ein echtes Problem darstellte. Wenn ich irgendwo hinmusste oder mich verabreden wollte, wusste ich nicht, wie ich das anstellen sollte. Freitag war der einzige Tag ohne Reha, doch da sollte ich mich zu Hause ausruhen. Ich wusste, dass Mom mir nicht erlauben würde, mich mit Mike zu treffen, wenn sie wüsste, dass ich mit ihm in seinem Wagen fuhr. Sie fand, ich sei immer noch zu schwach. Ich fragte mich, ob sie mich je wieder allein weglassen würde. Nachts sah sie manchmal zwei oder drei Mal nach mir, als wäre ich ein kleines Kind, das mit Fieber im Bett liegt.

Der erste Freitag kam, und Mom blieb mit mir zu Hause. Wir gingen zusammen Mittag essen, und dann bestand sie darauf, dass ich mir bei ihrem Friseur die Haare schneiden ließ. Mir blieb nichts anderes übrig – allmählich war meine Frisur nicht mehr lang und lässig, sondern schmuddelig und ungepflegt. Mom sagte der Friseurin, sie sollte nur nachschneiden, aber ich wollte einen kürzeren Schnitt und ließ mir sogar den Nacken ausrasieren. Mom schien das Ergebnis zu gefallen, und ich selbst war auch zufrieden. Es war der perfekte Haarschnitt für das, was ich nächste Woche vorhatte.

Am Samstag kamen Mike und Allie zum Abendessen – Mom hatte Pizza bestellt und ließ uns weitgehend in Ruhe. Wir spielten ein bisschen Xbox, und Mike hatte eine DVD mitgebracht. »Also echt, wer hat die denn ausgesucht?«, fragte Allie und hielt die Hülle hoch. Darauf waren zwei Jugendliche abgebildet, ein Mädchen und ein Junge, die durch eine dunkle Straße vor einem unheimlichen Schatten hinter ihnen flüchteten.

»Wieso?«, fragte Mike. »Hast du was dagegen?«

»*Zwei Jugendliche erleben eine unangenehme Überraschung, als sie zu einem Fremden ins Auto steigen*«, las Allie vor. »*Schon bald finden sie sich in einem Katz-und-Maus-Spiel mit einer bösen Macht wieder* … Vergiss es, das guck ich mir nicht an.«

Meine Beziehung zu Allie hatte sich gewandelt. Wir waren kein Paar mehr, so viel war klar. Aber wir waren richtig gute Freunde. Nach unserer ersten Trennung hatten wir nichts mehr zusammen unternommen und nicht mehr miteinander geredet. Diesmal war das ganz anders. Es gab keine romantischen Gefühle mehr zwischen uns, aber manchmal, zum Beispiel als ich sie jetzt anschaute, während sie die Kurzbeschreibung des Films vorlas, spürte ich einen Schmerz in der Brust und den unbändigen Drang, sie um die Taille zu fassen, zu drücken, zu kitzeln, mit ihr so zu sein wie früher. Ihr nah zu sein. Dann fiel mir wieder ein, was alles passiert war, und das Gefühl verflog. Ich wusste, dass ich mich in Wirklichkeit nur danach sehnte, irgendjemandem nah zu sein, einem Mädchen, das ich liebte, und das war nicht Allie. Ich wollte sie nicht mehr, und ich glaubte auch nicht, dass sich das noch mal ändern würde.

In dem Moment, als wir die DVD einlegten, sagte Allie zwar, sie würde jetzt gehen, aber irgendwie überredeten wir sie dann doch, noch ein bisschen zu bleiben. Sie sollte früh wieder zu Hause sein, und ich hatte das Gefühl, dass sie ganz froh war, nach den ersten zwanzig Minuten des Films verschwinden zu können. Die meiste Zeit hatte sie sich sowieso die Hände vor die Augen gehalten. Mike blieb zum Übernachten.

Als der Film zu Ende war, machte Mom das Gästezimmer für Mike zurecht. Wir waren aber noch lange zusammen in meinem Zimmer und quatschten. Ich wollte ihn um einen Gefallen bitten, aber davon durfte niemand erfahren, deshalb wartete ich, bis meine Mutter schlief. »Kannst du mich nächsten Freitag im Auto mitnehmen?«

»Klar«, sagte Mike. »Kein Problem. Ich hole dich nach der Schule ab.«

»Das ist es ja, es müsste früher sein …« Es war mir unangenehm, dass Mike die Schule schwänzen sollte, um meinen Chauffeur zu spielen, aber er war der Einzige, dem ich vertrauen konnte.

»Wo musst du denn hin? Zum Training?« Mike trainierte mit Gewichten – er zog mich mit der Physiotherapie auf und behauptete, in Wahrheit arbeitete ich ja nur an meinem Sixpack. Er nannte es »in die Muckibude gehen« und wollte immer meine Bizeps sehen.

»Nein, ich muss jemanden besuchen.«

»Okay«, sagte Mike. »Aber du musst mir schon sagen, wo ich dich hinfahren soll. Oder denkst du, ich finde das blind?«

»Es ist eine verrückte Geschichte, und ich kann dir nicht alles erklären, aber … ich muss jemanden treffen, der im Gefängnis sitzt.«

Mike guckte so, als müsse er das erst mal verdauen. »Du kennst jemanden im Knast?«

»Nein, ich kenne ihn nicht. Pass auf, mehr kann ich dir nicht sagen. Und ich weiß, dass ich dich um einen riesigen Gefallen bitte, aber ich muss da einfach hin. Machst du's oder nicht? Ich zahl dir den Sprit.«

Mike überlegte einen Augenblick. »Immer wenn ich gerade denke, du bist wieder der Alte, machst du irgendwas total Schräges …« Er schüttelte den Kopf. »Also, ich weiß nicht.«

»Ich erklär dir das alles später«, sagte ich, obwohl ich wusste, dass ich das wahrscheinlich nie tun würde. »Ich muss nur einer Sache nachgehen. Dann kann ich dir mehr sagen.«

»Bist du sicher, dass bei dir alles in Ordnung ist, dein Gehirn und so? Ist das nicht wieder irgend so eine Wahnvorstellung wie vorher?«

Ich starrte ihn an und hätte ihm beinahe alles gesagt. Ich hätte so gern jemandem davon erzählt – dass es Olivia wirklich gab und was es mit Thomas Mason auf sich hatte. Aber Mike sah so besorgt aus, dass ich dachte, wenn ich mich ihm jetzt anvertraue, hält er mich für geisteskrank. Womöglich würde er es meiner Mutter erzählen, und dann stünde ich wieder ganz am Anfang.

»Alles okay«, versicherte ich ihm. »Echt. Es hat nur damit zu tun, dass ich mich wieder neu sortieren und auf die Beine kommen muss. Verstehst du?«

Das schien ihm zu genügen. »Ist er ein Verwandter oder so, von dem du mir nie erzählt hast?«

Ich nickte. »So in der Art, ja. Ich bin einfach noch nicht so weit, darüber zu reden. Okay?«

»Ich glaub, ich hab's verstanden.« Mike stand von meinem Bett auf. »Scheiße, ja, ich mach's. Klar.«

»Danke. Es ist echt wichtig für mich, und ich kann sonst niemanden fragen.«

Er sah mich lange an, und ich gab mir große Mühe, nicht allzu nervös oder verrückt zu wirken, sondern ganz normal. »Dann bis morgen früh.« Er ging und machte die Tür leise hinter sich zu.

Am nächsten Morgen backte meine Mutter Pfannkuchen, und wir benahmen uns wie immer und alberten am Küchentisch herum. »Pass mal auf mit den Kohlehydraten«, sagte Mike, als ich den dritten Teller Pfannkuchen aß. »Echt, du siehst ein bisschen drall aus.«

Ich schaute an mir herunter, auf mein Schlabber-T-Shirt und die weite Jeans. Man konnte immer noch jede Rippe bei mir zählen. »Vielleicht sollte ich wieder auf Flüssignahrung umsteigen«, sagte ich.

Mike nickte ernst und schob sich ein riesiges Stück Pfannkuchen mit Sirup in den Mund.

»Hey, darüber bitte keine Witze«, sagte Mom und stellte noch mehr heiße Pfannkuchen auf den Tisch. »Aber ich hol dir jetzt ein Glas Milch«, sagte sie und ging zum Kühlschrank. »Für dich auch, Mike?«

Mike sah mich an und verdrehte die Augen. Ich hatte ihn wohl davon überzeugt, dass mit mir alles stimmte und ich diesen Gefallen nur brauchte, um etwas für mich zu klären. Als er aufbrach, verabredeten wir uns für Mittwochnachmittag, und da wusste ich, dass alles okay war.

Freitagmorgen machten wir uns früh auf den Weg, gleich nachdem meine Mutter zur Arbeit gefahren war. Nur für den Fall, dass irgendwas passierte und sie vor uns nach Hause kam, schrieb ich ihr einen Zettel, ich sei zu Mike gegangen, nachdem er aus der Schule zurück war. Ich hoffte aber, dass sie den ganzen Nachmittag auf der Arbeit blieb, wie sie gesagt hatte.

Ich hatte mir die Wegbeschreibung zum Gefängnis ausgedruckt, es lag fast eine Stunde entfernt. Mike war mit Knabbereien und einer neuen Musikmischung ausgestattet. Wäre ich nicht so nervös gewesen wegen unseres Reiseziels, hätte es eine tolle Fahrt sein können. Mike redete die ganze Zeit über alles Mögliche, außer darüber, wohin wir fuhren und weshalb. Er erwähnte eine Party bei Cindy am Wochenende. »Die ist morgen, meinst du …?« Er sah mich skeptisch an, denn er wusste, dass meine Mutter mich in letzter Zeit wie einen Fünfjährigen behandelte.

Ich schüttelte den Kopf. Wegen der vielen Medikamente durfte ich keinen Alkohol trinken. Nicht, dass es mich interessiert hätte. Realitätsflucht war im Moment kein Thema – ich kehrte ja gerade erst in die Realität zurück. »Nicht an diesem Wochenende. Wenn ich heute erwischt werde, krieg ich sowieso erst mal Hausarrest«, scherzte ich.

Als wir uns der Ausfahrt näherten, die wir nehmen mussten, wurde Mike stiller. Er hielt das Lenkrad fest umklammert und beugte sich angespannt im Sitz vor. »Und was denkst du, wie lange du da drin bleibst?«, fragte er schließlich.

»Nicht lange«, sagte ich. Nach allem, was ich im Internet über das Gefängnis gelesen hatte, war es ziemlich einfach, an einem Wochentag jemanden zu besuchen. Am Wochenende konnte es dagegen Stunden dauern, bis man reingelassen wurde, weil dann alle kamen. Wir fuhren zur Besucherpforte. Der Pförtner beugte sich vor, und wir zuckten beide zusammen. »Guten Tag, die Herren, kann ich helfen?«

Mike schaute mich erschrocken an. »Wir … wollen jemanden besuchen«, sagte ich schnell und hörte wie meine Stimme höher wurde wie bei einem verängstigten Kind.

»Waren Sie schon mal hier?«, fragte der Pförtner.

Mike und ich schüttelten den Kopf. »Parken Sie den Wagen auf Platz B und gehen Sie zum Südtor hinein.« Er zeigte auf einen riesigen Parkplatz hinter dem Zaun.

»Vielen Dank«, sagte Mike höflich und legte einen Gang ein. In diesem Moment klingelte mein Handy: meine Mutter. Schnell sagte ich ihr, dass alles okay sei. Das war nicht gelogen, aber ich erwähnte natürlich nicht, dass ich unterwegs war. »Ich bleibe wahrscheinlich bis zwei oder so im Büro, dann habe ich einen Termin, um ein Haus zu zeigen – meinst du, du kommst solange klar?«

Ich sagte, dass sie ruhig länger arbeiten könne, dass es mir super ging und ich es genoss, mal allein zu sein. Das schien ihr Gewissen zu beruhigen. »Dann bis heute Abend«, sagte sie vorsichtig. »Aber ruf mich an, wenn irgendwas ist.«

Mike spähte durch die Scheibe zum Gefängnis. »Bitte sag, dass ich da nicht mit reinmuss.«

»Nein, du kannst hier warten. Es dauert ganz bestimmt nicht lange.« Bevor ich ausstieg, schaute ich nach, ob ich die ID-Nummer von Thomas Mason und meine Brieftasche dabeihatte. »Bis gleich«, sagte ich zu Mike. Er sah verschreckt aus, als könnte er im nächsten Moment eingesperrt werden. Wahrscheinlich dachte er daran, wie oft er schon wegen Alkoholkonsums hätte erwischt werden können – und was er sonst noch alles angestellt hatte.

»Hey, wo sind deine Beindinger?« Als ich aus dem Auto stieg, sah Mike, dass ich die klobigen Schienen zu Hause gelassen hatte. Ich brauchte sie kaum noch.

»Ich soll ab und zu mal einen Tag pausieren«, log ich. »Damit die Muskeln sich wieder stabilisieren oder so.«

Mike zog einen Ärmel hoch und ließ die Muskeln spielen. »Stabilisier mal die hier«, sagt er. Aber ich merkte ihm an, dass er nervös war. Als ich zum Eingang des Gefängnisses ging, drehte ich mich um und sah, dass er auf sein Handy schaute. Er würde sich schon nicht langweilen.

Im Gebäude war eine Warteschlange, und ich stellte mich an. Ich versuchte gelassen und älter zu wirken. Um ohne Begleitung jemanden im Gefängnis zu besuchen, musste man achtzehn sein, und das war ich nicht. Ich hatte meinen gefälschten Führerschein dabei – nach dem ich jetzt zweiundzwanzig war. Damit konnte ich die Kassiererin im Supermarkt täuschen, aber ich wusste nicht, ob ich hier damit durchkam. Das Foto war nicht mal eins von mir, sondern von einem Jungen, der bis vor ein paar Jahren auf meiner Schule war und jetzt in einem Elektronikladen in der Stadt arbeitete. Er machte ein kleines Geschäft damit, dass er gelegentlich seinen Führerschein »verlor« und sich einen neuen ausstellen ließ. Ich war einer von mehreren angeblichen Derek Mitchells in unserer Stadt. Er hatte kurze Haare, im Nacken ausrasiert, und ungefähr die gleiche Haarfarbe wie ich. Hoffentlich reichte das.

Als ich an der Reihe war, fragte mich der Mann hinter der Scheibe, wen ich besuchen wolle. Ich reichte ihm den Zettel mit dem Namen und der ID-Nummer. »Tragen Sie sich bitte hier ein.« Er reichte mir ein Klemmbrett mit einem Blatt Papier darauf. Ich trug den Namen Derek Mitchell ein und gab das Klemmbrett zurück. »Ausweis bitte«, sagte der Mann. Ich nahm den falschen Führerschein aus der Brieftasche und schob ihn hin. Schweiß trat mir auf die Stirn, und ich wagte nicht ihn abzuwischen. Der Mann guckte auf den Führerschein und schob ihn zurück, ohne mich auch nur anzuschauen. »Sie werden im Wartebereich aufgerufen«, sagte er. Ich ging dorthin, wo auch die anderen vor mir verschwunden waren, in einen kleinen Raum neben dem Haupteingang. »Warteraum« stand auf einem Schild.

Ich setzte mich auf einen der Plastikstühle und schaute die anderen an, die mit mir warteten. Die meisten waren Frauen – junge Frauen, vermutlich Freundinnen, und ältere, vermutlich Mütter. Außer mir war da nur noch ein Mann, und der sah aus wie ein Opa. Ich fragte mich, wen sie wohl besuchten. Ehemänner, Freunde, Söhne? Bei der Vorstellung lief mir ein Schauer über den Rücken. Thomas Mason war der Sohn von jemandem. Womöglich saß hier eine Frau, die ihn besuchen wollte. Eine Freundin. Eine Ehefrau? Ich schob den Gedanken von mir. Wer könnte so einen Typ heiraten? Wer würde nach so einer Tat noch mit ihm zusammen sein wollen? Dann hielt ich mich zurück. Wenn er nun gar nicht der Kerl war – der, von dem ich geträumt hatte? Ich war mir ziemlich sicher, dass er es war, aber was, wenn meine Träume einfach nur Träume gewesen waren?

Ich steckte den Führerschein wieder in die Brieftasche und merkte, dass meine Hände zitterten. Was tat ich hier? Als ich Olivias Fall recherchiert hatte, dachte ich, das hier wäre eine gute Idee und ich müsste das tun. Aber jetzt, wo ich hier saß und darauf wartete, den Kerl zu treffen, hatte ich das Gefühl, einen fatalen Fehler zu begehen. Ich konnte aufstehen und gehen – ich musste ja nicht zu ihm. Aber ich wusste, dass ich das nicht tun würde. So gruselig es auch war, ich musste ihn sehen. Ich musste Gewissheit haben, für mich selbst und für Olivia. Wenn er der war, den ich im Traum gesehen hatte, dann war es Wirklichkeit. Dann waren Olivia und ich wirklich zusammen gewesen, an irgendeinem Ort, den kein anderer betreten konnte. Dann wäre es bewiesen. Denn ich konnte den Kerl nirgendwo anders gesehen haben, ich konnte nicht gewusst haben, was er ihr angetan hatte und wie er aussah. Es war unmöglich. Es sei denn, Olivia hätte es mir gezeigt.

»Mitchell für T. Mason!«, rief der Wärter. »Mitchell für T. Mason.«

Es dauerte einen Augenblick, bis ich begriff, dass ich »Mitchell« war. Mit zittrigen Beinen stand ich auf und ging zur Tür. Der Wärter führte mich durch einen langen schmalen Raum, der in der Mitte durch eine Glasscheibe geteilt wurde. Zu beiden Seiten der Scheibe waren kleine Nischen, wie Arbeitsplätze in der Bibliothek, und zu jeder Nische gehörten ein Stuhl und ein Telefon. Es sah genauso aus, wie ich es aus dem Fernsehen kannte, und das hatte etwas Beruhigendes.

Der Wärter machte eine vage Handbewegung zum Ende der Reihe und schaute auf seinem Klemmbrett etwas nach. »Sie haben zwanzig Minuten«, sagte er zu mir, als ich an ihm vorbeiging.

»Ja, danke«, murmelte ich und tat so, als ob ich so was jeden Tag machte. Langsam ging ich zu der Stelle, die er mir gezeigt hatte. Ich wusste, was mich erwartete.

Lange, schmutzige Haare, wilder Blick, pockennarbiges Gesicht. So hatte er in meinen Träumen ausgesehen.

Und er war es wirklich. Aber statt der langen Haare trug er jetzt einen Bürstenschnitt. Seine Haut war rau und unrein wie die eines Teenagers, obwohl er fast dreißig sein musste. Und seine Augen waren dieselben. Vielleicht noch schlimmer als in meinen Träumen.

Ich setzte mich auf den Plastikstuhl. Als er den Telefonhörer nahm, fielen mir die kleinen Tattoos auf seinen Händen auf, Buchstaben in dem Zwischenraum zwischen Daumen und Zeigefinger und ein Spinnennetz auf dem Handrücken. Ich stellte mir diese Hände um Olivias Hals vor. Ich nahm den Hörer und hielt ihn ans Ohr.

»Wer zum Teufel bist du?«

Komischerweise hatte ich mir nie vorgestellt, wie es sein würde, tatsächlich ein Gespräch mit ihm zu führen. Ich hatte mir immer nur vorgestellt, ihn zu sehen und mir die Bestätigung für das abzuholen, was ich schon wusste. »Ich bin ein Freund. Ein Freund von Olivia Kemple«, sagte ich.

Er kapierte nicht gleich, von wem ich sprach. Dann trat ein harter Ausdruck auf sein Gesicht. »Und? Was willst du, eine Medaille oder so?«

»Ich wollte Sie nur sehen«, sagte ich aufrichtig.

»Na, jetzt hast du mich gesehen. Zufrieden?« Er lehnte sich auf seinem Stuhl zurück und starrte mich an. Ich wusste nicht, was ich sagen sollte. »Wie geht's ihr, schlägt das Herz noch?«

Ich schluckte schwer, es war, als müsste ich würgen. »Ja«, sagte ich schwach. »Sie liegt im Koma, im Wachkoma.« Ich wusste nicht, weshalb ich das hinzufügte, als wüsste er, was es bedeutet, und als würde es ihn überhaupt interessieren.

Seine Miene wurde weicher. »Aber sie lebt, oder?«

»Ja, sie lebt«, sagte ich, und bei dem Wort stockte mir die Stimme. Ich hielt den Hörer fester, damit meine Hand nicht so zitterte. Vielleicht war es ihm doch nicht egal. Vielleicht hatte er ein schlechtes Gewissen wegen seiner Tat. Das hätte ich gern geglaubt. Aber als ich ihm ins Gesicht sah, in seine kalten Augen, bezweifelte ich es. Es spielte keine Rolle. Ich wollte nicht darüber nachdenken, wie es für ihn war. Ich hasste ihn.

Wir starrten einander kurz an, keiner sagte ein Wort. Dann brach er das Schweigen. »Was willst du? Wartest du darauf, dass ich was sage? Soll ich sagen, dass es mir leidtut? Bist du hergekommen, damit ich mich mies fühle?«

Ich konnte nicht antworten. Was erwartete ich von ihm – könnte er irgendetwas sagen, damit es mir besser ging? Das hier war der Mann, der Olivia misshandelt hatte. Ich sah ihn in echt, nur ein paar Meter von mir entfernt, den Mann, der mich monatelang in meinen Träumen verfolgt hatte. Aber das konnte er natürlich nicht wissen.

Auf einmal schlug er mit der Faust gegen die Scheibe. »Hey, ich hab dich was gefragt! Was willst du?«

Ich starrte auf seine Hand an der Scheibe. Und ich sah, wie sie immer wieder auf Olivia einschlug. Das ekelhafte Geräusch, wenn seine Faust ihren Körper traf. Als ich ihn wieder anschaute, war sein Gesicht dieselbe wütende Maske wie in meinen Träumen.

»Die Scheibe nicht berühren«, hörte ich einen Wärter hinter ihm sagen.

»Du bist bloß Zeitverschwendung«, zischte er mich an. Er knallte den Hörer auf und schob den Stuhl heftig zurück. Dann verließ er den Raum, geführt von einem Wärter, der ihn wohl wieder in seine Zelle brachte.

Einen Augenblick war es, als könnte ich die Arme nicht bewegen, als wäre ich wieder gelähmt, festgebunden, wie so viele Male, wenn ich ihn im Traum gesehen hatte. Als wäre ich ohnmächtig. Aber das war ich nicht. Vorsichtig legte ich den Hörer auf, dann saß ich noch einen Moment da und dachte über das nach, was er gesagt hatte. Zeitverschwendung. So sah er mich. Das hatte er auch über Olivia gesagt.

Ich schaute auf meine Hände, die vor mir auf dem Tisch lagen. Ich ballte sie zu Fäusten, dann öffnete ich sie und spreizte die Finger. Ich war wach. Das hier war kein Traum.

Langsam ging ich hinaus, durch den Warteraum und dann raus auf den Parkplatz. Es tat gut, die Sonne auf dem Gesicht zu spüren. Ich blieb einen Moment auf dem Gehweg stehen und saugte die frische Luft und die Wärme ein. Es kam mir vor, als wäre etwas von mir abgewaschen worden. Ein Gewicht war von mir genommen. Jetzt begriff ich. Was Olivia mir gezeigt hatte und warum – alles, was sie mir nicht erzählen konnte. Ich musste es selbst sehen.

Es war also Wirklichkeit. Thomas Mason war Wirklichkeit. Was ich im Krankenhaus gesehen hatte, war passiert. Ich dachte an das kleine blutende Mädchen in meinem Zimmer, das die Schublade aufgemacht hatte. Das war auch kein Traum gewesen. Und der Mann mit dem verbrannten Gesicht. Auch ihn gab es wirklich. Sie waren Patienten im Wilson, wie Olivia und ich. Und sie waren immer noch in einem Schwebezustand, an einem Ort, an dem ich auch gewesen war. An dem Olivia noch immer war und dem sie nicht entkommen konnte.

»Das ging ja schnell. Mike blickte von seinem Handy auf, als ich die Beifahrertür aufmachte. »Und, hast du deinen geheimnisvollen Gefangenen gesehen?« Er tat ganz locker, aber ich brachte es nicht fertig, auf seinen Ton einzusteigen.

»Ja, ich hab ihn gesehen.« Ich schnallte mich an und lehnte mich zurück. Ich sah Mike von der Seite an, aber er starrte rüber zum Gefängnis. Ich merkte, dass er etwas sagen wollte. Wenn Mike ernst wurde, brauchte er manchmal etwas länger. Ich schwieg, bis er so weit war.

»Hat das mit diesem Mädchen im Krankenhaus zu tun, das du zu kennen glaubtest?«, fragte er schließlich, ohne mir in die Augen zu sehen.

»In gewisser Weise«, sagte ich. »Aber es ist nicht so, wie du denkst. Ich bin nicht verrückt oder so. Mir geht's gut, echt.« Jetzt schaute Mike mich an, er sah besorgt aus. Ich fand es selbst schrecklich, dass ich ihm das antat. »Du kannst mir vertrauen.«

Er ließ den Motor an, und wir fuhren schweigend nach Hause. Am späten Nachmittag setzte er mich vor der Haustür ab. Zum Glück stand der Wagen meiner Mutter noch nicht in der Einfahrt.

»Eins will ich noch wissen.« Es war ihm anzuhören, dass er ganz schön genervt war. »Hast du das, was du tun musstest, jetzt hinter dich gebracht?«

»Ich fahre nie wieder dahin«, sagte ich. Ich dachte an Thomas Mason und seine Faust an der Scheibe. Mir wurde ganz elend zumute.

Ich schlug die Wagentür zu, ging die Treppe zum Haus hoch und hörte Mike wegfahren, als ich den Schlüssel ins Schloss steckte. Ich schaffte es gerade noch bis in die Küche, dort übergab ich mich in die Spüle. Ich hatte kaum etwas gegessen, aber das Würgen wollte nicht aufhören – als wollten meine Eingeweide hinaus. Als ich wieder zu Atem kam, sah ich den Zettel an meine Mutter, den ich erst vor wenigen Stunden geschrieben hatte, und fragte mich, ob ich, wenn ich die Zeit zurückdrehen und diesen Tag wiederholen könnte, irgendwas anders machen würde. Würde ich mich dann dagegen entscheiden, zum Gefängnis zu fahren? Nein. Ich hatte keine Wahl gehabt. Ich musste es mit eigenen Augen sehen. Aber jetzt, da ich Bescheid wusste, ging es mir nicht besser. Im Gegenteil.

Ich riss den Zettel durch, dann noch mal und immer wieder, bis nur noch Konfettischnipsel übrig blieben. Dann setzte ich mich auf den Küchenfußboden und sah zu, wie es dunkel wurde, bis die Scheinwerfer von Moms Auto mich wieder in die Welt der Lebenden holten.

## 28. Kapitel

Ich musste Olivia sehen und mit ihr reden. Jetzt, da ich wusste, dass meine Träume keine Träume gewesen waren. Jetzt, da ich mehr über sie und die anderen Visionen wusste, die ich in meiner Zeit im Krankenhaus gehabt hatte. Das Problem war nur: Wie sollte ich zum Wilson kommen? Mike konnte ich nicht fragen, Allie schied ebenfalls aus. Mom sowieso. Ich schaute mir die Busverbindungen im Internet an, aber irgendwie fühlte es sich verkehrt an, mit dem Bus zu Olivia zu fahren – es erinnerte mich zu sehr an jene Nacht, in der sie an der Bushaltestelle gewartet hatte. Dann dachte ich daran, dass sie, seit ich aus dem Krankenhaus raus war, Tag für Tag darauf wartete, dass ich zurückkam, und glauben musste, ich hätte sie längst vergessen. Wie allein sie war mit diesen schrecklichen Erinnerungen, die sie mir gezeigt hatte. Allein mit den anderen, dem kleinen Mädchen und dem Mann mit dem verbrannten Gesicht. Ich schüttelte den Kopf, als könnte ich die Bilder dadurch verscheuchen. Ich griff zum Telefon und bestellte für meinen nächsten Reha-freien Tag ein Taxi. Die Fahrt würde mich ein kleines Vermögen kosten, aber eine andere Möglichkeit fiel mir nicht ein.

Als das Taxi vorfuhr, ließ ich meine Krücken an der Tür stehen und nahm den Hausschlüssel. Ich nannte dem Fahrer, einem grauhaarigen Mann mit Bart, die Adresse, er brummelte »Okay« und fuhr los. Ich war nervös und hatte Schmetterlinge im Bauch wie vor einem Date.

»Soll ich hier warten?«, fragte der Taxifahrer, als er vor dem Wilson Center hielt.

»Ich glaube, ich rufe mir für die Rückfahrt besser ein anderes Taxi. Ich weiß noch nicht, wie lange es dauert«, sagte ich.

»Ich wollte sowieso grad einen Kaffee trinken gehen. Danach schau ich wieder hier vorbei«, sagte er und drehte sich zu mir um. »Ich schalte die Uhr aus.«

Ich konnte kaum glauben, dass er so nett zu mir war. »Oh, danke, das wäre natürlich super.«

Er nahm ein Klemmbrett, das neben seinem Sitz lag, und schrieb etwas auf, während ich meine Brieftasche zückte. »Kennst du jemanden da drin?«, fragte er, ohne aufzuschauen.

Ich schluckte schwer. »Ja«, sagte ich dann. »Eine Freundin.« Bei dem Wort stockte ich. Sie war keine Freundin. Sie war so viel mehr. Wie sollte ich beschreiben, was Olivia mir bedeutete?

Er nickte und sah mich an. Meinen Zwanzigdollarschein lehnte er ab. »Ich bin da, wenn du zurückkommst.« Anscheinend wusste er, was für Patienten im Wilson lagen. Ich fragte ihn lieber nicht, woher.

Ich ging durch die Schiebetür und dann zur Rezeption, wo ich mich mit einer unleserlichen Unterschrift anmeldete. Man musste seinen Namen nicht nennen und auch keinen Ausweis vorzeigen. Der Mann an der Rezeption blickte nur kurz auf. Zuversichtlich ging ich am Schwesternzimmer vorbei, als käme ich alle Tage hierher. Niemand erkannte mich, und niemand nahm von mir Notiz. Warum auch? Norris kam erst zur Nachtschicht. Und ohne Krücken und mit kurzen Haaren hatte ich auf den ersten Blick keine Ähnlichkeit mit dem Jungen, der als Patient hier gelegen hatte. Jetzt war ich bloß irgendein Besucher.

Ich ging durch den Flur, ohne in mein altes Zimmer zu schauen. Da drin war es dunkel, und es schien immer noch leer zu stehen.

»West.«

Jemand sagte leise meinen Namen.

Ich blieb stehen. Nein, das war unmöglich.

Die Stimme war so vertraut und so sehr mit diesem Ort verknüpft, dass die Drähte in meinem Kopf sich verhedderten. Ich fuhr herum und rechnete damit, Olivia zu sehen. Im selben Moment wusste ich schon, dass sie es nicht war. Stattdessen schaute ich in ein anderes Gesicht, das ich gut kannte, ein warmes, offenes Gesicht.

Schwester Norris.

»West«, sagte sie wieder. »Dachte ich mir doch, dass du das bist.« Sie legte die Karte ab, die sie in der Hand hielt, und kam näher. Wie sich die Verhältnisse verändert hatten. Anstatt auf mich herunterzuschauen, stand sie jetzt lächelnd vor mir, fast dreißig Zentimeter kleiner als ich. »Das ist ja eine nette Überraschung.«

»Ich … ich komme nur zu Besuch«, sagte ich.

»Aber bestimmt nicht zu mir – ich arbeite normalerweise nicht tagsüber. Du kennst ja meinen Plan.« Sie schaute mich forschend an, und ich wusste, dass sie auf eine Erklärung wartete. »Also, was machst du hier?«

Jetzt saß ich in der Falle, ich hatte keine Erklärung parat. »Ich weiß nicht«, sagte ich schließlich. Und das war nicht mal gelogen. Ich war durcheinander. Weshalb war ich hier? Worauf hatte ich gehofft? Ich wollte Olivia etwas sagen – dass alles Wirklichkeit war, was wir gesehen und empfunden hatten. Dass ich den Mann aus meinen Träumen getroffen hatte und jetzt alles verstand. Dass ich zu ihr zurückgekommen war, wie ich es versprochen hatte.

»Setz dich doch.« Schwester Norris zeigte auf die Stühle an der Seite des Flurs, und ich setzte mich neben sie. Sie wartete geduldig ab, bis ich etwas sagte.

»Ich hab das Gefühl, dass ich die Leute hier kannte. Kenne«, verbesserte ich mich.

»Na klar – du kennst mich.« Norris lächelte. »Oder meinst du etwas anderes?«

Ich schaute sie an und sah, dass sie verstand oder es jedenfalls versuchte.

Vielleicht war Norris die Einzige, die mich verstehen könnte. Sie würde mir glauben. Bevor ich mich zurückhalten könnte, purzelten die Worte schon heraus. »In meinem Zimmer lag vor mir ein Mann, der ein ganz verbranntes Gesicht hatte …«

Schwester Norris zog erschrocken die Luft ein. Ich schaute vorsichtig zu ihr und sah, wie sie die Hand aufs Herz legte. »Nein«, sagte sie leise.

»Ich hab ihn gesehen. Er stand in meinem Zimmer. Er hieß Paul.«

Norris schüttelte den Kopf, dann schaute sie in den Flur. »Ich darf nichts über andere Patienten sagen«, setzte sie an.

»Sie brauchen nichts zu sagen. Ich weiß es ja schon. Und da war ein Mädchen, ein kleines Mädchen, das triefnass war und blutete …«

Norris' Augen füllten sich mit Tränen. »Katie«, flüsterte sie und biss sich auf die Unterlippe.

»Ja.« Ich wollte Schwester Norris nicht erzählen, wie das Mädchen in der Schublade nach etwas gesucht hatte. Wie wütend und traurig sie gewesen war. »Sie sind tot, oder?«, fragte ich. Aber ich ahnte, dass das nicht stimmte.

Schwester Norris stand auf und reichte mir mit einem schwachen Lächeln die Hand. »Komm, ich zeige dir was.«

Ich stand auf und nahm ihre Hand und ließ mich wie ein Kind durch den Flur führen. Vor einem Zimmer blieb sie stehen und gab mir ein Zeichen hineinzugehen. Ich schaute zu dem Bett, voller Angst, was ich dort sehen würde.

»Das ist Paul«, sagte sie leise. Er sah anders aus als in meiner Erinnerung, anders als auf den Fotos und anders als der Mann, der eines Nachts in meinem Zimmer gestanden hatte. Die Narben in seinem Gesicht waren jetzt rosa, nicht rauchgeschwärzt und verbrannt. Ein paar Haare waren ihm wieder gewachsen, aber er war immer noch schlimm dran – ein Beatmungsschlauch führte in seinen Hals, und ein Auge war mit einem Verband bedeckt.

»Er lag eine Zeitlang in Zimmer 201. Er musste operiert werden, Haut musste transplantiert werden, um eine Infektion zu vermeiden. Dafür wurde er in ein anderes Krankenhaus verlegt, und danach kam er in dieses Zimmer.«

Sie nahm meine Hand und führte mich hinaus, noch ehe ich begriff, was ich gesehen hatte.

»Und hier liegt Katie«, sagte sie und führte mich in ein Zimmer auf der anderen Seite des Flurs. Sie zog den Vorhang zur Seite, und da sah ich ein Mädchen mit sorgfältig geflochtenen Zöpfen im Bett liegen. Sie sah friedlich aus, und wären da nicht das Beatmungsgerät und all die piepsenden, tickenden Apparate neben ihrem Bett gewesen, hätte man meinen können, sie schliefe nur. Es war das kleine Mädchen, das in meinem Traum die Schublade geöffnet und mich am Arm gefasst hatte.

»Sie ist jetzt seit einem Jahr hier«, sagte Schwester Norris. »Sie ist gerade neun geworden.«

»Sie sind alle …«

Norris unterbrach mich. »Sie sind nicht tot. Sie sind Komapatienten. So wie du es warst.« Sie schwieg einen Augenblick. »Möchtest du noch jemanden sehen?« Schwester Norris schaute den Flur entlang, zu Zimmer 203. Sie wusste es.

»Olivia«, sagte ich leise, und etwas in meiner Stimme musste mich verraten haben.

»Ach, Schätzchen.« Sie nahm mich in die Arme.

»Glauben Sie mir? Dass ich sie alle gesehen habe?«

»Ja.« Sie nickte, dann stutzte sie. »Warum kommst du hierher zurück und umgibst dich mit so viel Finsternis? Warum lässt du das nicht alles hinter dir und lebst dein Leben weiter?«

»Das kann ich nicht«, sagte ich. »Ich kann nicht einfach vergessen, was ich gesehen habe. Und Olivia ist immer noch hier, sie kann nicht weg. Wie kann ich da einfach weiterleben, als ob nichts wäre?«

»Ich weiß nicht«, sagte Norris nach einer kurzen Pause. »Als ich hier anfing, dachte ich zuerst, ich könnte alle retten. Ich dachte, mit genug Zuwendung und Aufmerksamkeit könnte ich vielleicht …« Sie schüttelte den Kopf. »Aber den meisten Patienten hier geht es nie wieder besser. Das ist schwer. Es ist schwer, jeden Tag hier zu arbeiten und sich immer weiter zu kümmern, wenn man weiß, wie es enden wird und dass die Patienten, um die man sich jahrelang kümmert, nie wieder gesund werden.«

Sie schaute mich an, um zu sehen, ob ich ihr folgen konnte. »Es ist so schwer, West, und es wäre mir lieber, wenn du nichts davon zu wissen brauchtest.«

Ich starrte auf meine Füße. Ich fühlte mich hohl und leer. Ich hatte gehofft, Schwester Norris hätte vielleicht eine Antwort für mich. So viel mir auch daran lag, dass sie mir glaubte und bestätigte, was ich schon wusste, es brachte mich nicht weiter. Die Menschen, von denen ich gedacht hatte, sie wären Geister, die im Krankenhaus herumspukten, waren gar keine Geister. Sie lebten, auf eine gewisse Weise jedenfalls. Sie waren gefangen zwischen dem Leben und einem anderen Ort. Und sie waren alle so unglücklich, traurig und verloren.

»Möchtest du dich ein bisschen zu Olivia setzen?«, fragte Schwester Norris und riss mich aus meinen Gedanken. Ich nickte, und sie tätschelte mir die Hand. »Das gefällt ihr bestimmt«, sagte sie und ging zu Zimmer 203. Meine Knie gaben fast nach, als ich ihr folgte; ich hatte nicht mehr daran gedacht, dass ich die Beinschienen nicht trug. Schwester Norris stützte mich.

»Komm noch mal vorbei, bevor du gehst, ja?« Sie drückte meinen Arm.

Als ich Zimmer 203 betrat, erwartete ich den Bruchteil einer Sekunde, Olivia zu sehen, meine Olivia, wie sie im Bett saß und von einer Zeitschrift aufblickte, die langen Haare offen über den Schultern, freudig überrascht, mich zu sehen, mit einem Lächeln, das sich langsam auf ihrem Gesicht ausbreitete. Aber sie sah noch genauso aus wie letztes Mal, ein Körper in einem Bett, die kurzen dunklen Haare, die lange rosafarbene Narbe auf der Wange. All das nahm ich kaum wahr. Ich wusste, dass das Mädchen im Bett nicht sie war. Sie war nicht dort, wo Olivia war, und sie sah nicht so aus, wie Olivia in Wirklichkeit aussah.

Ich zog mir einen Stuhl ans Bett und nahm ihre Hand. »Ich bin's, West«, flüsterte ich. »Olivia, ich bin's.« Ich lauschte dem Beatmungsgerät, das Luft in ihren Körper pumpte. Dem leichten rhythmischen Piepen des Herzmonitors.

*Was auch passiert, komm zu mir zurück.*

Ich dachte daran, wie sie nicht gewollt hatte, dass ich wegging, wie sie mich überreden wollte, mich nicht operieren zu lassen. Was für Angst sie um mich hatte.

*Lass mich hier nicht allein.*

Aber wie viel wusste sie? Begriff sie, dass ich mich von ihr entfernen würde, wenn ich aufwachte, und dass ich dann nicht mehr an unserem gemeinsamen Ort war? Vielleicht hatte sie Angst vor dem Alleinsein gehabt.

*Bitte komm zu mir zurück.*

Oder vielleicht wusste sie, dass es nur einen Ausweg gab. Den Ort, von dem man nicht mehr zurückkehrt. Sie hatte andere vor mir dorthin gehen sehen.

*Manchmal glaube ich, ich komme hier nie mehr raus.*

Sie hatte auf mich gewartet. Und jetzt war ich da.

Ich zog den Stuhl näher ans Bett, hielt ihre Hand an meine Wange und spürte ihre Wärme. »Olivia«, flüsterte ich. »Ich bin wiedergekommen. Wie du es dir gewünscht hast.« Ich holte tief Luft. »Was wir gesehen und gefühlt haben, das war alles Wirklichkeit.« Ich schwieg und beugte mich nah zu ihr. »Diese Menschen in meinen Träumen – das waren gar keine Geister. Es sind echte Menschen, und sie sind hier gefangen. Sie können nicht loslassen und weiterziehen.«

Ich schaute zu dem Apparat neben dem Bett, der ihren Herzschlag anzeigte, ruhig und gleichmäßig.

Sie war eine von ihnen, ohne es zu wissen.

Sie wusste nicht, dass sie nicht mehr gesund wurde. Darauf warteten sie alle. Paul. Die kleine Katie. Olivia. Ich, als ich noch hier lag. Wir alle wollten wieder leben. Aber einige von uns kamen nie zurück ins Leben. Ich hatte Glück gehabt.

»Ich will nicht, dass du wie sie bist.« Ich legte den Kopf auf ihre Schulter und lauschte ihrem Herzschlag. Ich hoffte, dass sie mich hören konnte. Minuten vergingen, während ich den Geräuschen ihres Körpers lauschte, der am Leben gehalten wurde. Wir waren beide zusammen in diesem Zimmer. Aber ich wusste, dass ein Teil von ihr nicht hier war. Und niemals hier sein würde.

Ich schaute auf die Kabel der Apparate. Es wäre so einfach, ihr zu beweisen, dass ich mein Versprechen hielt. Dass ich zu ihr zurückgekommen war. Ich dachte daran, dass Olivia mir gezeigt hatte, wie man das Beatmungsgerät abschalten konnte, ohne den Alarm auszulösen. Olivia wusste alles über das Infusionsgerät und wie man den Schlauch aus dem Kurzschluss herauszog, ohne dass jemand es merkte. Stunden würden vergehen, ehe es jemandem auffiel. Sie kannte den Schichtplan der Schwestern und ich auch. Wozu hatte sie mir all das gezeigt, wenn sie nicht wollte, dass ich dieses Wissen anwandte?

Ich dachte an die Schritte, die ich unternehmen müsste. Ich konnte es. Wenn sie das von mir wollte.

»Olivia.« Ich schaute ihr ins Gesicht. »Ich kann dich hier rausholen. Wenn du mir sagst, dass du das willst, mache ich es.« Ich betrachtete sie ganz genau und wartete auf ein Zeichen. »Wenn du Ja sagen willst, blinzle einmal, wie du es mir beigebracht hast.«

Ihr Gesicht blieb ruhig und schön, unbewegt. »Blinzele«, bat ich sie. »Bitte, Olivia, gib mir ein Zeichen, dass du mich verstehst.« Ich schaute sie an, aber nichts geschah. »Ich kann dich nicht hier bei den anderen lassen. Du gehörst nicht hierher.«

»Oh …«, sagte plötzlich jemand hinter mir. Ich fuhr herum und sah eine junge Schwester, die einen Wagen ins Zimmer schob. »Ich wusste nicht, dass Ms Kemple Besuch hat. Wie schön, einen Freund von ihr hier zu sehen.« Sie lächelte.

Wieder schaute ich Olivia an, aber ihr Gesicht blieb unverändert. Mir wurde übel von der Art, wie die Schwester mit ihr redete, diese süßliche Babysprache. Am liebsten hätte ich Olivia geschüttelt, damit sie mich verstand und mir antwortete. Ob sie überhaupt wusste, dass ich da war?

Ich nahm meine Jacke und stand auf.

»Ich wollte Sie nicht vertreiben …«, sagte die Schwester, aber ich ging, ohne mich noch einmal umzudrehen. Ich konnte nicht mehr dasitzen und Olivia anschauen, dieses Mädchen im Krankenbett. Es war ein Fehler gewesen herzukommen. Ich konnte ihr nicht helfen, keinem von ihnen konnte ich helfen. Ich hatte sie im Stich gelassen. Auf dem Weg zum Ausgang ging ich am Schwesternzimmer vorbei. Schwester Norris saß da und erledigte Papierkram. Ich schaute sie schweigend an, und sie nickte.

»Du kannst mich jederzeit anrufen. Deine Mutter hat meine Nummer. Das meine ich ernst, jederzeit«, sagte sie. Ich lächelte schwach und ging weiter, bevor sie aufstehen konnte. Ich wollte den Abschied nicht in die Länge ziehen, wollte nicht, dass sie mich noch mal umarmte. Ich wollte nur raus aus dem schwach beleuchteten Flur, weg von der offenen Tür zu Zimmer 203, den Geräuschen der klackenden und piependen Apparate, von denen die Menschen am Leben gehalten wurden.

Als ich hinauskam, sah ich das Taxi, das auf mich wartete. Ich stieg hinten ein. Der Fahrer schaute zur Windschutzscheibe hinaus auf die Berge am Horizont. »Der Schnee ist geschmolzen«, sagte er, ohne sich zu mir umzudrehen. Ich sah, dass er recht hatte. Von den weichen weißen Schneemützen, die ich all die Monate von meinem Krankenhausfenster aus gesehen hatte, war nichts mehr übrig. Jetzt war die scharf konturierte schwarze Bergkette zu sehen, die vertraute Skyline hinter der Stadt. Ohne nach meinem Ziel zu fragen, legte er einen Gang ein. Er nahm wohl an, dass ich einfach nach Hause wollte, und so war es auch. Auf der Rückfahrt versuchte er nicht, Konversation zu machen, und ich war ihm dankbar dafür.

Als wir bei mir zu Hause ankamen, holte ich wieder die Brieftasche heraus. Erst da fiel mir auf, dass das Taxameter schwarz war – er hatte es gar nicht eingeschaltet.

»Spar dein Geld, Junge«, sagte er und trank einen Schluck von seinem Kaffee. »Ich hoffe, deine Freundin kommt bald wieder raus.«

Ich öffnete die Hintertür. »Ja«, flüsterte ich mit brüchiger Stimme. »Das hoffe ich auch.«

## 29. Kapitel

Ich halte ihre Hand, warm und klein liegt sie in meiner. Sie sieht genauso aus wie das Mädchen, das ich gekannt habe, mit langen dunklen Haaren um das Gesicht und auf dem weißen Kissen. »Ich hatte noch nie einen Freund, dem ich so vertrauen konnte wie dir, West. Du hast gesagt, du kommst zu mir zurück, und das hast du getan.« Sie lächelt, und ihr Gesicht sieht aus, als würde es leuchten. »Bevor ich dich kannte, war ich noch nie verliebt«, sagt sie leise. »Du hast es mir gezeigt. Du hast mir gezeigt, was Liebe ist.« Sie schaut mir in die Augen. »Danke, West.« Nur ein kleines Wort – danke –, aber ihre Worte durchströmen mich, und ich bin überwältigt. Alles ist gut. Ich habe sie nicht im Stich gelassen. Ich bin zu ihr zurückgekommen. Sie weiß, dass ich hier bin. Sie ist nicht mehr mit den anderen an dem dunklen Ort gefangen. Sie ist bei mir, und sie hat es gut.

»Ich bin so müde. Bleibst du bei mir? Bleib einfach bei mir, bis ich eingeschlafen bin.« Ihre Augen sind geschlossen, ihr Gesicht ist ruhig. Sie hat keine Narben mehr. Ich schaue zu dem Apparat neben ihrem Bett und wünsche mir ganz fest, dass er langsamer läuft. Ich will, dass er stehen bleibt. Und da wird das Piepen immer langsamer, bis es ganz verstummt. Das Beatmungsgerät hört auf zu pumpen. Es ist still im Zimmer, wir sind allein. »Ich bin da, Olivia«, sage ich. Ich weiß, dass sie mich hören kann. Sie ist frei. Ich bleibe bei ihr, während es im Zimmer dunkel wird. »Ich gehe nicht weg«, flüstere ich. »Ich werde dich nie verlassen.«

Meine Mutter räumte in der Küche die Einkäufe ein, als das Telefon klingelte. »Wie schön, Ihre Stimme zu hören«, sagte sie, und dann erzählte sie der Person am anderen Ende, wie gut es mir gehe. Als ich in die Küche kam, sagte Mom stumm »Schwester Norris« und zeigte auf den Hörer. Ich schüttelte den Kopf. Ich war noch nicht so weit, mit ihr zu sprechen.

»Er ist gerade unter der Dusche, aber ich richte ihm aus, dass er Sie später oder morgen zurückruft«, sagte Mom und beendete das Gespräch. »Warum wolltest du denn nicht mit ihr sprechen? Ist doch nett von ihr, anzurufen und nach dir zu fragen. Ich mochte sie immer am liebsten von allen Schwestern.« Mom räumte etwas in den Kühlschrank, und ich war froh, dass sie mein Gesicht nicht sehen konnte. Sie hatte keine Ahnung, dass ich erst zwei Tage zuvor im Wilson gewesen war. Norris hatte offenbar dichtgehalten.

»Ja, ich auch.«

»Dann ruf sie doch morgen an«, sagte Mom und wusch sich die Hände. »Was wollen wir heute Abend essen?«

Ich wusste, dass ich Norris nicht anrufen würde, weder am nächsten Tag noch später. Was hätte ich sagen sollen? Seit meinem Besuch im Wilson verfolgte mich ein Traum. Immer musste ich daran denken, dass Olivia dort mit all den anderen gefangen war. Ich wusste nicht, wie ich in mein Leben zurückkehren sollte, während sie da lag. Aber ich wusste auch nicht, was ich sonst tun sollte. Ich hatte Olivia versprochen, für sie da zu sein. Ich wollte mein Versprechen halten, aber ich wusste nicht genau, was das bedeutete. Und das machte mich fertig.

Als am nächsten Tag mein Handy klingelte und »unbekannt« anzeigte, ging ich dran, ohne nachzudenken. Ich nahm an, dass es meine Physiotherapeutin war, die oft um die Zeit anrief, um Termine zu vereinbaren. Aber sie war es nicht.

»Hallo West, hier ist Schwester Norris. Ich hab gestern Abend schon mal angerufen«, sagte sie.

»Ja, stimmt, meine Mutter hat es mir ausgerichtet. Es tut mir leid, ich hatte so viel um die Ohren …«

»Kein Problem. Es freut mich, dass du viel um die Ohren hast und in dein Leben zurückfindest«, sagte Norris.

Ich holte tief Luft. Ich wusste nicht, was ich darauf antworten sollte.

»West, was ich dir sagen will, ist nicht ganz einfach. Bist du bereit, es zu hören?«

Eine kalte Welle durchströmte mich. Am liebsten hätte ich aufgelegt und so getan, als hätte ich den Anruf nie bekommen. Aber das würde nichts an der Wahrheit ändern. »Sagen Sie ruhig.«

»Es geht um die Patientin aus Zimmer 203, Olivia Kemple. Ich muss dir leider sagen, dass sie verstorben ist. Es ist gestern ganz früh am Morgen passiert.«

Ich schluckte schwer und schwieg.

»Ihr Herz hat leider versagt. Wir konnten nichts mehr für sie tun. Organversagen ist nicht so ungewöhnlich bei Patienten, die sehr lange im Koma liegen.«

Ich blieb still.

»West, bist du noch dran?«

»Ja«, sagte ich.

»Wenn du möchtest, kann ich für dich herausfinden, wann die Beerdigung ist. Wenn du hingehen möchtest. Ich werde da sein.«

Ich versuchte zu verarbeiten, was sie mir da sagte. Olivia war tot. Das Mädchen im Wilson-Krankenhaus, das noch vor Kurzem dort im Bett gelegen hatte. Sie wurde nicht mehr am Leben erhalten. Meine Olivia.

»West, ich gehe hin. Wenn du mitkommen möchtest, bin ich für dich da«, sagte Norris.

»Ich möchte nicht hingehen«, sagte ich schnell. »Das kann ich nicht, tut mir leid.« Ich beendete das Gespräch und setzte mich auf mein Bett. Ich wollte Olivias Mutter, die Olivia so ähnlich sah, nicht sehen, wie sie trauerte. Ich wusste, dass ich das nicht packen würde. Und ihre Freunde, die nie zu Besuch gekommen waren, wie sie bei der Beerdigung dastanden und sagten, wie traurig das alles sei. Ich konnte diese Leute nicht ansehen, ohne laut zu schreien. Keiner von ihnen hatte auch nur die leiseste Ahnung.

Die Olivia, die ich kennengelernt hatte, das war die richtige Olivia. Das Mädchen, das im Wilson gestorben war, kannte ich gar nicht. Das Mädchen mit den kurzen Haaren und dem vernarbten Gesicht. Sie war nicht mehr da. Jetzt blieb mir nur noch die Erinnerung.

## 30. Kapitel

Ich habe die Augen geschlossen, aber ich höre die Geräusche von schwimmenden Menschen, die Sonne scheint mir warm aufs Gesicht. Ich liege auf der Decke, und sie liegt neben mir. Ich schaue sie an, aber in der blendenden Sonne kann ich ihr Gesicht nicht erkennen. Als sie sich aufsetzt, sehe ich ihr Profil. Sie beschattet die Augen mit einer Hand, der Wind weht ihre langen Haare zurück. »Wen suchst du?«, frage ich, als sie zum See schaut. »Dich«, sagt sie. »Ich suche dich.«

Beim Zähneputzen dachte ich über den Traum nach. Es war immer derselbe Traum und doch jedes Mal anders. Manchmal saß ich auf der Decke, und sie lag neben mir und legte mir eine Hand auf den Rücken. Manchmal kam sie auf mich zu. Aber immer waren wir am See, und ich konnte nie ihr Gesicht sehen, nur ihren Schatten, ihre Silhouette, ihr Profil, ihre Haare im Wind. Ich wusste, dass sie es war, aber sie war unerreichbar. Was ich auch machte, wie ich die Augen auch schützte, immer traf die Sonne sie so, dass ich sie nicht richtig sehen konnte. Nicht so wie früher.

»Mike ist da!«, rief meine Mutter. Schnell zog ich mir ein T-Shirt über und schnappte mir auf dem Weg nach draußen eine Jacke. »Nimm den mit.« Mom wollte mir einen getoasteten Bagel in die Hand drücken.

»Wir holen uns unterwegs was zu essen«, sagte ich, aber sie schloss meine Finger um den Bagel. Sie fand mich immer noch zu dünn.

»Sag ihm, er soll langsam und vorsichtig fahren.« Sie schüttelte den

Kopf. »Ich fasse es nicht, dass ich mich von euch hab überreden lassen.« Aber ein bisschen freute sie sich auch darüber, dass ich etwas Normales unternahm – an einem Samstag im Sommer fuhr ich mit Freunden zu einem Open-Air-Konzert.

Mike hupte und ich gab meiner Mutter einen Kuss auf die Wange. »Ich ruf dich an. Es wird nicht so spät – die Band, die wir sehen wollen, tritt schon am Nachmittag auf. Wahrscheinlich hauen wir gleich danach ab.« Ich hüpfte die Stufen hinunter, ich fühlte mich leicht und beschwingt. Morgens war ich manchmal steif, und es dauerte eine Weile, bis mein Körper rund lief, aber in letzter Zeit war das besser geworden. Die Krankengymnastik hatte sich gelohnt: Mein Gang war ziemlich normal, kein Hinken. Wenn man mich nicht gerade aufforderte, meine Zehen zu berühren, merkte man mir nichts an. »Es kann nichts schiefgehen«, hatte die Physiotherapeutin in der letzten Sitzung gesagt. »Außer du fährst Snowboard.« Snowboarden und Skifahren waren wegen der Drehbewegungen verboten. Die würde ich nie wieder machen können, weil meine Wirbelsäule an zwei Stellen versteift worden war. Einiges war für mich tabu. Aber ich konnte immer noch vieles machen, Sachen, die ich vorher nie ausprobiert hatte, wie zum Beispiel schwimmen, was mir mittlerweile richtig Spaß machte.

Am Anfang war ich nur ins Becken gestiegen, um meine Muskeln zu trainieren – so konnte ich üben, ohne die Beine zu belasten. Mike scherzte, ich bereitete mich wohl vor, um beim Synchronschwimmen mitzumachen, wie die Mädchen bei den Olympischen Spielen. »Hey, alte Dame, wann kommen Sie mal aus dem Becken wieder raus?« Aber dann gab mir einer der Schwimmtrainer ein paar Tipps, und ich fing richtig an zu schwimmen. Viel anderes hatte ich ja nicht zu tun. Außerdem war ich gern unter Wasser. Mir gefiel die Stille, wie das Wasser alle anderen Geräusche verschluckte.

Jetzt überlegte ich, nächstes Jahr in die Schwimmmannschaft der Schule einzutreten. Der Lehrer meinte, ich hätte die richtige Statur, und die Nachmittage, die ich sonst immer auf der Rampe verbracht hatte, musste ich sowieso irgendwie füllen. Ich wollte es gar nicht erst so weit kommen lassen, dass ich das Bike vermisste.

»Oh Mann, der Bagel riecht wie eine Tüte Zwiebeln«, beschwerte sich Mike, als ich einstieg. »Hau ihn weg, oder sieh zu, wie du ihn loswirst.«

»Er ist aufgeregt«, sagte Allie vom Beifahrersitz. »Du weißt schon, Erin«, flüsterte sie.

»Ich bin überhaupt nicht aufgeregt. Warum sollte ich – nur weil das Mädchen, das ich seit einem halben Jahr angrabe, endlich mit mir ausgehen will? Bestimmt findet sie es total cool, dass ich eine zehn Jahre alte zwiebelverseuchte Kiste fahre und den berühmten Komatyp und seine Exfreundin zu unserem Date mitbringe.«

Ich beugte mich vor und klopfte ihm auf die Schulter. »Meine Mutter hat gesagt, ich soll dich bitten, ganz vorsichtig zu fahren – oder soll ich dich lieber dran erinnern, wenn wir Erin abgeholt haben?«

»Hey, es reicht«, sagte Mike. »Echt jetzt, macht keinen Quatsch, benehmt euch einfach normal.«

»Hm, worüber könnten wir reden?«, sagte Allie. »Vielleicht über das eine Mal, als Mike splitternackt durch das Footballspiel geflitzt ist? Das könnte sie interessieren.«

»Ah, ich hab eine Idee«, stimmte ich ein. »Ich kann ihr alles erzählen, was du über sie gesagt hast, als du mich im Krankenhaus besucht hast. Da war was über ihre Beine, oder war es ihr …«

»Ja, okay, ist angekommen«, unterbrach mich Mike. Kopfschüttelnd bog er in Erins Viertel ein. »Es macht mich jedes Mal fertig, wenn du davon anfängst, was ich dir erzählt habe, als du ein Gemüse warst.« Er wandte sich zu Allie. »Findest du das nicht auch gruselig?«

Allie drehte sich um und sah mich mit einem kleinen Lächeln an. Vor ein paar Wochen hatten wir uns bei einem Kaffee lange darüber und über andere Dinge unterhalten. »Manchmal hast du so einen Blick, so traurig, dass es mich ganz fertigmacht. Und ich hoffe nur, dass das nichts mit mir zu tun hat oder mit irgendwas, was ich gesagt oder nicht gesagt habe, als du im Krankenhaus lagst«, meinte sie an jenem Nachmittag im Café. Nein, die Traurigkeit hatte nichts mit ihr zu tun, aber ich wusste nicht, wie ich ihr erklären sollte, woher sie kam.

»Du hast so viel durchgemacht, und ich weiß, dass ich nicht genug für dich da war. Aber jetzt bin ich da.« Sie schaute in ihre Tasse und schwieg einen Augenblick. »Ich möchte dir was sagen.« Sie sah mich an. Sie war plötzlich so ernst, dass ich mich auf schlechte Neuigkeiten gefasst machte. Vielleicht hatte sie einen neuen Freund. Aber dann überraschte sie mich. »Du weißt doch, dass man, wenn man einen Baum fällt, die Jahresringe sehen kann, die sein Alter verraten?«

Ich nickte.

»Unser Biolehrer hat gesagt, wenn man genau hinsieht, kann man sehen, wie das Wetter in jedem Jahr war – ob der Baum viel Regen bekommen hat oder ob es trocken war, je nachdem, wie dunkel und wie breit die Ringe sind. So können wir das Wetter von vor hunderten von Jahren ablesen, zum Beispiel könnte man sehen, dass es vor fünfzig Jahren oder so eine große Dürre gab. Ein lebendes Protokoll.«

»Aha …«, sagte ich und versuchte ihr zu folgen.

Sie lächelte. »Lach mich jetzt nicht aus. Ich musste dabei an dich denken. Dass dieses Jahr, wenn du ein Baum wärst, bei dir ein ganz heller Ring wäre, fast unsichtbar, ein Jahr der Dürre. Es war ein Jahr, in dem du beinahe nicht da warst. Aber weißt du was? Es werden noch viele weitere Ringe dazukommen, in der Zukunft. Starke Ringe. Verstehst du?«

Ich schaute Allie an, sah ihre blauen Augen und ihre Sommersprossen und empfand nichts als Liebe für sie. Sie war eine richtige Freundin, und auch wenn wir nicht mehr zusammen waren, war ich ihr wichtig. Nur das zählte. Was im Krankenhaus passiert war und wie sie mit meinem Unfall umgegangen war, das war vergeben. Ich nahm ihre Hände, die auf dem Tisch lagen, und so saßen wir lange schweigend da. Seitdem war es mit jedem Mal leichter geworden, wenn wir uns trafen. Es schien, als wären wir uns noch nie so nah gewesen – auch damals nicht, als wir angeblich ein Liebespaar waren.

Mike hielt vor Erins Haus. »Setz dich nach hinten«, knurrte er Allie zu, als Erin zur Haustür herauskam. Sie trug Shorts, ein Fanshirt und Cowboystiefel.

»Hey.« Sie lächelte und setzte sich auf den Beifahrersitz. Mike machte uns bekannt. »Ich war schon so gespannt auf dich! Du bist ja richtig berühmt in der Schule. Und Mike hat gesagt, dass du nächstes Jahr zu uns in die Elf kommst.«

Allie verdrehte die Augen, und Mike ließ den Wagen an. Bald darauf kamen wir auf halbem Weg in die Stadt am *Moonlight* vorbei, und Mike schlug vor, dort eine Kleinigkeit zu essen. »Super Idee«, sagte ich. Mom hatte recht gehabt mit dem Bagel. Ich konnte noch eine ganze Weile zweimal am Tag frühstücken, bevor ich alles wieder draufhatte, was ich im Winter abgenommen hatte.

»Und?«, fragte Mike leise, als die Mädchen vorausgingen und einen Tisch aussuchten.

»Was und?«, fragte ich zurück. Mike machte eine unauffällige Kopfbewegung zu Erin. »Sie scheint cool zu sein«, sagte ich.

»Ja, oder? Sie ist der Wahnsinn«, sagte Mike. Man sah ihm an, dass er total verknallt war. Es war schön, ihn so glücklich zu sehen.

Als wir am Tisch saßen, wurde Mike etwas ruhiger – nachdem er merkte, dass ich nicht vorhatte ihn zu blamieren und dass Erin Allie bewunderte und an ihren Lippen hing. Mike bespritzte sich fast mit Ketchup bei dem Versuch, die letzten Tropfen für unsere Pommes herauszuquetschen. »Ich hol eine neue«, sagte ich und nahm ihm die Flasche aus der Hand, bevor er größeres Unheil anrichten konnte.

Als ich zur Theke ging, hörte ich Erin hinter mir sagen: »Er wirkt so normal …« Ich musste lächeln. Nach allem, was Mike und Allie erzählt hatten, war ich noch vor ein paar Monaten das Gesprächsthema der Schule gewesen. Die würden im Herbst alle ganz enttäuscht sein, wenn der Komatyp zurückkam und so normal wirkte – äußerlich jedenfalls. Vielleicht sollten Mike und ich uns für den ersten Tag etwas Besonderes überlegen, einen Stunt mit einem Rollstuhl oder so. Das würde ihm gefallen. Ich drehte mich um und freute mich, dass er jetzt ganz entspannt aussah, einen Arm lässig über die Lehne der Bank gelegt.

In dem Moment fiel mir ein Mädchen auf, das mit dem Rücken zu mir an der Theke saß. Mir stockte der Atem. Unter den Spaghettiträgern ihres weißen Sommerkleids sah man die blassen Schultern. Schwarze Haare fielen ihr auf den Rücken. Um die schmale Taille trug sie einen roten Gürtel.

Ohne überhaupt nachzudenken, legte ich ihr eine Hand auf die Schulter. Ich spürte ihre warme Haut unter den Fingern. »Olivia«, flüsterte ich. Ich würde sie überall erkennen. Ich wollte sie einatmen.

Aber die strahlenden, haselnussfarbenen Augen, die mich dann ansahen, das Gesicht – nein. Es war falsch, ganz falsch.

»Ja?« Das Mädchen schaute mich neugierig an.

Ich schüttelte den Kopf und versuchte aus dem Traum aufzuwachen, der schönen Vision, die ich gerade gehabt hatte. »Entschuldige, ich hab dich mit jemandem verwechselt.«

»Kein Problem.« Das Mädchen drehte sich wieder um, und eine Weile stand ich verloren da.

»Wo bleibt der Ketchup, Alter?«, rief Mike, und ich setzte mich in Bewegung. Ich ließ mir von der Bedienung eine neue Flasche geben. Als ich mich wieder an den Tisch setzte, merkte ich, dass mir kalter Schweiß auf der Stirn stand. Um mich herum ging das Gespräch weiter. Die anderen hatten nicht mitbekommen, was gerade passiert war. Wie auch? Bestimmt konnten sich Mike und Allie kaum an den Tag erinnern, als ich aufwachte und nach einem Mädchen namens Olivia fragte. Niemand erinnerte sich an Olivia, niemand außer mir.

Ich schaute wieder zu dem Mädchen an der Theke. Die Haare stimmten, aber die sommersprossigen Arme – wie hatte mir das entgehen können? Natürlich war sie es nicht.

Als Mike sich Pommes in den Mund schob und Erin zum Kichern brachte, versuchte ich wieder in das Gespräch hineinzufinden. Aber meine Gedanken schweiften zu dem ab, was Allie über die Jahresringe der Bäume gesagt hatte. Mir wurde plötzlich klar, dass sie danebenlag. Der Ring dieses Jahres war nicht hell oder kaum sichtbar, es war kein dürres Jahr gewesen. Im Baum meines Lebens hinterließ dieses Jahr einen tiefen dunklen Ring, tiefer eingegraben als alle anderen Jahre. In diesem Jahr war ich ausgehöhlt worden und aus dem Nichts zurückgekehrt. Ich hatte dem Tod ins Auge geblickt und war ihm entronnen. Ich hätte gern geglaubt, dass das etwas mit mir selbst und meiner Stärke zu tun hatte, aber so war es nicht. Ich hatte es nicht allein geschafft. Allein hätte ich das niemals überlebt.

Wenn ich abends im Schwimmbecken war, in der Stille unter Wasser, schweiften meine Gedanken manchmal ab, zum Krankenhaus und den Menschen dort. Mein Herz reiste durch Zeit und Raum, bis ich wieder bei ihr war. Die dunklen Flure, die Geräusche der Apparate. Das Gefühl, wenn ich die Augen aufschlug und sie in meinem Zimmer war, nachdem ich den ganzen Tag auf sie gewartet hatte. Olivia. Diese Nähe. Aber dann holt mich irgendetwas zurück in die Gegenwart. Dann bin ich wieder hier, und ich lebe, ich bin ich selbst, aber ich bin allein. Daran musste ich mich immer noch gewöhnen. Und ich wusste nicht, ob ich es je akzeptieren würde. Ob ich je aufhören würde, sie zu vermissen. Vielleicht, eines Tages. Aber noch war ich nicht so weit.

Allie fiel auf, wie still ich war, das merkte sie immer. »Alles okay?«, fragte sie und schaute mich forschend an.

Ich trank einen Schluck von meiner Cola. »Ja.« Hoffentlich sah sie nicht, dass meine Hand zitterte.

»Los, wir fahren mal weiter«, sagte Mike, stand auf und nahm die Rechnung. »Wir haben ja noch was vor.«

Als wir rausgingen, drehte ich mich noch einmal nach dem Mädchen an der Theke um. Durch die Glasscheibe hätte sie es sein können, wenn man aus dem richtigen Winkel guckte. Fast.

Ich hörte meinen Namen. Nur ein Flüstern.

*West.*

Ich machte die Augen zu und holte tief Luft.

»Kommst du jetzt mal?«, rief Mike. Als ich mich umdrehte, warteten sie am Auto auf mich. Meine Freunde.

»Ich komme«, sagte ich.

Als ich aus dem Schatten trat und in die Sonne ging, spürte ich die Wärme im Gesicht und auf den Schultern. Ich ließ die Dunkelheit hinter mir. Als wir vom Parkplatz fuhren, schaute ich nicht zurück. Ich hatte alles, was ich brauchte, dabei, es war für immer in mir drin.

## Danksagung

Obwohl dieses Buch ein fiktionales Werk ist, brauchte ich dafür medizinische Kenntnisse, die außerhalb meines Bereichs lagen. Dank an meine Mom Polly Busby für ihre Sachkenntnis als Krankenschwester und an meine beste Freundin Blue Butterfield für ihr medizinisches Wissen. Nicht alles in der Geschichte ist wissenschaftlich exakt, aber doch so korrekt, wie es im Rahmen dieser Geschichte möglich war.

Ein Dank an Karen Moy und Erik Van Rhein, die ihre persönlichen Erfahrungen eines traumatischen Unfalls mit anschließendem Koma und letztendlicher Genesung mit mir geteilt haben.

Matthew Mizel, Regisseur und Produzent des Dokumentarfilms »On the Outs« und Dozent bei »InsideOUT Writers«, danke ich dafür, dass er mich über den Ablauf von Gefängnisbesuchen aufgeklärt hat.

Ein Dank an Dr. Narsing Rao und Dr. James Tan.

Ich danke Wendy Perez, die ein persönliches Erlebnis mit mir geteilt und mich zu Allies Metapher vom Baum des Lebens inspiriert hat.

Meiner Agentin Brenda Bowen danke ich dafür, dass sie mich unter ihre Fittiche genommen und an mich geglaubt hat. Möge sie die Erste von vielen sein.

Ich danke Melanie Cecka, Freundin und Lektorin in einem, die meinem ersten Jugendroman Gestalt verliehen hat. Und danke an Victoria Wells Arms, die das Projekt übernommen und sicher in den Hafen geführt hat.

Ein Dankeschön an meine Schreibgruppe – Pamela Bunn, Nancy Katz Ellis und Erin Zimring –, die sofort von dieser Geschichte überzeugt war.

Und meinen Jungs, Damon und August, meine ganze Liebe.

Cylin Busby war Lektorin für Kinderbücher und Redakteurin für ein Jugendmagazin, bevor sie anfing, Geschichten zu schreiben. Inzwischen hat sie mehrere Bücher veröffentlicht. *Wo immer du bist* ist ihr erster Roman, der auf Deutsch erscheint. Sie wurde dazu inspiriert, nachdem ihr Vater eine Nahtoderfahrung durchlebt hatte. Die Autorin wohnt mit ihrer Familie in Los Angeles.